KB233908

변란 上

변란 上

권오단 역사 소설

디지털작가상 대상 수상

변란 ❶上

초판 발행   2013년 3월 15일
2쇄 발행   2013년 7월 5일

지은이   권오단
발행인   권윤삼
발행처   도서출판 산수야

등록번호   제1-1515호
주소   서울시 마포구 망원동 472-19호
우편번호   121-826
전화   02-332-9655
팩스   02-335-0674

ISBN 978-89-8097-261-6 04810
ISBN 978-89-8097-260-9 (전2권)

값은 뒤표지에 있습니다. 잘못된 책은 바꾸어 드립니다.

이 도서의 국립중앙도서관 출판시도서목록(CIP)은 e-CIP 홈페이지
(http://www.nl.go.kr/cip.php)에서 이용하실 수 있습니다.
(CIP제어번호: CIP2013000656)

차
례

후회
後悔

1

선조 25년1592 4월 13일, 일본을 제패한 도요토미 히데요시豊臣秀吉
가 휘하 9개 부대 21만여 명을 이끌고 조선을 침략하였다.

임진년 4월 15일 부산진성과 동래성을 함락시킨 왜군이 중로中路
를 택하여 양산, 밀양, 청도, 대구, 인동, 선산을 거쳐 상주를 향해
파죽지세로 북상을 거듭하여 4월 28일 충주를 지키던 신립을 대패
시켰다.

선조는 신립의 패보를 전해 듣고 4월 30일 한양을 버리고 억수
같이 쏟아지는 비를 맞으며 파천播遷을 감행하였다.

퍼붓는 비에 길은 진흙탕으로 변하였고, 궁녀들은 진흙탕에 빠
져서 통곡을 하였다. 더 걸을 수 없는 궁녀들은 안간힘을 쓰며 따
라오려고 했으나 점점 대열에서 멀어질 뿐이었다. 하나둘 대열에
서 낙오한 궁녀들은 임금을 따르려 해도 따를 수 없어서 길바닥에

주저앉아 하염없이 울기만 할 따름이었다.

호종하는 행렬들이 눈에 띄게 줄어들자 선조는 통탄하고 비감한 심정으로 힘없이 고개를 떨구었다. 장대 같이 쏟아지는 빗줄기, 힘없이 따라오는 피란민들과 호종 행렬, 길옆에 쓰러져 슬피 우는 나인들과 아녀자들을 보니 회한의 눈물이 왈칵 흘러나왔다.

원통하고 절통한 마음을 어찌 말로 표현하겠는가. 선조는 눈물을 보이지 않으려고 고개를 들어 창천을 바라보았다. 그러나 보이는 것은 알 수 없는 미래와도 같은 시커먼 먹구름이었다.

이날밤, 호종 행렬이 임진강 나루에 당도하였다. 시야는 칠흑같이 어둡고 하루 동안 억수 같이 쏟아진 비로 강물이 불어 세찬 물소리를 일으켰다. 강물에 허연 물보라가 고함을 지르며 굽이쳤다.

"사공 없는가? 사공 없는가?"

억수 같은 빗소리 사이로 사공을 찾는 목소리가 애절하게 들려오고 있었다.

'앞도 보이지 않는 칠흑 같은 밤에 어디서 사공을 찾는단 말인가. 모두 부질없는 짓이지.'

"사공 있는가? 사공 있는가?"

사공을 찾는 신하의 목소리는 울부짖는 듯했다. 궁녀들의 우는 소리도 끊이지 않고 이어졌다. 상황의 절박함이 비수처럼 임금의 가슴에 파고들어 가마에 앉아 있을 수가 없었다. 가마에서 내린 임금은 하릴없이 비를 맞으며 하얀 거품이 부서지는 임진강을 바라보았다.

'강을 건너게 할 사공조차 없구나. 아! 어쩌다가 이 지경에 이르렀단 말인가.'

뒤를 돌아보면 사나운 왜병이 소리 없이 쫓아오는 것만 같고, 앞을 바라보니 세찬 강물이 우레 같은 소리를 지르고 있었다. 사면초가에 빠진 항우의 신세가 나와 같을까? 생각할수록 자신의 처지가 처량하고 서글퍼져서 선조는 다른 이들이 보이지 않도록 홀로 낙루落淚하였다. 그때였다.

붉은 불길 하나가 하늘 위로 치솟아 올랐다. 놀란 선조가 용안을 들어 불빛을 바라보았다.

깎아질 듯한 벼랑 위에 붉은 불길이 맹렬하게 피어올라 먹장 같은 어둠을 밝혀주고 있었다. 사람들은 나루 근처에 있는 승정丞亭을 발견할 수 있었다. 호종하는 신하들이 승정 옆에 쌓아놓은 나무더미에 불을 질러 나루터를 비추었다.

호종하는 신하들이 횃불을 들고 이리저리 뛰어다닌 끝에 간신히 나룻배 대여섯 척을 끌어모았다. 가장 큰 배에 왕과 왕비, 세자의 순으로 올라 비를 맞으며 앉았다.

나인들이 배에 서로 타려고 아우성을 하다가 혹은 물에 빠져 물살에 휩쓸려 내려가고, 혹은 배를 타지 못하여 나루에서 발을 동동 구르며 소리를 질렀다. 악을 쓰며 울부짖는 나인들의 울음소리가 빗소리와 엉켜 구슬프게 들렸다.

"다 내 덕이 불민한 탓이로다. 내가 덕이 없는 탓이로다."

임금께서 낙루하시니 시립한 신하들이 덩달아 통곡하여 좁은 배안이 온통 울음바다가 되었다.

　배가 급류를 지나 운 좋게도 불어난 건너편 언덕에 닿았다. 임금께서 힘없이 쳐진 몸을 이끌고 언덕 위에 오르니 임진별장들과 관속들이 황토물이 가득한 바닥에 엎드려 통곡하였다.

　강을 건넌 임금이 고개를 돌려 절벽 위에서 타고 있는 불빛을 바라보았다. 꽤 오랜 시간이 지났음에도 절벽 위의 불길은 꺼질 줄을 모르고 더욱 환하게 타오르고 있었다. 장대 같은 비가 오는 것을 감안하더라도 놀라운 일이었다.

　'기이한 일이구나.'

　선조가 절벽 위의 불길을 가리키며 임진별장에게 물었다.

　"저 정자의 이름이 무언고? 누가 불을 피웠기에 이렇게 비가 오는 날에도 꺼지지 않고 저렇게 맹렬한 기세로 불타오르는고?"

　임진별장이 읍하며 말했다.

　"저곳은 화석정花石亭이라는 정자이온데 소신도 어찌 된 영문인지 모르겠습니다."

　선조는 더욱 이상하게 생각하며 다시 물었다.

　"저것을 만든 이가 누구냐?"

　"화석정은 원래 고려 말에 길재吉再가 살았던 곳인데 이명신李明晨이 건립하고 이숙함李淑菡이 이름을 지었다고 정기亭記에 쓰여 있었사옵니다. 이명신의 후손인 이율곡이 저곳을 증수하곤 자주 경치를 완상하다가 지금은 그 후손이 관리하고 있는데 오늘 같은 날 갑자기 저렇게 불이 나다니 이상한 일이옵니다."

"이율곡?"

"예, 그렇지 않아도 전날 그 후손들이 매양 정자 기둥에 두껍게 기름칠하는 것을 보고 이상하게 생각하여 물었더니 죽은 이율곡의 명이라 하더이다. 율곡이 죽은 후 한 달에 한 번씩 기름칠을 하여 그 두께가 손가락 한 치만큼 하더니 오늘 같은 때에 불이 나 상감마마를 곤경에서 구하였으니 기이한 일이옵니다."

임금이 좌우에서 시립하고 있는 신하들에게 고개를 돌렸다.

세차게 퍼붓는 빗줄기 속에서 환하게 타오르는 화석정의 불빛에서 이율곡의 얼굴이 겹쳐졌다가 사라졌다. 임금의 눈가에는 어느새 이슬 같은 눈물이 고여 있었다.

'아! 경은 죽어서까지 충성으로서 나를 부끄럽게 하는구려. 내가 그때, 그대의 이야기를 들었더라면, 그대의 이야기를 들었다면, 오늘날 이런 처지를 당할 리 없으련만…. 용서하시오. 용서하시오. 다만 그대에게 부끄럽고 미안할 따름이오. 미안할 따름이오.'

임금은 빗방울이 삼줄기처럼 쏟아지는 먹장 같은 하늘을 우두커니 올려다보다가 불타는 화석정으로 고개를 돌렸다. 억수 같은 빗줄기에도 꺼지지 않는 화석정의 불빛이 용안을 따라 흐르는 두 줄기 눈물을 은은하게 비추고 있었다.

징조
徵兆

1

선조 15년1582 4월, 따스한 봄볕이 부챗살처럼 내리쪼이는 경운궁慶運宮에서 선조는 여러 왕자들과 후궁들을 불러놓고 오찬을 하던 중에 문득 수저를 내려놓고 좌우의 왕자들을 한 번 휘둘러보다가 옥음玉音을 열었다.

"너희들은 이 세상에서 가장 맛있는 음식이 무엇이라고 생각하느냐?"

가까이 있던 의안군義安君 성珹이 재빨리 말했다.

"떡이옵니다. 소자는 떡이 가장 맛있습니다."

옆에 있던 인성군仁成君 공珙이 말했다.

"아닙니다. 꿀이 가장 맛있습니다. 꿀은 달고 맛있어서 그냥 먹어도 맛있고, 떡에 찍어 먹어도 맛있습니다."

그 옆에 있던 순화군順和君 보珤가 말했다.

"아닙니다. 고기가 가장 맛있습니다. 야들야들하게 익힌 소고기 경단은 정말로 맛있습니다."

"아닙니다. 닭고기가 가장 맛있습니다. 인삼을 넣은 백숙은 참으로 별미지요."

어린 왕자들의 이야기가 계속되는 가운데에 선조는 가장 오른편에 총기 있는 눈빛을 한 왕자를 바라보았다. 희고 고운 얼굴에 흑단 같은 눈빛이 초롱처럼 빛나는 왕자는 무엇을 생각하는 것인지 입을 꼭 다물고 아무런 대답이 없었다.

"혼琿아, 너는 어째서 아무 말도 없는 것이냐?"

혼이라는 왕자는 공빈의 둘째 아들인 광해군光海君이다. 광해군은 선조의 덕음을 듣고는 가볍게 머리를 숙여 읍하고 천천히 고개를 들었다.

"혼아, 너는 무엇이 가장 맛있다고 생각하느냐? 어서 말해 보거라."

"소자는 소금이 가장 맛난 음식이라 생각합니다."

"오… 소금이라… 그 까닭이 무언고?"

"모든 음식에 소금이 들어가지 않으면 맛이 나지 않습니다. 떡도 많이 먹으면 질려서 못 먹게 되고, 꿀 역시 열 숟가락을 먹을 수 없습니다. 고기 역시 소금 간을 하지 않으면 그 맛이 형편없을 것이니 한 가지로서 백 가지 간을 낼 수 있는 소금이야말로 이 세상에서 가장 맛난 음식일 것입니다."

"과연 명답이로구나. 네 식견이 다른 왕자들과 다른 것은 알고 있었다만 과연 그렇구나. 그렇다면 한 가지 더 물어보자꾸나. 너는 작금의 세상이 돌아가는 일을 어떻게 생각하느냐?"

광해군은 천천히 자리에서 일어나 수라상에서 물러나더니 선조의 앞에 공손하게 무릎을 꿇고 앉아 머리를 조아렸다.

"아뢰옵기 황공하오나 소자가 한마디 말씀을 올려도 되겠사옵니까?"

"어서 해보라."

"소자가 구중궁궐 속에서 화초처럼 곱게 자라나다 보니 바깥의 실정을 잘 알지 못하옵니다. 하오나 당금의 실정을 귀동냥으로 들어 알고 있사오니 제가 우선적으로 생각하고 있는 조목을 두 가지로 말씀드리겠사옵니다."

"오! 두 가지 조목이라… 어려워 말고 어서 말해 보라."

광해군이 공손히 고개를 숙여 절을 하곤 정좌한 후 입을 열었다.

"맹자孟子에 현자賢者 여민동락與民同樂이라 하였습니다. 소자가 듣기로 이 나라의 첫째 문제로는 기근饑饉을 들 수 있습니다. 나라의 근본은 백성이요, 백성이 없다면 나라가 없을 것입니다. 백성이 부富하면 나라가 부하고 백성이 가난하면 나라도 가난해지는 것이 이치일 것입니다. 지금 이 나라에는 기근이 3년 넘게 계속되고, 곳곳에 천재지변이 일어나 백성들의 괴로움이 한량없을 것입니다. 구황절목救荒節目을 마련하고 경성 바깥에 상평창常平倉을 세운 일은 매우 잘한 바이지만 그것만으로 곤궁한 백성들을 구할 수는 없을 것입니다."

선조는 순간 가슴이 뜨끔하였다.

광해군이 한 말은 맹자孟子 양혜왕편梁惠王篇에 나오는 말이다. 이 말은 양梁 제선왕齊宣王이 이궁離宮에서 맹자를 만나 나눈 말인데 통치자가 되어 즐거움을 백성들과 함께하지 않고 혼자 누리는 것은 잘못이라는 내용의 구절이었다. 구절의 의미인즉 백성들은 바깥에서 굶주리고 있는데 임금은 궁궐에서 호의호식을 하고 있다는 뜻으로 광해군이 맹자의 구절을 인용하여 자신을 질책하고 있었다.

선조는 노기가 솟구쳐 얼굴이 붉게 굳어져서 말했다.

"그래 네 이야기가 무엇이냐? 무슨 이야기를 하는 것이며, 어떡하면 좋겠단 말이냐?"

광해군이 침착하게 입을 열었다.

"만승萬乘의 나라는 넓고 넓기 때문에 임금이 일일이 백성의 고통을 살펴줄 수 없습니다. 때문에 이 나라에서 백성과 더불어 즐거움을 누려야 할 사람이 있다면 임금이 아니라 백성의 바로 위에 있는 신하일 것입니다. 신하가 백성들의 아픈 곳을 살펴주지 않고 임금 앞에서 임금의 눈을 가린다면 어찌 임금이 그 백성의 고통을 바로 살필 수 있겠습니까? 듣자하니 사류士類들이 동서로 갈려 서로 비방을 일삼으며 당론黨論을 일삼은 지가 벌써 오래요, 사헌부司憲府에서 동서 사류의 시비是非를 논한 것이 벌써 3년 전인데도 여전히 그 폐단은 일소되지 않으니 여민동락의 주범은 바로 그들에게 있습니다. 사류가 비방을 그만두고 진실로 백성을 아끼고 살펴 자신의 가족을 먹이고 입히는 것처럼 하였을 때 진실로 이 나라 백성들은 부유해질 것이고 백성들과 신하, 그리고 상감마마께서도 함께 여민동락할 수 있을 것입니다.”

선조의 입가에 웃음이 피었다. 책임이 선조 자신에게 있는 것이 아니라 신하들에게 있다는 말 때문이었다.

“혼아! 선비들은 이 나라를 이끌어 가는 기둥이다. 그들이 없으면 나라가 바로 설 수 없으니 옛 선왕들이 선비의 말에 귀를 기울인 것이 바로 그 이유다.”

광해군이 머리를 갸웃거리며 말했다.

“하지만 소자는 이해할 수가 없습니다. 이 나라의 임금은 아바마마이십니다. 아바마마는 사류의 시비를 바로잡으실 수 있으실 것입니다. 그런데 어째서 그냥 보고만 계시는 것입니까?”

선조의 마음속에 한바탕 회한이 일었다. 자신도 어린 광해군의 말이 백번 지당하다는 것을 알고는 있지만 어찌할 방도가 없는 것 또한 현실이었기 때문이었다.

명종이 승하한 후 선조가 정묘년에 경복궁 근정전에서 왕위에 오르니 그때 그의 나이 열다섯이었다. 열다섯의 나이로 왕위에 오른 선조는 정치 경험이 부족했고, 그 부족한 부분은 신하들의 몫이 될 수밖에 없었다. 시간이 지날수록 신하들의 힘이 세어진 것은 말할 나위도 없었고, 결국 선조는 자신의 힘보다는 신하들의 입김에 의존하여 하루하루를 보내고 있었던 것이다.

선조는 그 부분을 더 말하기 싫어서 광해군에게 말했다.

“혼아! 그 이야기는 이제 되었다. 네가 생각하는 두 번째는 무엇이냐?"

광해군은 다시 엎드려 말을 이었다.

"두 번째 문제는 이 나라의 군사 문제이옵니다. 우리나라의 병력은 진실로 전조前朝-고려에도 미치지 못하는데 가만히 상고해 보면 일백 년 동안 태평성대를 누리다 보니 군사정책이 산만해진 것입니다. 거슬러 올라가 보면 고려高麗를 개국하신 태조께서 문무의 자질이 뛰어나시고 나라의 군사들이 강맹하여 거란이나 여진 같은 야인들이 감히 이 나라를 침범할 생각을 하지 못하였습니다. 소자는 아직도 거란의 대군이 이 나라를 침입해 들어왔을 때 강감찬姜邯 贊이 귀주龜州에서 그들을 무찌른 것을 생각하면 심중에 차오르는 희열을 감당할 수가 없습니다. 또한 고려 태조께서 의義를 생각하시고 거란이 보내온 낙타를 만부교萬夫橋 아래에서 굶겨 죽인 일을 생각할 때면 소자는 가슴이 마냥 벅차올랐습니다. 이 모든 일을 가능하게 해준 것은 군사의 힘이라 할 수 있을 것입니다. 서경書經에는 극힐융병克詰戎兵이라 하여 '융병을 잘 다스리라' 하였고 유자劉 子-춘추시대 노魯나라 성공成公 때의 인물는 나라의 큰일은 제사 지내는 것과 전쟁을 치르는 것이라 하였으며, 순자荀子는 병력의 규모를 크게 하면 천하를 제압할 수 있고, 적게 하면 이웃 나라를 제압한다 하였으니 진실로 나라를 소유한 자로서 소홀히 할 수 없는 일이라 하였습니다. 비록 나라가 기근이 들어 군비를 책정하고 병력을 키우는데 어려움이 클지는 모르겠지만 이처럼 나라의 군사정책이 완비되어 있다면 오랑캐를 걱정할 이유가 없으며 도리어 그들을 정벌하고 국사에 없는 크나큰 대업을 이룰 수 있을 것입니다."

"오! 국사에 없는 대업大業이라… 그 대업이 구체적으로 무엇이냐?"

"그 옛날 고구려의 광개토대왕처럼 대륙을 호령하며 이 나라의 국세를 떨치는 것입니다."

주위에 둘러앉은 후궁들의 얼굴이 일시에 새파랗게 질린 것은 말할 것도 없고, 선조 역시 그 말을 듣고 얼굴이 새파랗게 굳어져서 남이 들을까 조용히 말했다.

"대륙을 호령한다니… 그, 그게 무슨 말이냐? 대륙에는 거대한 명明나라가 있다. 명나라는 대국이요 우리나라는 소국이며 우리는 명나라와 사대의 관계를 맺고 있지 않느냐? 삼강三綱과 오륜五倫에 무엇이 있느냐? 임금과 신하는 믿음信이 있으며 의리義理가 있어야 한다 나와 있지 않더냐? 너는 그것을 모른단 말이냐?"

"어찌 모를 리 있겠습니까? 하지만 고려의 태조대왕께서는 고려를 세우실 때 연호年號를 쓰셨습니다. 연호가 무엇입니까? 황제皇帝를 의미하는 말이 아닙니까? 제가 고려사高麗史를 차근차근 읽어본즉 태조대왕께서는 천수天授라는 연호年號를 사용하셨으며, 광종光宗대왕은 광덕光德·준풍峻豊이라는 연호를 사용했으며, 개성開城을 황도皇都라 하고 서경西京을 서도西都라 이름하여 황제의 나라임을 천명하셨습니다. 태조대왕께서 어찌 의리義理를 모르셨겠습니까? 그뿐 아니라 본조에 와서는 세종대왕께서 칠정산七政算이라는 역법曆法을 만드셨다 들었습니다. 달력이란 천자의 나라만이 사용할 수 있기 때문에 사신들이 일 년에 한 번씩 중국에 가서 대명력大明曆을 받아 온다 들었습니다. 그럼 세종대왕께선 무슨 이유로 천자의 나라에서만 만들 수 있는 달력을 만드신 것입니까? 세종대왕께서 의리義理를 모르고 그것을 만든 것입니까? 더 멀리 가자면 태조대왕이성계께서는 대륙을 정벌하러 가시다가 천명이 허락함을 받지 못하여 이 나라를 개국하셨다 들었습니다. 그럼 그것은 또 어떻게 받아들여야 합니까? 그리고 어째서 조선이 소국인지 잘 모르겠습니다. 정통성과 역사를 따져보자면 중국이 어찌 저희와 겨룰 수 있단 말입니까? 소자는 잘 모르겠습니다."

선조는 광해군의 일목요연한 말을 듣자 등줄기에 식은땀이 주르륵 흘러내리는 것 같았다.

'이… 이놈은… 정말…'

광해군의 나이 8세였다. 남달리 총명하고 영민하여 5세에 천자문을 깨치고 사서자집史書子集을 통달하여 선조의 귀여움을 독차지하다시피 한 광해군의 이야기는 마냥 철없고 귀여운 아들이라 생각하던 선조를 놀라게 하기에 충분한 것이었다.

'대륙을 생각하고 있다니… 천자의 나라 명明이 버젓이 건재해 있는데 소국인 조선에서 대륙을 품을 생각을 하고 있다니…'

잠시 놀라움에 젖어 있던 선조는 한편으로 나오는 실소를 금할 수가 없었다. 너무나도 무모한 생각임이 틀림없었고, 어찌 보면 우물 안의 개구리요, 세상모르는 철부지의 말임이 틀림없었기 때문이었다.

"혼아… 너는 어릴 적부터 나를 깜짝깜짝 놀라게 하는 재주가 있구나. 아무튼, 네 기개가 가상하구나. 하지만 이제부터라도 그런 소리는 하지 말거라. 이 순간부터 그런 소릴 또 한다면 나는 너를 다시 보지 않겠다."

광해군은 고개를 들어 임금을 바라보았다. 노기 띤 용안에서 서글픈 그림자가 어른거리는 것 같았다.

'아! 진정 아버님은 천하를 품을 뜻이 없는 것인가? 천자의 나라를 만들 생각이 없으신 것인가. 아! 나와 같은 생각을 하는 사람은 없는 것인가.'

광해군의 눈가에는 수정 같은 눈물이 그렁그렁 맺혔다.

2

다음 날 이른 아침, 선인문宣仁門 앞에서 누군가를 기다리던 광해
군은 아문으로 들어오는 관원 하나를 발견하곤 화색이 되었다. 다
름 아닌 이조판서 이이李珥였다.

광해군이 빠른 걸음으로 다가가 이조판서 앞에 멈추어 섰다.

"대감."

붉은빛 조복을 입은 관원이 가볍게 읍을 하였다.

"대군께서 어인 일이십니까?"

"이판대감, 나예요. 대감을 기다렸어요."

"대군께서 어인 일로 저를 기다리셨습니까?"

"할 말이 있어요."

광해군이 이이의 손을 끌다시피 홍화문 뒤편 길로 걸음을 옮겼
다. 잠시 앞서 가던 광해군이 인적 없는 건물 뒤편에 멈추어 서서

길게 한숨을 내쉬었다.

이이가 고개를 갸웃거리며 물었다.

"대군마마, 무슨 걱정거리라도 있으십니까?"

"예."

광해군이 어제 경운궁에서 있었던 일들을 숨김없이 이야기하였다.

"이판대감, 제가 한 말이 틀렸나요? 제 생각이 잘못되었나요?"

이이가 한동안 말이 없다가 이윽고 입을 열었다.

"아닙니다. 대군의 말씀이 지당하십니다."

"그렇죠? 그럴 줄 알았어요. 이판대감은 제 생각이 옳다 하실 줄 알았어요."

광해군의 얼굴에 반가운 빛이 돌았다.

"그렇지만 이제부터는 자중하셔야 합니다."

"자중하라구요? 대감, 당파의 싸움을 멈추지 않으면 이 나라에 큰 화가 일어날 것을 대감께서 더 잘 알고 계시잖아요."

"대군께서는 붕당朋黨을 나쁘게 보시지만 그것이 반드시 나쁜 것만은 아닙니다. 조정의 공론이 한 방향으로 치우치게 되는 것이야말로 나쁜 일이지요. 좋은 점을 보십시오. 서로의 정책을 견제하며 좋은 방향으로 나가는 것을 찾을 수 있다면 붕당도 좋은 정치의 방편이라 할 수 있습니다."

"대감, 정말 그렇게 생각하십니까? 동서의 당파는 대감이 생각하는 것과는 성격이 다릅니다. 대감께서 더 잘 아시지 않습니까?"

날카로운 광해군의 말에 이이는 얼굴을 찡그렸다.

이때에 조정의 사류士類가 동서東西로 나뉘어 있었다. 당파가 나뉘게 된 것은 이조전랑吏曹銓郎이라는 벼슬 때문이었는데 그 중심에 김효원金孝元과 심의겸沈義謙이라는 두 인물이 있었다. 김효원은 조식과 이황의 문하에서 학문을 익혔는데 알성문과謁聖文科에 장원하여 벼슬길에 올라 세상에 이름을 알린 사람이다.

어느 날, 김계휘가 이조전랑 문제로 심의겸에게 의견을 물었는데 이조참의로 있던 심의겸이 명종 때 공무로 영의정 윤원형尹元衡의 집에 갔다가 그곳에 김효원의 침구가 있는 것을 보고, 권신權臣 윤형원의 문객이었다 하여 이를 거부하였다.

그 후 심의겸의 동생 심충겸沈忠謙이 이조전랑으로 추천되자 이번에는 김효원이 들고일어났다. 심충겸이 명종의 비妃인 인순왕후仁順王后의 동생이므로 전랑의 관직은 척신戚臣의 사유물이 되어서는 안 된다고 반대하며 이발李潑을 추천하였던 것이다.

이에 심의겸이 김효원과 대립하여 그 싸움이 점점 커지게 되어 사람들이 두 패로 나누어지게 되었는데 그 당시 김효원의 집이 건천동乾川洞에 있고, 심의겸의 집이 정릉동貞陵洞에 있어 동인과 서인이라 부르게 되었던 것이다.

이조전랑의 자리가 품계로는 정5품밖에 되지 않지만 관리의 임명을 좌지우지하는 인사권을 가지고 있는 자리라 그리 낮은 관직이라 할 수 없었다. 동인에서 이조전랑이 나오면 요직이 모두 동인에게 가게 되고, 서인에서 나온다면 서인이 집권할 수 있으므로 두 당파가 이조전랑 자리에 목숨을 걸게 된 것이다. 때문에 공론을 다투는 것이 아니라 시비를 다투어 제대로 된 국정이 이루어지지 않고 있었다.

"이판대감, 사람들이 대감을 어떻게 부르는지 아십니까? 박쥐라고 부릅니다. 동에 붙었다, 서에 붙었다 한다고 대감을 박쥐라고 합니다."

"대군마마, 두 사람이 싸우고 있습니다. 제가 보기에 두 사람 모두 괜찮은 인재들이옵니다. 허면 대군께서는 누구 편을 들겠습니까? 지는 편을 들어야 합니까? 이기는 편을 들어야 합니까? 마땅히 이기는 편을 말려 지는 이가 큰 상처를 입는 것을 막아야 할 것입니다."

"대감, 대감의 마음이 그렇더라도 조정에 그 진심을 알아주는 사람이 없지 않습니까?"

"대군마마, 그런 이야기는 인제 그만 하시지요."

이이가 언짢은 기색을 내비치자 광해군이 풀 죽은 얼굴로 품속에서 편지 한 장을 꺼내 보였다.

"좋아요. 그럼. 이것을 봐주세요."

이이가 종이를 펼치니 시 한 구절이 쓰여 있었다.

험난한 심곡에서 수많은 사람이 일어나고 十干深谷千人起
황량한 계곡의 흙먼지 어지러운데 오랜 달이 밝다 荒谷紛塵古月明

"이것이 무엇인가요?"

"항간에 떠도는 시입니다. 이 시를 보니 반드시 의미가 있는 것 같아서 이렇게 이판대감을 찾아왔습니다."

이이가 한동안 시를 바라보다가 빙그레 웃으며 말했다.

"대군께서는 이 시에 어떤 의미가 있다고 생각하십니까?"

"병란을 의미하는 시 같습니다."

"병란?"

"그렇습니다."

광해군이 각진 얼굴에 열기를 더하며 말했다.

"세상 돌아가는 것이 위태하기 이를 데 없습니다. 기근이 극심하여 민심이 흉흉하기 이를 데 없고, 내정은 동인과 서인의 붕당싸움으로 하루라도 조용할 날이 없습니다. 비단 나라 안의 문제만이 아니올시다. 바깥으로 왜국의 상황이 심상치 않아 걱정입니다. 들자하니 왜국의 첩자들이 각 도를 누비고 다닌다는 소문이 항간에 파다하게 퍼졌습니다."

"왜국의 첩자라……."

이이가 물끄러미 시를 바라보다가 무겁게 입을 열었다.

"대군께서는 이 나라에 병화가 있으리라 생각하십니까?"

"예, 명종明宗대왕 말년에 남사고南師古가 머지않아 조정에서는 당파가 생길 것이며 또 오래지 않아 왜변이 일어날 것인데, 만약 진辰년에 일어나면 오히려 구할 길이 있지만 사巳년에 일어나면 구하기 어려울 것이라 하곤 사직동에 왕기王氣가 있으니 세상을 태평하게 할 임금이 거기서 나올 것이라 했답니다. 남사고가 풍수·천문·복서·상법에 이르기까지 세상에 알려지지 않은 비결을 알아서 말하는 것은 반드시 맞추었는데 사직동에서 국왕이 나신 것이 기막히게 맞아떨어져서 사람들이 병란이 진년辰年에 날 것인지 사년巳年에 날 것인지 궁금하게 생각한다 합니다. 또 있습니다. 국초國初에 무학無學대사께서 지은 도참기圖讖記에 역대 국가의 일을 말했는데, 임진년에는 이런 말이 있었다 합니다.

산악이 솟아서 구름 밑에 닿고   岳聳雲根
여울물이 비었는데도 달그림자가 비친다.   潭空月影
있는 것이 없어져 어디로 가며   有無何處去
없는 것이 있어 어디에서 오는가.   無有何處來

이판대감, 이것이 무슨 뜻입니까? 가까운 미래에 병란이 일어난다는 뜻이 아니고 무엇이겠습니까? 이대로는 아니 됩니다. 대비하지 않으면 이 나라는 큰 화를 입을 것입니다. 제가 대감을 찾아온 것은 이 때문입니다."

이이가 빙그레 웃으며 고개를 끄덕였다.

"대군마마의 뜻은 잘 알겠습니다. 저 역시 생각하고 있는 바이니 걱정마십시오."

"생각하는 바가 있다구요?"

"네, 그러니 대군마마께서는 염려 놓으십시오."

"역시! 이판대감은 따로 생각하는 바가 있었군요. 저는 그럼 이판대감을 믿고 돌아갈게요."

이이가 몸을 돌리는 광해군에게 말했다.

"대군마마, 궁궐은 생각보다 무서운 곳입니다. 날카로운 송곳보다 무딘 송곳이 되셔야 합니다."

"알았어요. 이판대감 말처럼 자중하죠."

광해군이 환하게 웃으며 몸을 돌려 모퉁이에서 기다리고 있던 내시와 함께 멀어져 갔다.

이이가 고개를 숙여 손바닥 가운데 놓인 종이를 물끄러미 바라보다가 힘껏 움켜쥐었다.

3

이이가 광해군과 헤어져 근정전에서 조회를 한 후에 승정원으로 들어가니 전날 광해군이 경운궁에서 했던 이야기들이 조정대신들의 화젯거리가 되어 있었다.

"대군마마께서 맹랑하시지?"

"그러게 말일세. 대국을 정벌하신다니 그게 말이나 되는 말인가? 천자께서 그 소릴 들으신다면 가만히 계시지 않을 걸세."

"대역죄 아닌가. 아무리 나이 어린 대군이라 할지라도 용서받을 수 없을 걸세."

이이가 웃으며 말했다.

"나이 어린 대군께서 생각 없이 하신 말씀을 가지고 무얼 그러십니까?"

승정원의 대신들이 이이를 바라보았다.

영의정 박순이 고개를 끄덕였다.

"이판의 말이 옳소. 조정의 시무가 산더미처럼 쌓였는데 어린 대군의 이야기를 안줏거리로 삼아 무엇하겠소. 오늘의 중요한 안건이 무엇이오?"

대사간 송응개宋應漑가 입을 열었다.

"얼마 전 평양 감사로 부임한 임제를 파면하는 건입니다."

이이가 고개를 갸웃거리며 말했다.

"송공, 그게 무슨 말이오? 임제가 평양 감사로 부임하지도 않았는데 파면한다는 말씀이오?"

"이판대감, 임제는 무도하고 호색한 자입니다. 그는 평양 감사의 자질이 없소이다."

"임제가 무도하고 호색하다니요? 그가 여자를 좋아하긴 하지만 호색한 자는 아니올시다. 임제가 시를 잘 짓고 무예가 절등하다는 것은 여러분들이 더 잘 아시지 않습니까?"

"제가 말씀드리는 것은 그의 자질입니다."

"그에게 어떤 문제가 있단 말입니까?"

"말씀드리지요. 이번에 임제가 도임 길에 개성을 지나다가 황진이의 무덤 앞에서 단가를 지었다 합니다."

송응개가 단가 한 수를 읊었다.

청초靑草 우거진 골에 자는가 누웠는가

홍안紅顔을 어디 두고 백골白骨만 묻혔나니

잔촖 잡아 권할 이 없으니 그를 슬퍼하노라

"북방을 지키는 중책으로 가는 자가 죽은 황진이에게 미련이 있는지 잔을 권하지 못한 것을 슬퍼하고 있습니다. 과연 이것이 중임을 맡은 평양 감사가 할 짓입니까? 임제는 교만하고 호색하여 평양 감사를 맡길 수 없습니다."

이이가 말했다.

"설마 그가 죽은 황진이에게 음심이 있어 그런 단가를 지은 것이겠소? 그는 문무겸전한 유능한 사람이외다. 북방의 야인들을 제압할 수 있는 충분한 재목이외다."

"이판께서 임제를 천거하셨으니 그런 말씀을 하시는 것이 당연하시겠지요. 임제를 파면하는 것은 제 뜻이 아니라 양사의 공론이 모인 결과입니다."

송응개가 이이에게 쏘아붙였다.

임제는 나주 사람으로 선조 10년1577에 알성문과에 급제하여 예조정랑謁聖文科과 지제교知製敎를 지냈다. 문무에 능하고 사람이 호방하여 능히 북방의 임무에 적합한 인물이라 판단한 이이가 직접 천거한 인물이었다. 그런 임제가 평양 감사 부임길에 오른 지 얼마되지 않아 양사의 대간으로부터 탄핵을 받게 되었으니 이이로서도 기가 막힐 따름이었다.

"정말 임제를 파면하시려는 것이오?"

이이가 물끄러미 송응개를 바라보다가 박순에게 고개를 돌렸다.

영의정 박순이 힘없이 고개를 가로저었다.

되돌릴 수 없다는 뜻이었다.

"아!"

이이가 더 말을 하지 못하고 천천히 몸을 돌려 승정원을 나오니 박순이 그 뒤를 따라나왔다.

"기운 차리게. 임제는 어떻게든 파면을 면하게 할 것이니 너무 염려 말게나."

이이가 박순에게 고개를 돌렸다.

"대감."

"할 수 없는 일이네. 임제의 일은 잊어버리게. 무언가를 하기에는 적들이 너무나 많아져 버렸어."

박순이 길게 한숨을 내쉬었다.

이이가 말했다.

"대감, 머지않아 큰 병란이 일어날 것입니다."

박순의 얼굴이 일시 굳어졌다.

"자네, 지금 병란이 일어난다 하였나?"

"예, 제가 임제를 천거한 것은 병란의 손실을 줄여보려고 취한 방법이었습니다."

박순이 머리를 설레설레 저었다.

"난 자네 말을 믿네만 다른 사람들은 화가 목전에 닥치기 전까지는 믿어주지 않을 걸세. 임제 역시 복직시키지는 못할 거야. 지금 우리가 할 수 있는 일이란 없네. 국고는 텅텅 비었고, 사람들은 우리말에 귀를 기울이지 않는다네. 지금은 방법이 없어."

"아닙니다. 다른 방법이 있을 겁니다."

"다른 방법?"

"예, 길이 하나만 있는 것은 아니지요. 다른 방법이 반드시 있을 겁니다."

4

이이가 그 길로 이조에 들어가 포도대장을 불러들였다.

"불러 계십니까?"

좌우포도대장이 이이의 부름을 받고 이조에 들어와 인사를 하였다.

"내가 알아보라는 것은 어찌 되었는가?"

우포도대장이 아뢰었다.

"북방 야인들에게서는 특이한 움직임이 포착되지 않았습니다."

"야인들에게 특이한 점이 없다?"

"예, 그런데 이번에 사은사를 따라 다녀온 의주만상의 상인에게 이상한 이야기를 들었습니다. 근래 요동 일대에서 누르하치라는 여진족 추장이 세를 떨치고 있다고 합니다. 누르하치는 요동도독 이성량의 부하였는데 좌도독 용호장군이라는 칭호를 받았고 최근에 건주 일대의 여진족들을 수중으로 흡수하였다고 합니다.”

“누르하치?”

이이가 이번에는 좌포도대장을 바라보았다.

좌포도대장이 꾸벅 인사를 하곤 입을 열었다.

“대감, 동래 왜구들에게서도 특별한 움직임은 발견할 수 없었습니다. 대마도주 평조신과 현소라는 중이 조공을 하러 한양에 올라올 때 많은 무리를 대동하고 오는 것이 걸리지만 특별한 혐의를 포착할 수는 없었습니다. 그리고 이번에 동래 왜구들의 동향을 조사하는 과정에서 왜구와 거래하는 상인에게 이상한 이야기를 들었습니다.”

“무언가?”

“왜국에는 불을 뿜어대는 무기가 있다 합니다. 이름을 조총鳥銃이라고도 하고 뎃포鐵砲, 철포라고도 하는데 계묘년癸卯年, 1543에 남만南蠻, 포르투갈의 배가 종자도種子島, 다네가시마에 와서 처음으로 전하였다 합니다. 길이는 석 자쯤이고 철통鐵筒으로 되어 있는데 번개 같은 불과 천둥 같은 소리가 나면 멀리에 있던 사람이 짚단처럼 쓰러져 죽는다고 합니다.”

“그런 무기가 있을라구?”

우포도대장이 너털웃음을 지었다.

“그런 무기가 있으니 지금 말하는 것이 아닌가. 지금 왜국에 조총이란 것이 널리 퍼져서 수를 헤아릴 수가 없다고 하네.”

좌포도대장이 정색을 하였다.

이이가 말없이 두 사람의 말을 듣고 있다가 좌우포도대장을 바라보았다.

"모두 수고들 하였네. 우포도대장. 내가 하나 물어봄세. 누르하치가 여진족들을 데리고 우리 땅을 침입해 들어올 것 같은가?"

"대감께서는 농담도 잘하십니다. 여진족들이 무슨 수로 우리 땅을 침입하겠습니까? 명나라 같은 대국이 버티고 있는데 말씀입니다."

"만약에 누루하치가 명나라를 멸망시킨다면?"

"일개 야인들이 대국을 멸망시킨다니요? 어림없는 이야기지요."

우포도대장이 고개를 설레설레 흔들었다.

이이가 이번에는 좌포도대장에게 고개를 돌렸다.

"좌포장, 자네는 어떻게 생각하는가? 왜인들의 침략에 대해서 말이네."

"왜구들의 노략질은 어제오늘의 일이 아닙니다만 대부분 적은 숫자가 해안가에 상륙해서 소란을 일으키는 정도였지 큰 변란을 일으킬 정도는 아닙니다. 왜구들에게 좋은 무기가 있다 하더라도 왜와 우리나라 사이에 큰 바다가 버티고 있는데 무슨 수로 침입해 오겠습니까?"

"왜인들이 수천 척의 배를 몰고 침입해 온다면?"

"에이. 설마 그런 일이 일어나기야 하겠습니까?"

좌포도대장이 실없이 웃었다.

"자네는 경오년庚午年, 1510의 난을 모르는가? 그것이 불과 70여 년 전의 일이네."

좌포도대장의 얼굴이 일시 창백해졌다.

경오년의 난이란 중종 5년1510에 일어난 삼포왜란三浦倭亂을 말한다.

중종 5년 4월, 내이포에 거주하고 있던 왜인들 가운데 우두머리 역할을 하던 오바리시大趙馬道와 야스코奴古守長 등이 갑옷과 칼로 무장한 왜인 오천을 거느리고 침입하여 들어왔는데 이 과정에서 부산포 첨사 이우증李友曾이 살해되었고, 제포 첨사 김세균金世鈞이 납치되었으며, 조선의 백성 270여 명이 살상되고 민가 796가구가 소실되었다.

조정에서는 즉시 황형黃衡을 좌도방어사左道防禦使로, 유담년柳聃年을 우도방어사로 삼아 삼포의 폭동을 진압하였는데, 폭동의 주모자였던 대마도주의 아들 소오 모리히토宗盛弘가 죽고 삼포의 왜인들이 대마도로 도주하면서 난은 진압되었다.

이이가 미소를 지으며 좌우포도대장에게 말했다.

"유비무환有備無患이라는 말이 있네. 미리 대비하면 후환을 없앨 수 있다는 말일세. 옛일을 돌이켜보고 문제가 일어날 징후가 있다면 응당 그 문제를 해결하려고 힘을 쓰는 것이 나라의 녹을 먹는 자들의 임무일세. 자네들의 귀에 내 말이 기우杞憂처럼 들릴지 모르겠지만 미리 대비하는 것이 나쁜 일은 아니지 않은가?"

좌우포도대장이 웃음을 뚝 그쳤다.

"이 사람들, 너무 기죽을 것 없네."

이이의 말에 좌우포도대장이 서로의 얼굴을 바라보았다.

좌포도대장이 고개를 갸웃거리다가 물었다.

"대감의 말씀 명심하겠습니다. 그런데 이조에서 무엇 때문에 변방의 상황을 궁금해하시는 겁니까?"

"이조가 무엇을 하는 곳인가? 관원들의 인사관리를 하는 곳이 아닌가? 변방의 상황을 알아야 합당한 관원들을 적절하게 뽑을 것이 아닌가."

"그도 그렇군요."

좌우포도대장이 고개를 끄덕였다.

"그보다도 이번 단옷날에 재미있는 놀이 하나를 해보면 어떨까?"

"재미있는 놀이라뇨?"

"씨름대회를 하는 것일세. 상금은 이조에서 댈 터이니 포도청에서 씨름대회를 개최하세. 이날 장원한 자는 빈천에 상관없이 포도군관으로 특채한다고 공고를 내면 천하의 장사들이 구름처럼 몰려올 것이니 재미있는 씨름판이 되지 않겠는가?"

좌우포도대장이 서로를 바라보며 생각하니 과연 이전에 본 적이 없는 큰 씨름판이 벌어질 것이 분명하였다. 더구나 이조에서 상금을 댄다니 손해날 것도 없었다.

"좋습니다. 그거 아주 재미있겠군요."

"시간이 충분하게 남았으니 자네들이 한번 추진해보게."

"예, 그리하겠습니다."

좌우포도대장이 꾸벅 인사를 하곤 이조에서 물러났다.

1

평양 감사에서 일거에 낙마한 임제는 고산도高山道 찰방察訪으로 좌천되어 있었다. 이날 임제林悌가 군량을 싣고 황초령黃草嶺을 넘어 완파연莞坡衍 옆에서 잠시 쉬고 있을 때였다. 시냇가에서 밥을 짓다 말고 저희들끼리 모여 앉아 두런두런 이야기를 하고 있는 군졸들의 이야기가 귓가에 들려왔다.

"백두산에 산신령이 있다는 얘기 들었나?"

"응, 들었어. 참말로 신령님이 현신現身을 하시는 모양이지?"

"그렇다더라. 사람이 출입하지 않는 험한 곳이라 신선들이 자주 출입을 하는 모양인 게지."

"신선들이 사는 세계가 참말 있는 모양이지. 그렇지 않고서는 신령님들을 사람이 어찌 볼 수 있겠나? 그러고 보면 백두산이 신산神山은 신산인 모양이야."

말없이 듣고 있던 임제의 입에서 실소가 터져 나왔다.

"이놈들아, 신령이니 신선이니 되지도 않는 이야기 말고 밥이나 가져오너라. 아직 밥은 덜 되었느냐?"

군졸 하나가 임제의 눈치를 살피며 중얼거렸다.

"나리, 되지도 않는 이야기가 아니굽쇼. 삼수三水에 번番을 서는 군졸에게서 들은 이야긴뎁쇼. 그 지역에 산신령이 빈번하게 나타난다는 겁니다요. 정말입니다요."

옆에 있던 군졸 하나가 그 말을 받아 입을 열었다.

"예, 삼수뿐 아니라 혜산, 보천보 지역에 사는 사람들도 곧잘 보았다는뎁쇼."

"허허허, 산신령을 보았다니. 그런 일이 있을라구?"

군졸이 임제의 실소에 발끈하였는지 두 눈을 부라리며 재빨리 대답했다.

"정말입니다요, 나리. 제 말을 못 믿겠다면 삼蔘을 캐는 심마니나 삼수 지역에 사는 사람들한테 물어보십쇼. 제 말이 틀린지 맞는지 말입니다."

"허허허. 그래, 산신령이 어떻게 생겼다더냐? 호랑이를 탄 백발 노옹이라더냐?"

군졸은 임제의 웃는 모습에 적이 답답한 듯이 가슴을 두드리다가 길게 한숨을 내쉬고는 정색을 하며 말했다.

"나리가 저희 말을 못 믿으시는 모양인데 말입니다. 쉰네의 말은 사실입니다. 나리가 그렇게 이놈을 믿지 않으신다면 저는 이야기하지 않겠습니다."

임제가 바라보니 군졸의 얼굴이 너무도 진지하여 농담이 아닌
것 같았다.

"이놈아, 내가 너희 말을 못 믿어서가 아니라 원체 믿을 수 없는
말이어서 농이구나 생각하고 해본 것이야. 이제부터는 믿고 들을
터이니 어서 말해봐."

임제가 무안한 마음에 군졸을 다독거리니 그제야 군졸이 입을
열었다.

"이런 말씀드리기는 좀 황당스럽지만 백두산의 산신령을 봤다는
사람들의 말로는 호랑이를 타기는 탔는데 백발 노옹은 아니라 합
니다."

군졸의 말에 임제는 두 눈이 부엉이만 하게 휘둥그레져서 자신
의 귀를 믿지 못하는 듯 군졸에게 다그쳐 물었다.

"뭐, 뭐라구? 정말로 호랑이를 탔단 말이냐? 사람이 호랑이를 탔
단 말이냐?"

군졸은 임제가 흥분한 모습을 보자 신이 나는 듯 눈을 휘둥그렇
게 뜨고 손을 아래위로 크게 내저으며 말했다.

"예, 집채만 한 호랑이를 타고 다닌다 합니다요. 그런데 그 형상
은 백발 노옹이 아니라 조그마한 어린아이의 모습이라 합니다. 정
말 기이한 일이지 않습니까요? 나리."

군졸이 은근한 목소리로 믿어달라는 얼굴을 하니 임제는 군졸의
이야기를 기이하게 생각하며 다시 물었다.

"호랑이를 탄 어린아이라. 그것참 괴이하구나. 어찌 아이가 산중 맹수의 제왕인 호랑이를 타고 다닌단 말이냐?"

군졸은 '찰방 나리가 드디어 내 이야기를 믿어주는구나' 하는 기쁜 마음에 맞장구를 치듯 무릎을 탁 하고 치며 말했다.

"그러게 말입니다요. 그러니까 산신령이라고 하는 것이지요. 백두산에 삼蔘을 캐러 가는 사람들치고 그 산신령님을 보지 못한 사람이 없다고 합니다요. 그래서 사람들은 동자신령이라고 부른답니다요."

임제는 자세를 바로 하고 물었다.

"너는 더 자세히 이야기해보거라."

"예, 그 이야기가 아마 삼 년 전 이야기입지요. 백두산에 삼을 캐러 가는 심마니들이 허항령 아래에서 목욕재계한 후 제사를 지내려고 하는데 고갯마루 바위 위에서 뭔가가 물끄러미 내려다보고 있더랍니다요. 심마니들이 괴이하게 생각하며 바라보니 아 글쎄, 거기에 집채만 한 호랑이 한 마리가 등에 작은 벌거숭이 아이를 태우고 있더라는 겁니다요."

군졸이 임제를 바라보며 말했다.

"나리, 정말로 괴이하지 않습니까요?"

임제가 혀를 내두르며 중얼거렸다.

"그것참 괴이하구나. 그것참, 산신령이라?"

"그 후로도 봄과 가을이 되어 제사를 지내려하면 간혹 나타났다 하는데 그해에는 운수가 좋아서 심마니들이 삼도 많이 캐어간다 합니다요. 신령님이 야인들에게서 심마니들을 지켜주시는 걸입쇼."

"신령이 야인들에게서 심마니를 지켜준다고?"

"예, 야인들이 백두산에 간혹 출몰하여 심마니들의 삼을 뺏어 가는 경우가 있는데 신령님이 지켜주시는 까닭에 야인들이 백두산 일대에 얼씬도 못한다는 것 아닙니까요. 그뿐만 아닙니다요."

"또 뭐가 있단 말이냐?"

"백두산에는 동자신령뿐만 아니라 흰 사슴을 타고 다니는 신령이 또 있다 하는데 어떤 때는 백발의 노옹이 되었다가 어떤 때는 어린 여동女童의 모습으로도 변해서 골짜기를 누비고 다닌다 합니다요. 흰 사슴을 타고 다니는 산신령 주위에는 언제나 수백 마리의 사슴 떼가 같이 다니는데 그 수효가 일일이 세기 힘들 정도로 많다고 합니다요. 그러고 보면 백두산은 참으로 기이한 산임이 틀림없는 것 같습니다요."

그 말을 듣고 보니 문득 과거 속리산에서 스승으로 모시던 성운 스님이 들려준 기이한 이야기가 떠올랐다.

백두산의 여름밤에는 사슴이 종종 시냇가로 내려와 물을 마시곤 하는데, 어떤 산척山尺[1]이 활을 가지고 시냇가에 엎드려 보니 사슴이 떼로 몰려와서 그 수효가 백 마리인지 천 마리인지 셀 수 없을

---

1) 산척(山尺): 산에서 사냥을 하고 약재나 나물을 채취하는 천인.

지경이었다고 한다. 그런데 그중 제일 웅장하고 흰 털빛을 띠고 있는 사슴의 등 위에 백발 노옹이 타고 있더란다. 놀랍고 괴이히 여겨 감히 범하질 못하고 있던 산척은 뒤에 처진 사슴 한 마리만을 쏘아 붙잡았는데, 이윽고 노옹이 사슴 떼를 점검하는 것 같더니 한 가락 긴 휘파람을 불고는 눈 깜짝할 사이에 사라지더라는 것이다.[2]

임제가 그 이야기와 지금 군졸의 이야기를 교차하여 생각하니 기이하기도 하고 또 놀라운 마음도 들었다.

"허허허. 불경佛經에 보면 관음보살觀音菩薩이 남자로도 변하고 여자나 아이로, 혹은 노인으로도 변하여 나타나며 옛날 무산巫山의 여신女神이 구름과 비로 변해 초楚나라 양왕襄王을 속였다 하더니만, 백두산의 산신 역시 아이로 변하기도 하고 노인으로 변하기도 하여 이적異蹟을 보이는 것인가? 기이하구나, 기이해."

임제는 연신 기이하다는 말만 되풀이하다가 멀리 백두산이 있는 북녘 하늘을 바라보았다. 천길 첩첩이 길게 뻗어진 산허리에 걸려 있는 새벽안개 사이로, 뉘엿뉘엿 사라져가는 밤기운들이 희미하게 북녘 하늘에 잠기어 있었다.

2) 이 이야기는 백호문집(白湖文集)에서 발췌한 것이다. 원문은 노승(老僧)의 기담(奇談)이다.
"僧言夏夜則鹿就澗飮水, 近有山尺, 持弓矢伏澗邊, 見群鹿驟來, 數可千百, 中有一鹿, 魁然而白, 背上有白髮翁騎著, 山尺驚怪不能犯, 但射짜落後一鹿, 少頃騎鹿者如有點檢群鹿之狀, 長嘯一聲, 因忽不見云云, 亦奇談也."

그 하늘 아래에 백두산이 있으렷다.

임제는 시상이 떠오른 듯 지그시 눈을 감더니 나직이 한 수를 읊조렸다.

仙山高萬仞　만 길이나 솟은 신비한 산

影浸重溟碧　한 바다에 잠겼어라, 파란 그림자

中有鶴髮翁　이 산중에 백발의 노옹

餐霞騎白鹿　노을을 마시고 흰 사슴을 탔다네

長嘯兩三聲　긴 휘파람 두세 가락 길게 뽑으니

海月千峰夕　천 봉우리 저녁 바다에 뜬 달

언젠가 백두산으로 올라가 군졸과 스님이 한 이야기가 정말인지 알아보리라 생각하는 임제였다.

1

백두산의 허항령盧項嶺 아래에서는 열 명 남짓 되는 심마니들이 돼지를 잡고 과일과 떡을 올려놓으며 제사 준비가 한창이었다. 이 무렵이면 겨우내 일손을 놓았던 심마니들이 약초를 캐러 백두산으로 올라가기 시작하는데 입산入山을 하기 전에 맑고 깨끗한 계곡물에 목욕재계하고 경건히 고사를 지내는 것이 상례였기 때문이었다.

입가에 흐뭇한 미소를 흘리고 있는 돼지머리를 제사상 위에 올리던 심마니 하나가 과일을 올리는 곰보 심마니를 돌아보며 조용히 말했다.

"이보라우. 올해도 제물을 풍성하게 올렸으니 고저 산신님께서 좋아하갔지?"

얼굴이 심하게 얽은 곰보 심마니는 연신 얼굴에 미소를 띠며 속삭이듯 대답했다.

"기럼, 기럼."

"이번에도 나타나시갔지?"

"나타나시갔지가 뭐기요? 올해도 현신現身하셔야지."

그 옆에 있던 뻐드렁니가 난 심마니 하나가 그 말을 듣고 눈이 휘둥그레져서 곰보에게 나직이 말했다.

"성님, 기럼 산신님께서 나타나신다는 말이 참말이란 말이야요?"

"시방 아직도 모름메? 꼭자무식한 사람 아님메."

뻐드렁니 심마니는 상투 튼 머리를 긁적이며 무안한 듯이 말했다.

"성님, 가담가담 풍문으로는 들었지만 뛰뛰해서리 믿지는 않았다 아님메."

"기럼 오늘 산신님께서 현신하시면 볼만하겠구만. 고저 기렇게 되면 등줄기에서 땀방울이 뽀직뽀직 흐르고 당황망초해서리 사지가 후들후들거리고 두 다리에 힘이 빠져서리 일어서다가 나가곤드래지고 말끼야. 고럼. 고럼."

"성님도… 아무렴 기렇게까지야 되겠음메까."

"고거야 잠시 후면 알게 될 테니 부지깽이가 곤두서도록 제사 준비나 하자우."

심마니들은 바쁘게 과일을 준비하고 가져온 떡을 제사상에 펼쳐 놓으며 수선을 부렸다.

이윽고 제사 준비가 끝나자 가장 나이 든 심마니가 상 앞에서 큰 절을 넓죽하였다. 그러자 그 뒤를 따라 다른 심마니들이 일제히 큰

절을 올렸다.

제를 주관하는 나이 든 심마니는 술을 한잔 올리고 두 손을 모아 빌며 중얼거렸다.

"산신님. 고저 저희들을 후덥히 살피시어, 고저 하는 일마다 잘 되게 해주시고, 고저 못된 야인 놈들로부터 우리를 지키주시옵소서. 고저 산짐승을 만나도 해코지 당하지 않고 함께살이 하게 해주시고, 고저 올해도 인삼 몇 뿌리만 내려 주시옵소서. 고저 무식한 이놈들을 후둣후둣 살피시어, 올해도 고저 현신現身하소서."

수없이 큰절을 하며 소원을 이야기하던 심마니들은 나이 든 심마니가 절을 하다가 돌연 죽은 듯 엎드리자 따라서 절을 한 채 가만히 엎드렸다.

뒤에서 죽은 듯 엎드려 있던 뻐드렁니 심마니가 한쪽 눈을 갸름하게 뜨고는 주위를 둘러보다가 옆에 있던 곰보 심마니에게 조용히 말했다.

"성님, 어째서 산신령님이 현신하시지 않는 겁네까?"

곰보 심마니는 눈을 부릅뜨며 입을 삐쭉 내밀어 더 이상 말하지 말라는 표정을 짓더니 고개를 숙였다. 뻐드렁니 심마니는 머리를 비스듬히 기울이더니 두 눈을 데굴데굴 굴리며 깊고 깊은 산림을 바라보며 생각했다.

'정말 나타나기는 하는 건가?'

사람이 어찌 호랑이를 거느리고 다닐 수 있으랴? 산간벽지를 소리 없이 떠도는 소문이 진짜인지 알 수도 없으려니와 실제 보았다

는 사람이 많긴 하지만 사람이 어찌 맹수를 거느리고 다닐 수 있겠
는가? 동료들이 믿는 것을 볼 때에 자신도 믿고 싶은 마음이 들기
도 하지만 호랑이를 타고 다니는 동자를 생각하면 어찌 그럴 수 있
는가 하는 의혹이 생겨나 종내 믿는 마음이 생겨나지 않는 것도 사
실이었다. 이렇게 얼마나 기다렸을까? 제사를 주관하는 가장 나이
가 많은 심마니가 엎드린 채 조용히 중얼거렸다.

"오신다."

심마니들은 그의 말에 정신이 번쩍 들어 일제히 청각을 곤두세
웠다. 과연 일시에 숲 속이 무거운 정적 속으로 가라앉는 것 같은
느낌이 들었다. 그것은 자연과 함께 살아가는 산인들만이 느낄 수
있는 직감이었다.

잠시 후 어두운 숲에서 지저귀던 새들이 일제히 울음을 그치더
니 갑자기 하늘 위로 요란하게 날아올랐다. 그 순간 심마니들에게
알 수 없는 두려움이 피어올랐다. 범접할 수 없는 절대자를 만난다
는 기대감이 심마니들의 마음속으로 파고든 것이다. 뻐드렁니 심
마니는 가슴이 뛰고 입안이 바짝바짝 마르는 것을 느끼었다.

멀리에서 낙엽 밟는 소리가 들리는 것 같더니, 서서히 제사상을
펼쳐둔 곳으로, 자신들이 있는 곳으로 다가오는 발걸음 소리가 심
마니들의 귓가에 쟁쟁하게 들려왔다.

사박… 사박… 사박… 사박…

귓가에 들려오는 무거운 발걸음 소리에 심마니들은 마른침을 꿀
꺽 삼키었다. 일정한 간격으로 들려오는 그 소리가 산중의 제왕인

호랑이의 발걸음 소리임을 심마니들은 직감적으로 느끼고 있었던 것이다. 그러나 맹수가 다가오고 있다는 것을 알면서도 심마니들은 누구 하나 자리를 떠날 줄 몰랐다.

뻐드렁니의 젊은 심마니는 마음속에서 두려움이 솟아나 엎드린 채로 두 눈을 디룩디룩 굴리며 눈치를 살폈다. 그는 머리를 슬쩍 들어 어두운 숲 속을 흘깃 바라보았다. 칠흑같이 어두운 수림 사이에 커다란 짐승이 붉은 아가리를 벌리고 자신을 노려보는 것만 같아 심마니는 겁이 덜컥 나서 소리쳤다.

"아, 아이구. 지는, 고저, 모, 모르겠음메다."

뻐드렁니 심마니는 오금을 당기며 슬슬 몸을 빼어 뒷걸음질을 쳤다. 그러자 늙은 심마니가 고개를 돌려 눈을 부릅뜨고 도망가려는 뻐드렁니 심마니에게 엄하지만 조용한 목소리로 말했다.

"어허. 야질야질 얼뜬짓하지 말기요. 우리를 지켜주시는 산신님이 오시는데 무엇이 겁이 난단 말임메. 겁이 나더라도 고개를 숙이고 가만히 있기요."

뻐드렁니 심마니는 늙은 심마니의 위엄 있는 말에 도망갈 생각을 하지 못하고 슬그머니 제자리에 돌아와 엎드린 채 두 눈을 꼭 감았다. 그리고 두려움을 잊기 위해 두 손으로 귀를 막았다. 발걸음 소리가 들리지 않으면 두려움이 사라지지 않을까 하는 마음에서였다. 그러나 듣지 않으려 해도 발걸음 소리는 더욱 크고 선명하게 들려왔다. 커다란 맹수가 날카로운 발톱을 휘두르며 자신의 몸으로 달려들어 톱니 같은 이빨로 물어뜯을 것을 생각할 때에 뻐드렁니 심마니는 등줄기가 서늘해지고 두려움으로 자신도 모르는 사이에 두 다리가 오들오들 떨렸다.

이때 다가오던 발걸음 소리가 갑자기 멈추었다. 두려움에 떨고 있던 뻐드렁니 심마니가 머리를 살짝 들어보았다. 그때였다.

크어엉——

산천초목이 떠나갈 듯한 호랑이의 포효소리가 벼락치듯 귓가에 울리었다.

"아이구. 살려줍쇼. 지는 아무 잘못이 없음메다. 고저 살려주시라요."

뻐드렁니 심마니는 포효 소리에 혼이 달아날 듯 들었던 머리를 놀란 자라 마냥 재빨리 숙이곤 살려달라고 빌고 또 빌었다. 그러나 나이 든 우두머리 심마니는 기쁨을 이기지 못하고 벌떡 일어나 큰절을 올리며 침착하게 말했다.

"신령님. 올해도 잊지 않고 저희를 찾아주시니 감읍할 따름임메다. 고저, 올해도 산신님의 후덥한 가호로 고저 인삼 몇 뿌리만 캐도록 도와주시기요."

노련한 다른 심마니들도 이에 질세라 차례로 일어나 자신이 횡액을 당하지 않고 산삼을 몇 뿌리 캐도록 해달라고 소원하였다. 그러나 주변에 엎드려 있던 젊은 심마니들은 고개를 쳐들 생각조차 못하고 오금이 저려 이마를 땅바닥에 박은 채 그저 살려주기만을 빌 뿐이었다. 그들의 소원에 화답이라도 하듯 숲 속에서 호랑이의 포효 소리가 다시 한 번 들려왔다.

크어엉--

노련한 늙은 심마니는 그 소리를 알아듣기라도 한 듯 연거푸 절을 하더니 싱글거리며 다른 심마니들에게 말했다.

"이보라우. 어서들 가자우. 오늘 신령님을 보았으니 올해 우리는 운수대통할기야. 기럼, 기렇지 않음메?"

"기럼요. 성님. 이제 다른 걱정일랑 잊고 삼蔘이나 많이 캐자요."

"고럼, 고럼. 자, 자. 이제는 그만 가자우."

젊은 심마니들은 그들의 말을 기다렸다는 듯 벌떡 일어나 나이든 심마니의 뒤를 잰걸음으로 따랐다.

뻐드렁니 심마니도 도망치듯 그들을 따라 산에서 내려가다가 호기심이 일어 고개를 돌려 산중을 흘깃 바라보았다. 그러고는 갑자기 눈이 휘둥그레져서 앞서 가는 심마니에게 달려가 마치 산삼이라도 발견한 사람처럼 울부짖듯이 말했다.

"성님, 성님. 지두 보았다 아임메. 지도 산, 산신령님. 고저, 호, 호랑이를 탄 진짜 산신령님을 보았다 아임메."

심마니의 우두머리가 빙그레 웃으며 말했다.

"나도 첨에 산신님을 봤을 땐 어성버성해서 어줍어하였지비. 기래도 산신님을 본 해엔 운수대통했지 아임메. 자네도 올해 산신님을 보았으니끼니 운수대통할기야. 고럼, 고럼. 내 장담하지. 고럼."

"기렇지요? 기릴겁네다."

심마니들은 올해는 산삼을 몇 뿌리 캐겠다는 부푼 기대를 가슴 가득 안고 허항령 고갯길을 발걸음도 가볍게 내려갔다.

2

　허항령 험난한 고갯길을 내려오던 심마니들은 고갯길을 올라오
는 두 스님을 발견할 수 있었다. 한 사내는 큰 키에 부릅뜬 눈이 호
랑이처럼 무섭게 생긴 역사力士 같은 모습이었고, 다른 한 스님은
작은 키에 청수한 외모를 지니고 있었다.

　해시시하게 생긴 스님이 산길을 내려오는 심마니를 발견하곤 그
들에게 다가가 합장을 하였다.

　"백두산으로 가려면 어디로 가야 합니까?"

　가장 연장자인 듯한 심마니가 손가락으로 허항령 이북을 가리키
며 말했다.

　"백두산으로 가는 기야 어렵디 않디만 무인지경의 산에는 무슨
일로 가려 하십네까?"

　역사처럼 생긴 스님이 호탕하게 웃으며 말했다.

"하하하. 도를 닦으러 갑니다."

"도를 닦으러 가신다고요?"

"백두산에 도를 닦는 스님이 계신다던데 아십니까?"

스님의 목소리가 천둥 치듯 우렁우렁하였다.

"내 심마니 생활 40년에 어방없는 말임네다. 스님은 무슨 스님입네까? 빽빽한 산 중에 짐승이나 살 수 있을까 사람이 무신수로 살 수 있겠습네까?"

해시시한 젊은 스님이 말했다.

"백두산에 사람이 정말로 없습니까?"

젊은 심마니가 뻐드렁니를 드러내며 웃었다.

"사람처럼 생긴 것이라면 백두산 산신령님께 물어보시라요. 저 위에 계시니 또 모르지 않겠음메."

역사처럼 생긴 스님이 인상을 찌푸리며 사내의 멱살을 움켜잡았다.

"이놈! 네가 우리들을 놀리는 것이냐?"

뻐드렁니가 두 팔을 허우적거리며 있는 힘을 다하여 소리를 질렀다.

"아이구, 사… 사람 살리라요."

동료 심마니들이 스님들을 둘러섰다.

"매운맛을 보기 전에 그 손 놓지 않갔어?"

역사 같은 스님이 심마니들이 안중에도 없다는 듯 껄껄 웃으며 뻐드렁니의 허리춤을 잡아 획 돌렸다. 뻐드렁니가 스님의 손에 발목이 잡혀서 힘없이 거꾸로 매달리게 되었다.

"아이구, 죽갔음메."

심마니들의 숫자가 많지만 역사 같은 스님이 사람을 공기 놀리듯하는 것을 보고 감히 나아가지 못하고 눈치를 살피며 소리만 건성으로 질렀다.

"그 손 놓으라우."

"어서 그 손 놓으라우."

해시시하게 생긴 스님이 역사 같은 스님에게 말했다.

"이보게. 이게 무슨 짓인가? 어서 그 손 놓게."

스님이 다시 사내의 허리춤을 잡아 물구나무를 선 뻐드렁이를 일으켜 세웠다.

"이놈아, 내가 그리 호락호락하게 보였느냐?"

뻐드렁니 심마니는 사색이 된 얼굴로 입을 열었다.

"노, 농이 아님메다. 소인의 말은 저, 정말입메다."

"그럼 네가 산신령을 직접 보기라도 하였단 말이더냐?"

"저, 정말입메다. 허항령에서 제사를 지낼 때 산신령님을 제 두 눈으로 보았습메다. 저만 본 것이 아님네다. 여기 있는 심마니들이 모두 봤습네다. 그렇지 않습메까?"

뻐드렁이가 고개를 돌려 다른 심마니에게 재촉하듯 물었다.

"맞습메. 백두산에서 사람처럼 생긴 것은 동자 신령님밖에 없습메. 바로 저 위에서 우리들이 봤습메."

늙은 심마니 하나가 허항령 제사에 동자 산신령이 나타나는데 오늘도 나타났다고 이야기를 해주었다.

두 스님이 서로의 얼굴을 바라보았다.

"산신령이라…"

뻐드렁니가 말했다.

"그렇습네다. 항상 호랑이와 함께 다니시는데, 사람이 어찌 호랑이와 함께 다닐 수 있겠습메까? 산신님이라면 몰라두…"

"기렇습메다. 우리들의 말은 거짓이 아님메다."

늙은 심마니가 침착하게 말하는 것을 듣더니 키가 큰 스님이 뻐드렁이의 멱살을 놓고는 산 위로 성큼성큼 걸음을 옮겼다.

"실례하였습니다."

청아하게 생긴 스님이 합장을 하곤 그 뒤를 따라 걸었다.

"저, 저런…"

심마니들의 눈이 일시에 휘둥그레졌다. 번쩍번쩍 걸어가는 걸음이 예사 달음박질로 따라가기 어려울 만큼 빨랐기 때문이었다.

"저게 사람임메까? 어찌 사람이 저렇게 빠를 수 있단 말임메?"

"그, 그러게 말이야요. 기럼, 저거이 축지법縮地法이라는 겁메까?"

"축지법? 기럼. 저 스님들이 축지하는 사람임메까?"

"그런지도 모르지."

심마니들이 어리둥절하여 각기 떠들어대는 사이에 두 사람의 신형은 어느덧 수풀 속으로 사라져버리고 말았다.

제사상 위에 놓인 인절미를 먹고 있던 소년은 옆에서 돼지고기를 뜯고 있는 표범의 옆구리를 발로 툭- 찼다.

"맛있냐?"

표범은 귀찮다는 듯 대꾸도 하지 않고 빠드득- 빠드득- 소리를 내면서 맛있게도 돼지고기를 찢어 먹었다.

일 년 중 하루, 심마니들이 고사를 지내는 날은 범이가 손꼽아 기다리는 날이었다. 종덕사에서 할아버지와 함께 약초나 산나물, 곡물가루를 먹으며 살아온 범이에게는 인간세상의 음식들은 최고의 성찬이었다.

자근범이表범를 대동하고 나타나면 사람들은 범이에게 이유도 묻지 않고 차려놓은 음식을 놓아두고는 좋아라 하며 물러갔는데 그렇게 되면 임자 없는 음식은 범이와 자근범이 차지였다.

사과와 배 같은 과일하며, 인절미, 떡과 같은 음식은 범이의 차지였고, 피가 뚝뚝 떨어지는 돼지고기와 돼지머리, 닭고기는 늘상 자근범이 차지였다.

'이런 음식을 어떻게 만든 것일까? 인간세상은 정말 먹을 것이 많은가봐.'

쫄깃쫄깃한 인절미를 씹어 먹던 범이는 남아 있는 떡과 과일을 주섬주섬 한지에 쌌다.

'할아버지와 설아에게 가져다주면 좋아할 거야.'

그때였다. 상 옆에서 돼지고기를 뜯고 있던 표범이 머리를 번쩍 들었다.

범이 역시 표범이 바라보는 방향으로 고개를 돌렸다. 범이의 시야에 머리를 빡빡 깎은 두 사내가 나는 듯 달려오고 있는 것이 보였다.

유정과 처영 두 사람이 심마니의 말을 듣고 달려와 보니 과연 심마니의 말이 틀림없었다. 제사상 뒤에 머리를 치렁치렁하게 늘어뜨린 소년과 노란빛이 나는 털에 검은 매화꽃이 아름답게 피어있는 것 같은 표범 한 마리가 있었던 것이다.

사람이 맹수와 함께 있는 것이 어이없고 신기하여 두 스님이 멍하니 소년을 바라보는데 소년 역시 열기가 이글거리는 눈으로 뚫어지게 두 사람을 바라보고 있었다.

역사처럼 생긴 스님이 물었다.

"애야? 너는 누구냐?"

"범이."

소년이 옆에 앉아 시름없이 돼지머리를 뜯고 있는 표범을 가리켰다.

"자근범이."

"자근범이?"

소년이 고개를 끄덕거렸다.

두 스님이 서로의 얼굴을 바라보다가 해시시한 젊은 스님이 자신을 가리키며 말했다.

"난 처영 스님이라고 한단다."

그는 옆에 있는 건장한 스님을 가리켰다.

"여긴 유정 스님이라고 한단다. 그런데 범이야, 물어볼 말이 있다. 네가 혹시 대주 스님을 모시고 있느냐?"

"응, 나를 따라와."

범이라는 소년이 제사상 위에 차려진 음식들을 갈무리하여 자근범이를 앞세우더니 어두운 숲으로 두 사람을 안내하였다.

3

햇살이 안개처럼 수림 사이로 파고들어 왔다. 해가 중천에 떠 있건만 백두산의 수림은 끝없이 하늘을 향해 뻗어 나간 나무들로 오히려 저녁 무렵처럼 어둡다. 나무뿌리가 얽힌 부드러운 땅을 밝으며 범이와 자근범이는 성큼성큼 앞서나갔다.

말이 숲이지 몇천만 년 동안 사람의 손을 타지 않은 수림이라 거인 같은 나무들이 하늘을 찌를 듯한 기세로 빽빽하게 자리 잡아 한낮인데도 밤처럼 어두웠다. 밤이 되면 달빛은 물론이거니와 별빛까지 새어 들어오지 않아 말 그대로 먹장 같은 어둠이 가뭇가뭇하게 펼쳐져 있었다.

산더미 같은 나무가 부러져서 앞을 막아서고 그 나무 사이에 나무가 자라 빛이 새어 나오는 하늘로 자라고 있었으며, 그늘과 땅바닥에는 이름을 알 수 없는 버섯들과 이끼들이 무성하게 자라고 넝

쿨들이 경쟁하듯 나무를 타고 올라가서 마치 별천지에 온 것만 같았다.

맹인이 지팡이에 의지하듯 처영과 유정이 범이와 자근범이에 의지하여 방향도 알 수 없을 것 같은 수림 속을 무작정 따라갔다.

유정은 표범이 길들인 강아지처럼 사람의 말을 잘 듣는 것이 신기하여 범이의 뒤를 바짝 따라가며 물었다.

"범이야, 자근범이가 길이 잘 들었구나."

"……."

범이가 말이 없어서 유정이 무안한 표정으로 처영을 바라보았다.

처영이 빙그레 웃으며 말했다.

"말이 없는 아이인가 봐."

이 말을 듣고 범이가 가슴을 몇 번 두드리다가 말했다.

"나는 말이 없는 아이가 아니다. 말이 없으면 답답하다."

"알았다. 내가 미안하다."

"좋아. 이렇게 가다가는 해가 저문다. 뛰어가야 한다."

말을 마치기 무섭게 범이가 달음질을 시작하였다. 자근범이가 그 뒤를 따라 뛰는데 마치 쏜살같아서 달려가는 모습이 번쩍거리는 것이 마치 축지를 하는 것 같았다.

"어이구, 이러다가 놓쳐 버리겠다."

두 사람이 허둥지둥 장달음을 하여 범이를 쫓아갔다.

유정과 처영이 도력道力이 높다는 서산대사 휴정에게 술법을 배운 까닭에 달리는 걸음이 화살처럼 빠르다고 이야기를 들어왔지만 앞서 가는 소년 역시 다를 바가 없었다. 수림을 앞서 가는 소년의 걸음은 달리는 표범과 비슷하여 마치 바람을 타고 가는 것 같았다. 앞서 가던 소년은 두 사람이 못 따라올까 저어되었는지 힐끔힐끔 고개를 돌려 보조를 맞추는 것 같았다.

한참을 걸어가다 보니 어둠침침한 수림이 끝이 나는지 나무가 점점 적어지고 밝은 빛이 많아졌다.

이내 찰찰거리는 물소리가 가까이에서 들려왔다. 잠시 후 맑은 물이 흐르는 계곡이 나타났다. 사방이 넓은 협곡처럼 갈라진 넓은 골짜기 사이로 흐르는 물이 우레 같은 소리를 내며 빠르게 흘렀다.

표범과 소년은 물가 앞에 걸음을 멈춘 채 기다리고 있었다.

"빨리 와라. 날이 저문다."

소년은 처영과 유정이 수림 바깥으로 나타나자 다시 달음질을 하였다. 처영과 유정, 두 사람은 쉴 사이도 없이 소년의 뒤를 따라 달리는 수밖에 없었다.

봄이지만 서산에 해가 기우는지 땅거미가 뉘엿뉘엿 내려앉고 있었다. 구절양장九折羊腸 같은 물길을 따라 한참을 올라가니 우레 같은 소리를 지르는 폭포소리가 들려왔다.

앞을 바라보니 하얀 눈이 쌓인 커다란 산 가운데에 엄장 큰 폭포가 큰 물줄기와 장엄한 물안개를 일으키고 있었다. 잠시 멈추어 고개를 들어보니 서산을 물들이던 노을이 검은빛을 띠며 하늘에 수많은 별무리가 총총히 내려앉아 있었다.

"저것이 백두산인 모양이네요."

"저기에 사람이 살까요? 저 소년이 우릴 백두산으로 데려가는 것 같은데요."

"그러게. 여기까지 와서는 따라가는 수밖에 도리가 없지."

두 사람이 물길을 따라 걸어오니 커다란 폭포 옆에 범이라는 소년과 자근범이라는 표범이 기다리고 있었다.

소년은 두 사람이 나타나자 산비탈로 올라가기 시작하였다. 두 사람이 폭포 구경을 할 사이도 없이 산비탈을 올라가는데 산정에 눈이 쌓여 있어 운신하기에도 어려울 정도였다.

무릎까지 빠지는 눈을 밟아가며 꾸역꾸역 소년을 따라가니 소년이 표범과 함께 들어간 곳은 산정의 절벽 아래에 있는 작은 암자였다.

"이런 곳에 암자가 있었던가?"

사람이 살 것 같지 않은 백두산의 벼랑 가운데에 암자가 있는 것을 확인한 두 스님이 놀란 얼굴로 서로를 바라보는데 암자 안에서 눈처럼 어여쁜 소녀가 나타났다.

"스님들. 어서 오세요. 할아버지께서 기다리고 계세요."

두 스님들이 다시 한 번 서로의 얼굴을 바라보다가 소녀를 따라 암자 안으로 들어갔다.

어두침침한 암자 안에는 머리가 길게 늘어진 백발의 노옹이 정좌를 한 채 앉아 있었는데, 그 옆에는 범이라는 소년이 자근범이라는 표범의 털을 쓰다듬어주고 있었다. 소녀는 입구에서 숨을 죽이고 천천히 노옹^{老翁}에게 다가가 그의 얼굴을 살펴보며 조심스럽게 입을 열었다.

"할아버지, 손님들이 오셨어요."

방 안에서 죽은 듯이 정좌해 있던 백발의 노옹이 감았던 눈을 가볍게 뜨곤 고개를 끄덕이며 미소를 머금었다.

"잘 오셨습니다."

유정과 처영은 노옹의 거룩한 모습에 압도되어 그 자리에서 두 손을 모아 큰절을 하였다.

"대주大珠 스님. 안녕하셨습니까?"

대주라는 노옹이 스님에게 답례하며 말했다.

"젊은 스님들은 뉘시오?"

처영이 한 걸음 다가가 공손하게 합장을 하며 말했다.

"휴정 스님의 명을 받고 스님을 찾아왔습니다. 전 처영處英이라 하고, 이 사람은 유정惟政이라고 합니다."

부드럽게 생긴 처영 스님이 옆에 있는 스님을 가리켰다.

"대주 스님. 유정이라고 합니다."

유정은 목소리가 우렁우렁하여 말할 때마다 암자가 울리는 것 같았다.

대주는 온화한 얼굴로 빙그레 웃으며 그들에게 답례했다.

"휴정 스님의 제자였구려. 무인지경을 마다 않고 산중의 늙은이를 찾아오느라 수고가 많으셨습니다. 저 아이는 설아雪兒라 하고, 옆에 있는 아이는 범이라 하지요. 표범의 이름은 자근범이라 하는데 모두 내가 데리고 있는 아이입니다."

유정이 대주의 옆에 있는 소년과 표범을 신기한 듯 바라보았다.

"사람이 맹수와 친하게 지낸다는 말은 옛이야기에나 있는 것으로 알았더니 현실로 가능한 것이군요."

대주가 빙그레 웃으며 말했다.

"사람이나 짐승이나 우주의 일부일 따름인데 마음만 먹는다면 친해지지 못할 이유가 있겠소? 사실은 저 아이가 표범의 젖을 먹고 자란 아이오."

"표범의 젖을 먹고 자랐다고요?"

"내가 산에 들어오기 전에 삼수 땅에서 저 아이를 거두었소. 그게 벌써 15년 전의 일이니 시간이 살처럼 흘렀구려. 저 아이 부모가 백두산에서 심마니를 하며 살았는데 아버지가 삼을 중국인들에게 몰래 팔다가 관원들에게 걸려서 장살을 당하고 홀로 남은 어머니는 저 아이를 낳자마자 산후더침으로 세상을 떴소. 깊은 산중이라 젖을 구하기 어려웠는데 마침 새끼를 낳은 표범이 있어서 내가 표범의 젖을 아이에게 먹여 키웠소."

"표범이 아이를 해치지는 않았나요?"

"산중에 살찐 노루와 사슴들이 지천에 널렸는데 표범이 무엇 때문에 아이를 해치겠소? 저 아이가 자라서 표범과 거리낌 없이 지내는 것이 바로 그 때문이라오."

유정이 고개를 끄덕이며 말했다.

"옛날에 견훤이 호랑이의 젖을 먹고 자랐다는 이야기를 들었지만 세상에는 믿기지 않는 일도 많이 일어나는군요."

"허허허. 정말 믿기지 않은 일은 악인도 벌받지 않고 떵떵거리며 잘만 살아가는 세상이라오. 우리가 그 세상 속에 이렇게 살아가고 있으니 이것이야말로 정말 믿기지 않는 일 아니오?"

유정과 처영이 깨닫는 바가 있어 공손하게 합장을 하였다.

처영이 옆에 있는 설아를 가리켰다.

"저기 설아 낭자도 범의 젖을 먹고 자랐습니까?"

"설아는 사람의 젖을 먹고 자랐지요. 내 손녀외다."

"스님이 장가를 가셨습니까?"

"허허허. 천지 안에 발을 담그고 살고 있으니 천지와 장가를 들었소. 이 아이들은 천지가 낳은 아들과 딸이고, 내 손자, 손녀들이외다."

대주가 허리까지 내려오는 탐스러운 수염을 쓸며 조용히 웃었다.

"그런데 청허휴정의 호가 무슨 일로 그대들을 보내었을까요?"

"몇 가지 물어보실 것이 있다고 저희들을 보내셨습니다."

처영은 품속에서 편지 한 장을 꺼내어 대주의 발 앞에 내밀었다. 편지를 펼쳐보니 안부를 묻는 짤막한 문구와 시 한 구절이 들어 있었다.

험난한 심곡에서 수많은 사람이 일어나고 　十干深谷千人起

황량한 계곡의 흙먼지 어지러운데 오랜 달이 밝다. 　荒谷紛塵古月明

"이것이 무엇이오?"

"항간에 떠도는 시인데 휴정 스님께서 저와 유정을 보내어 스님에게 물어보라고 하셨습니다."

대주가 한동안 시를 바라보다가 빙그레 웃으며 말했다.

"이 시는 전우치가 남긴 것이오."

처영과 유정의 두 눈이 동그래졌다.

"이것이 전우치의 시란 말씀입니까?"

"그렇소. 내가 옛날에 이 시를 본 적이 있소. 훗날 다시 보게 될 것이라고 했지요."

"오! 전우치는 이인이었다면서요?"

"네, 살아생전에 종덕사에도 여러 번 찾아온 적이 있지요."

"전우치와 친하셨습니까?"

"노승이 어릴 적 부석사에서 동자승 노릇을 하고 있을 때 처음 만났었지요. 제 스승님께서는 전우치의 스승이 되십니다. 그러니까 노승에게는 사형이 되지요."

처영이 호기심 가득한 얼굴로 물었다.

"듣기에는 전우치가 도술까지 할 줄 안다고 하던데 그게 사실입니까?"

대주가 말없이 빙그레 웃다가 두 사람에게 되물었다.

"세상이 어지러운 모양이군요. 요즘 세상이 어떻게 돌아가고 있습니까?"

뜬금없는 물음에 처영과 유정이 서로의 얼굴을 바라보았다.

"처영 스님께서 말씀해 보시구려."

대주의 물음에 처영이 말했다.

"제 생각에는 그 시가 병화를 예견한 듯합니다."

대주가 고개를 저으며 말했다.

"난 이 시를 말하는 것이 아니라 세상이 어떻게 돌아가고 있느냐 물었소. 유정 스님이 말씀해주실 수 있겠소?"

유정이 각진 두 눈에 열기를 띠며 말했다.

"작금의 세상 돌아가는 것은 연산군이 왕위에 있을 그때와 대동소이大同小異하오이다. 기근이 극심하여 민심이 흉흉하기 이를 데 없고, 내정은 동인東人과 서인西人의 붕당싸움으로 하루라도 조용할 날이 없습니다. 그것은 비단 나라 안의 문제만이 아니올시다. 바깥으로 왜국의 상황 또한 심상치 않아 걱정입니다. 왜국의 첩자들이 각 도를 누비고 다닌다는 소문이 나라에 파다하게 퍼졌습니다. 현소玄蘇라는 중이 조선에 사신으로 다녀가면서 많은 무리의 무사들을 대동하고 다니는데, 그들의 동향이 심상치 않아 휴정 스님께서 영규靈圭와 태능太能을 시켜 그들의 동향을 정탐하게 하였습니다. 따로 사람을 시켜 왜국에 사신으로 다녀온 사람을 수소문하여 정세에 대해 물어보시곤 하셨는데…… 제가 생각하기에 마음에 걸리는 것이 하나 있습니다."

"무엇이 마음에 걸리었소?"

"왜국에 다녀온 사람 말로는 왜국에서 이상한 무기를 보았다 하였는데 그것이 마음에 걸렸습니다. 그 무기 이름이 조총鳥銃이라 하는데 계묘년癸卯年, 1543 남만南蠻, 포르투갈의 배가 종자도種子島, 다네가시마에 와서 처음으로 전하였다고 합니다. 길이는 석 자쯤이고 철통鐵筒으로 되어 있는데 그것을 쏘면 번개 같은 불과 천둥 같은 소리가 나, 산을 무너뜨리고 철벽을 뚫을 듯하다 해서 사람들이 뎃포鐵炮, 철포라고 한답니다. 그 무기의 제조법과 사격법을 츠다 겐모츠노조津田監物丞라는 사람이 일본에 전하였다 하는데 지금은 그 무기가 일본에 퍼졌다 하더이다. 그것은 멀리서도 화살처럼 사람을 살상할 수 있다는데 어찌나 빠른지 눈에 보이지도 않고 사람이 맞으면 짚단처럼 쓰러져 죽는다 하더이다. 가정이지만, 만일 왜인들이 마음을 단단히 먹고 군사를 모아 그 무기를 들고 쳐들어온다면……. 소문처럼 왜인들이 전국을 돌아다니며 이 나라의 사정을 정탐한다면 분명 그러한 생각이 없지는 않으리라 사료되어……. 아! 생각이 여기까지 미치니 탄식이 절로 나옵니다. 나무아미타불."

석상처럼 듣고 있던 대주가 고개를 끄덕끄덕하다가 처영에게 말했다.

"이 나라에 병화가 있으리라 생각하시오?"

"예, 왜구의 병화가 반드시 있으리라 생각합니다."

대주가 빙그레 웃으며 말했다.

"항간에 떠도는 이야기가 그뿐이오?"

처영이 말했다.

"명종明宗대왕 말년에 남사고南師古가 머지않아 조정에는 당파가 생길 것이며 또 오래지 않아 왜변이 일어날 것인데, 만약 진辰년에 일어나면 오히려 구할 길이 있지만 사巳년에 일어나면 구하기 어려울 것이라 하곤 사직동에 왕기王氣가 있으니 세상을 태평하게 할 임금이 거기서 나올 것이다 하였다 합니다. 남사고가 풍수·천문·복서·상법에 이르기까지 세상에 알려지지 않은 비결을 알아서 말하는 것은 반드시 맞추었는데 사직동에서 국왕이 나신 것이 기막히게 맞아떨어져서 사람들이 병란이 진년辰年에 날 것인지 사년巳年에 날 것인지 궁금하게 생각한다 합니다."

대주가 혀를 몇 번 찼다.

처영의 이야기가 이어졌다.

"국초國初에 무학無學 대사께서 지은 도참기圖讖記에 역대 국가의 일을 말했는데, 임진년1592에는 이런 말이 있었다 합니다."

산악이 솟아서 구름 밑에 닿고　岳聳雲根

여울물이 비었는데도 달그림자가 비친다.　潭空月影

있는 것이 없어져 어디로 가며　有無何處去

없는 것이 있어 어디에서 오는가.　無有何處來

"대주 스님. 이것이 무슨 뜻입니까?"

"산속에 묻혀 사는 늙은이가 무얼 알겠소?"

뜻밖의 허무한 대답에 처영이 무안하여 얼굴을 붉혔다.

유정이 끼어들었다.

"휴정 스님께선 스님께서 편지의 답장을 써 주실 것이라고 하셨습니다."

"그 사람이 쓸데없는 짓을 하였군. 천도의 순행이란 정해져 있어서 막기도 어렵고 어길 수도 없는 것이오. 휴정, 그 사람이 세상 안에 살다 보니 다급증이 난 것 같은데 세상일이라는 것이 천도의 순행대로 가는 것이지 별다를 것이 있을라구? 따로 답장을 쓸 만한 것도 없지만 돌아가거든 머잖아 한번 찾아갈 테니 그때 남은 이야기를 하자고 전해주시오."

대주 스님이 빙그레 웃으며 두 사람을 바라보았다.

1

처영과 유정이 암자에서 며칠을 머물다가 돌아간 후였다. 산정에서는 겨울과 마찬가지로 간간이 눈이 내려 날씨는 여전하였지만, 양지바른 곳에는 서서히 눈이 녹고 파란 풀과 갖가지 들꽃들이 피어나 설원의 아지랑이와 더불어 봄이 한껏 다가왔음을 느끼게 해주었다.

범이는 이날도 자근범이와 함께 침침한 백두산의 수림을 날렵하게 내달리고 있었다. 이 무렵이면 심마니들의 삼을 노리는 야인들이 곧잘 출몰하기 때문이었다. 범이는 어릴 적부터 대주 할아버지에게 이 땅이 우리의 땅이며 야인들로부터 침범당하는 것을 막아야 한다는 것을 배워왔었다.

범이가 어릴 적에는 대주 할아버지가 그렇게 해왔지만 할아버지가 나이가 들고 범이가 철이 들면서부터는 자신의 일인 것처럼 백두산을 샅샅이 돌아다니며 야인들이 이 산에 발을 붙이는 것을 막아왔던 것이다.

언젠가 범이는 대주 할아버지와 함께 백두산 이북으로 몇 날 며칠을 가서 넓은 평원에 거대한 기둥처럼 서 있는 비석을 보고, 넓은 요동과 북녘땅이 우리의 땅이며 누군가가 반드시 지켜야 한다는 이야기도 들은 바가 있었다.

범이는 넓은 평원 한가운데에 거인처럼 서 있는 이끼 낀 거대한 비석을 손으로 만져보며 넓은 평원을 질주하는 자신의 모습을 상상하기도 하였다. 그럴 때면 가슴이 두근거리며 터질 것도 같고 무언지 알 수 없는 기쁨이 마음을 벅차오르게 하였다.

어두운 수림을 다람쥐처럼 달리던 범이는 바람이 실어다주는 피비린내에 걸음을 멈추었다. 큰 나무에 기대서서 눈을 감고 피비린내가 나는 방향을 찾던 범이는 번쩍 눈을 떴다.

수림의 북쪽에서 나는 피비린내였다. 범이보다 자근범이가 먼저 앞서나갔다. 풍우처럼 달려가는 자근범이의 뒤로 범이가 껑충껑충 내달았다.

잠시 후 자근범이가 달리던 걸음을 멈추었다. 피비린내의 진원지였다.

범이가 걸음을 멈추고 바라보니 가죽이 벗겨진 표범 한 마리가 숲에 널브러져 있는데 요란한 파리들이 어지러운 소음을 일으키며 날아다니고 있었다. 가까이 다가가 파리들을 쫓으며 살펴보니 껍데기가 벗겨진 표범의 목덜미와 복부에 화살 자국이 있었다.

'야인들이다.'

백두산에서 사냥을 할 이들은 야인들밖에는 없었다. 조선 사람들은 무기를 지니지 않으며, 심마니들은 더욱 엄격하게 이러한 무언의 법을 지키고 있었기 때문이었다.

말발굽의 개수를 보아 다섯 명 정도는 되어 보이는 한 무리의 야인들이 틀림없었다. 범이는 주먹을 불끈 쥐고 자리에서 일어났다. 용서할 수 없었다. 우리의 땅에 거주하는 야인들이 이 산을 침범하는 것은 더욱 용서할 수 없는 일이었다.

범이는 야인들의 흔적을 쫓았다. 말을 타는 야인들은 흔적을 쫓기에 아주 쉬웠다. 수천 년 동안 쌓여서 썩어버린 보드라운 땅에 말발굽이 만들어낸 흔적은 아주 선명하였다.

발자국을 따라 한참을 가다보니 파리들이 다시금 어지럽게 날아다녔다. 주변에 등성을 하는 것은 피비린내인데 사향이 진하게 묻어 나오는 것으로 보아 사향노루를 사냥한 모양이었다.

범이의 눈에 불이 일었다. 범이는 말발굽의 흔적을 쫓아 달려갔다. 저희 땅도 아닌 곳에서 야인들이 마구 사냥을 하는 것을 참을 수 없었던 것이다.

범이는 야인을 쫓아 수림을 달렸다. 저 멀리 수림 사이를 화살 하나가 번쩍번쩍 날아가는 것 같았다. 어두운 수림 사이에서 말 울음소리가 들려왔다.

범이는 소리 나는 곳을 한동안 응시하다가 성큼성큼 그곳을 향하여 걸었다. 큰 나무가 쓰러져 햇살이 쏟아지는 숲의 한가운데에 말과 사람이 모여 있었다.

사람들은 모두 머리가 벗겨졌는데 귀 옆 부분과 뒷부분에 약간의 머리가 있는 것으로 야인들이 틀림없었다. 그들 뒤에는 여섯 마리의 말들이 서 있었고, 말 등에는 짐승들의 가죽들이 치렁치렁 매달려 있었는데 사향노루 한 마리가 걸려 있었다.

갓 잡은 사향노루의 고기로 요기를 하는 모양이었다.

"도둑놈들…"

범이가 수림 사이로 나아가며 천둥처럼 크게 소리를 질렀다.

나무뿌리 가운데 앉아 있던 야인 하나가 범이를 보고 깜짝 놀라 무언가 소리를 지르며 허둥지둥 말에 올랐다.

"어딜 가!"

범이가 소리치자 자근범이가 번개처럼 내달려 말을 내몰았다. 놀란 말이 앞발을 치켜들며 허우적거렸다. 야인들은 말을 타지도 못하고 고삐를 잡아 쥐며 범이와 자근범이를 번갈아 바라보았다.

범이가 화가 난 듯 눈을 부릅뜨고 다가가자 말을 진정시킨 늙은 야인 하나가 두려움이 가득한 얼굴로 두 손을 바닥에 대고 엎드려 알아듣지도 못하는 말을 열심히 중얼거렸다.

범이가 그들의 말을 알 리 없지만 손이 발이 되도록 비는 것으로 보아 잘못했다는 뜻 같았다. 범이는 마음이 조금 누그러졌으나 다른 말 등에 걸려 있는 망태기를 보고 노기가 치솟아 다시금 크게 소리를 질렀다.

"나쁜 놈들. 그건 조선 사람들의 것. 조선 사람을 죽인 거냐?"

그것은 허항령에서 자신에게 음식을 주던 심마니들이 가지고 있던 망태기였다. 어쩌면 이들이 짐승뿐 아니라 심마니들까지 죽였을지도 모를 일이었다.

화가 머리끝까지 치솟았다. 그때였다. 땅바닥에 엎드려 머리를 조아리던 늙은 야인 하나가 앞으로 기어오더니 머리를 바닥에 박으면서 이야기를 하였다.

"살려주십시오. 신령님. 한 번만 살려주십시오."

또박또박한 조선말이었다. 백두산과 가까운 곳에 사는 야인들이 분명해 보였다.

범이는 늙은 야인의 가슴팍을 밀치듯 걷어차고는 성큼성큼 걸어가서 말 등에 있는 망태기를 들고 눈을 부라리며 말에게 다가가 잔등에 걸어놓은 사냥한 짐승과 짐승의 가죽들까지 바닥에 내던져버렸다. 그때였다.

"저놈은 신령님이 아니다. 저놈은 사람이다. 겁먹을 것 없다. 늙은이."

늙은 야인의 뒤편에 서 있던 야인 중의 하나가 범이를 가리키며 알아들을 수 없는 야인들의 말로 뭐라고 소리를 질렀다. 범이가 돌아보니 젊고 건장한 사람 하나가 범이를 노려보며 뭐라고 소리를 지르고 있었는데, 그 사내의 앞에 있던 두 명의 젊은 야인도 앞으로 나서며 범이에게 뭐라고 소리쳤다.

"그래, 저놈도 칼에 맞으면 피가 흐르는 사람이라구. 겁먹을 것 없어 늙은이."

늙은 야인은 울상이 되어 무릎걸음으로 다가가 젊은이들에게 뭐라고 말했다.

"내 말을 들으시오. 우린 신령님이 사는 땅을 침범하였소. 이제 용서를 구하는 것만이 우리가 살 길이오."

"흥, 표범을 데리고 다닌다고 신령이라 한다면 연경의 저잣거리에는 신령이 수를 셀 수 없을 만큼 많다구. 우리가 저놈을 해치울 테니 늙은이는 걱정할 것 없어."

젊은 야인이 허리에 차고 있던 칼을 빼들었다. 옆에 있던 두 명의 야인도 따라서 칼을 빼들었고, 앞에서 범이를 손가락질하던 두 명의 야인도 눈을 부라리며 허리에 차고 있던 도검을 빼들었다.

"난 모르오. 난 몰라."

늙은 야인은 울상이 되어 범이와 젊은 야인들을 번갈아 바라보며 눈치를 살피다가 재빨리 뒤로 물러났다.

다섯 명의 야인들이 흉악한 얼굴이 되어 뭐라고 중얼거리며 서서히 범이에게 다가오더니 일제히 칼을 휘두르며 달려들었다.

범이는 이들이 시퍼런 도검을 빼드는 것을 보곤 미리 방비를 하고 있던 터라 첫 번째 사내가 달려들자 재빨리 그의 가슴속으로 파고들 듯 돌진하였다.

'퍽--' 하는 소리와 함께 사내는 미쳐 범이를 피하지 못하고 범이의 이마에 가슴을 받쳐 바닥으로 나뒹굴고 말았다.

이때 양옆에서 두 사람이 일제히 칼을 휘두르며 달려들었다. 범이는 무릎을 구부렸다가 발을 차며 허공으로 솟구쳤다. 그 동작이 얼마나 빠른지 야인들은 닭 쫓던 개 마냥 눈이 휘둥그레져서 고개를 돌려 범이의 모습을 바라볼 수밖에 없었다. 범이는 바닥으로 착지하기 무섭게 자세를 낮추어 그들에게 달려들었다.

야인 두 사람이 깜짝 놀라 다시금 범이를 향해 칼을 휘둘렀다. 그러나 범이의 몸은 또다시 허공으로 솟구쳐 올라 그들의 뒤에 사뿐히 내려앉은 후였다. 야인 둘은 범이가 갑자기 머리 위로 날아가자 귀신에 홀린 듯하여 재빨리 뒤를 돌아보았다.

주먹이 보이는가 싶더니 순간 두 사람의 눈에 일제히 불빛이 번뜩였다. 두 야인들은 범이의 주먹에 맞아 코피를 쏟으며 그 자리에서 나뒹굴고 말았다. 야인들의 입에서 뒤늦게 비명이 터져 나왔다.

"내가 처리하겠다."

우두머리로 보이는 건장한 야인 하나가 큰 창을 꺼내 들고 범이에게 소리치며 달려들었다.

범이가 바라보니 제일 처음 반기를 들던 야인이었는데 부리부리한 눈에서 불똥이 튀는 것 같았다. 그는 긴 창을 휘두르며 범이의 목을 단번에 쳐버리려는 듯 공격을 퍼부었다.

범이는 그가 휘두르는 것이 마치 호랑이가 날카로운 발톱으로 공격해 들어오는 것 같아 섣불리 공격할 생각을 못하고 이리저리 창끝을 피하였다.

그는 창을 휘두르며 숨어 있는 늙은 야인에게 소리쳤다.

"이 아이는 산신령이 아니다. 산신령이라면 어찌 이렇게 피하기만 하는가?"

늙은 야인은 그 말을 들으면서도 두려운 눈으로 주변을 두리번 거리며 살폈다. 이때 쓰러졌던 야인들이 다시 일어나 범이를 향해 달려들었다. 멀리 늙은 야인이 창을 들고 허둥거리며 자근범이를 위협하고 있는 것이 보였다.

범이는 젊은 사내들이 장도를 휘두르며 달려들자 갑자기 화가 치솟아 한 야인의 장도를 피하면서 오른손으로 그의 목덜미를 후려쳤다.

'억--' 하는 외마디 소리와 함께 야인 하나가 눈을 부릅뜨며 제자리에 쓰러지더니 다시는 움직이지 않았다. 그 자리에서 목이 부러져 절명하고 말았던 것이다.

다른 야인은 그것도 모르고 범이의 배를 향해 칼을 휘두르며 달려들었다. 범이는 날카로운 칼날이 찔러 들어오자 살짝 몸을 피하며 지나간 칼날의 뒷부분을 손으로 턱석 잡으며 야인의 손목을 힘껏 내리쳤다.

뿌직-

둔탁한 소리와 함께 야인이 찢어질 듯한 비명을 지르며 그 자리에 고꾸라져 온몸을 버둥거렸다.

"크아아악---."

손목을 부여잡은 야인이 바닥을 구르며 발광을 하였다. 손목이 부러져버린 듯 뒤로 젖혀져 있었다.

이내 범이는 야인에게 빼앗은 칼을 창을 부여잡고 서 있는 덩치 큰 야인을 향해 힘껏 내던졌다.

핑---

칼날이 바람을 가르며 날아오는 기세에 창을 든 야인은 가슴이 철렁하여 감히 막을 생각을 하지 못하고 벌렁 넘어지고 말았다. 그러자 힘차게 날아간 검劍이 그의 뒤편에 있는 전나무에 꽂혀 검신을 부르르 떨었다.

야인들은 그 광경을 보고 얼굴이 새파랗게 질려 칼을 들고 천천히 뒤로 물러났다. 창을 들고 자근범이를 위협하던 늙은 야인은 가슴이 철렁 내려앉는 듯하여 재빨리 창을 버리고 달려와서 범이의 앞에 머리를 박듯이 엎드렸다.

"산신님. 산신님. 살려주세요. 살려주세요. 이들은 우리 마을 사람이 아닙니다. 이들이 이곳이 산신님의 땅인지 모르고 한 일이니 한 번만 살려주세요."

범이는 늙은 야인을 보는 듯 마는 듯 고개를 돌려 창을 든 야인을 노려보았다. 야인은 범이의 가공할 주먹을 보자 얼굴에서 식은 땀이 흘러나왔다. 그는 마음을 굳게 먹고 생각했다.

'나는 무서움을 모르는 알타리斡朶里족의 전사 상굴로王山弓奴-본래는 왕산굴로라고 불렸으나 부족 내에서는 상굴로라 부름다. 죽음이 있을지언정 무릎을 꿇는 수치란 있을 수 없다.'

상굴로는 창을 들고 재빨리 몸을 일으키며 소리쳤다.

"좋다. 어디 나와 한번 다시 겨뤄보자."

상굴로는 말을 마치자마자 창을 휘두르며 다시 공격해 들어왔다. 그러나 범이는 움직이지 않고 상굴로의 눈을 노려보았다. 그

눈은 마치 상굴로가 공격해 오길 기다리는 것 같았다.

상굴로의 창은 범이의 가슴을 노리고 곧장 찔러 들어왔다. 범이는 그때까지 아무런 미동도 하지 않고 상굴로의 눈을 노려보고 있다가 상굴로의 창이 자신의 목에서 한 척의 거리에 이르자 살짝 몸을 비켜 피하며 두 손을 번개같이 뻗어 날아드는 상굴로의 창을 잡았다.

상굴로는 범이가 창을 잡자 창이 바위처럼 꿈쩍도 하지 않는 것을 보고 등줄기가 서늘해지는 것을 느꼈다. 그는 재빨리 창을 놓으며 범이의 복부를 향해 주먹을 휘둘렀다.

이를 짐작한 범이가 창을 내려 상굴로의 팔목을 때린 후에 발바닥으로 상굴로의 복장을 내질렀다.

"어이쿠."

상굴로가 보기 좋게 땅바닥으로 굴렀다.

상굴로는 건주위에서 무예실력을 인정받고 있는 용사였다. 그럼에도 어린아이에게 이처럼 망신을 당하자 화가 머리끝까지 치솟았다.

"알타리족의 용사는 죽음을 두려워하지 않는다. 너희가 알타리족으로 돌아가거든 상굴로가 추장의 명을 이행하지 못하고 이곳에서 죽었노라고 말하라. 그리고 상굴로는 용사답게 죽었노라고 말하라."

상굴로는 마음을 모질게 먹고 다시 범이를 향해 달려들었다.

두 팔을 활짝 벌려 마치 곰처럼 달려드는 상굴로의 가슴팍이 활짝 열려 있었다.

범이가 껑충 발돋움을 하여 번개처럼 두 발로 상굴로의 가슴팍을 내질렀다. 순간 상굴로가 몸을 돌치며 범이의 가슴을 껴안았다. 건주위 야인들 간에 자주 하는 씨름에 단련된 상굴로가 생각한 수법이었다.

범이는 강한 힘이 가슴을 조이자 숨을 쉴 수가 없었다. 큰 덩치에서 품어져 나오는 힘이 대단하였다. 그도 그럴 것이 상굴로는 건장한 남자의 허리도 꺾을 수 있는 여진족의 장사였다.

컥—— 컥———

상굴로는 범이가 기침을 하는 것을 보더니 팔뚝에 더욱 힘을 줘서 범이의 목을 조였다.

"도적놈들…"

범이는 두 손으로 상굴로의 팔뚝을 움켜잡았다. 그리고 손에 힘을 주었다.

끄응—————

범이가 힘을 쓰자 상굴로의 팔이 벌어졌다. 상굴로는 깜짝 놀라 재빨리 팔을 움직여 목을 조이려 하였다. 그 순간 범이의 손이 사타구니 사이로 파고들었다. 상굴로의 몸이 번쩍 들리는 것 같더니 하늘이 빙글 돌면서 바닥에 엉덩방아를 찧었다. 등과 엉덩이에 말할 수 없을 정도의 극심한 고통이 전해졌다.

"으윽."

비명을 지르기도 전에 범이의 손이 상굴로의 목을 움켜잡았다.

상굴로의 얼굴이 붉게 변하였다.

상대방의 손은 손이 아니라 쇠로 만든 갈고리 같았다. 두 손으로 상대방의 팔목을 잡았지만 엄청난 악력에 숨이 막히고 머리가 핑 돌았다. 눈앞에 서 있는 소년의 얼굴과 숲이 흐릿하게 보였다. 바로 그때였다.

"범이야, 그만두거라."

부드러운 목소리와 함께 목을 조이던 강한 힘이 일시에 풀리며 상굴로는 바닥에 맥없이 쓰러지고 말았다. 잠시 멍하니 정신이 없어서 숨을 헐떡이던 상굴로는 차차 시야가 또렷해지고 정신이 드는 것을 느끼고 천천히 몸을 일으켰다.

자신을 이렇게 만든 소년이 머리가 눈처럼 희고 길게 난 노인의 옆에 서 있는데, 신령처럼 거룩하게 생긴 노인이 팔이 부러진 야인을 치료해주고 있었다.

그 노인은 능숙한 솜씨로 부러진 뼈를 맞추어 이은 후 품속에서 약을 꺼내 발라주더니 나뭇가지 여섯 개를 꺾어서 부러진 야인의 손목에 둘러대곤 납의納衣 밑단을 찢어 싸매어주었다. 그리고 품속에서 사기병을 꺼내더니 그 안에서 검은 환약 몇 개를 꺼내어 야인에게 삼키게 하였다.

치료가 끝나자 이번에는 죽은 야인에게 다가가 목에 손을 대고 맥을 살피다가 크게 탄식을 하며 불호를 외웠다.

"나무아미타불…"

상굴로는 그 광경을 보자 경외심이 솟아나 스님에게 다가가 고개를 숙여 읍하였다.

"누구 신지는 모르겠지만 고맙습니다."

노인이 고개를 돌려 상굴로를 바라보았다. 머리가 눈처럼 하얀 노인의 두 눈이 금빛으로 반짝이는 것 같았다.

노인은 상굴로를 근엄하게 바라보다가 입을 열었다.

"그대는 건주위에서 왔군."

상굴로가 놀란 얼굴로 노인을 바라보았다. 노인은 유창한 야인들의 말을 하고 있었는데 상굴로가 건주위에서 왔다는 것을 처음 보는 사람이 알 리가 없어서 그 놀라움이 더하였다.

"그, 그것을 어떻게?"

"보지 않아도 알 수 있다오. 가서 그대의 주군에게 전하시오. 여긴 조선의 땅. 불순한 의도를 가지고 있다면 하늘이 먼저 천벌을 내릴 것이라는 것을 말이오."

노인이 지팡이를 땅에 꽂자마자 갑자기 벼락 하나가 가까운 나무에 떨어지더니 불길에 휩싸인 커다란 나무가 요란한 굉음을 일으키며 숲으로 쓰러졌다.

상굴로가 놀란 마음에 저도 모르게 땅바닥에 무릎을 꿇었다. 가슴이 벌벌 떨렸다.

노인의 온몸에서 은은하게 금빛이 나는 것 같은데 말로 형용할 수 없는 거룩한 무게감에 절로 고개가 숙여졌다.

"시, 신령님의 말씀을 반드시 전하겠습니다."

"……"

상굴로가 다시금 고개를 들어보니 사방에 안개가 자욱하게 퍼지는데 수림 저편으로 노인과 소년이 표범 한 마리와 멀어져 가는 것이 보였다.

"시, 신령님."

상굴로가 자리에서 일어나 말을 타고 그들의 뒤를 따라가 보았으나 아무리 말을 달려도 점점 거리가 벌어져 괴이하게 생각되었다.

잠시 후 어두운 수림 사이에서 노인과 소년의 모습이 완전히 사라져버렸다. 상굴로는 맥이 빠져 말을 멈추고 어두운 수림을 바라보며 중얼거렸다.

"아! 과연 이곳 사람들의 말이 거짓이 아니로구나."

그는 말을 돌려 야인들이 있는 곳으로 돌아왔다. 늙은 야인이 다가와 두려운 모양으로 얼굴을 잔뜩 찡그리며 말했다.

"이보시오. 그러게 내가 이곳에 오지 말자 하지 않았소. 이 산은 산신이 사는 성산聖山이오. 우리들이 함부로 들어올 수 있는 산이 아니란 말이오."

"내가 몰랐소. 미안하오. 이 산은 산신이 사는 산이오. 우리가 다가갈 수 있는 산이 아니오."

상굴로는 경외심이 생겨 벼락에 맞아 아직도 불에 타고 있는 나무를 잠시 바라보다가 곧장 야인들에게 돌아갈 것을 명하였다.

살아남은 야인 하나가 입을 열었다.

"누르하치 추장님께는 뭐라 말합니까?"

"있는 그대로 이야기한다."

"있는 그대로 이야기하면 믿으실까요?"

"믿으시겠지. 믿으실 것이다. 이 산이, 이 땅이 범접할 수 없는 곳이라는 것을 말이다."

상굴로는 야인들을 데리고 곧장 백두산을 떠났다.[3]

---

3) 야인들에게 백두산은 신성한 산이었다. 훗날 이야기지만 누르하치는 병력을 일으키기 전에 백두산에 찾아와 치성을 드렸고, 청(淸)나라가 개국한 후에도 천신에게 제사 지내는 것을 잊지 않았다. 백두산에 있는 "여진제태(女眞祭台)"는 야인들이 백두산의 천신에게 제를 지내는 곳이었으며, 누르하치 생애에는 대주와의 약속을 지켜서 백두산 이남을 침범하지 않았다.

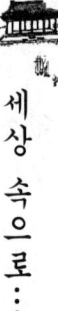

세
상
속
으
로
…

1

해가 점점 길어지면서 산정의 눈이 서서히 녹아 순록들이 하나
둘 종덕사와 산정으로 찾아들 무렵이었다. 대주는 동굴 속으로 들
어가 커다란 나무함을 가지고 나오더니 설아에게 말했다.

"설아야, 할아버지가 잠시 다녀올 데가 있구나."

설아는 대주가 종덕사 깊은 곳에 보관하던 나무함을 꺼낸 것을
보고 눈이 동그래져 물었다.

"어딜 가시게요, 할아버지?"

"휴정 스님을 만나러 간단다. 범이와 함께 갈 것이니 준비를 해
다오."

"범이와 함께 간다구요?"

설아는 범이가 대주와 함께 이곳을 떠난다는 말에 가슴이 철렁
하였다. 매일매일 얼굴을 마주하던 범이를 오랫동안 보지 못하는

것이 서운하여 손가락을 물어뜯었다.

"할아버지와 범이가 가버리면 저 혼자 이곳에 있어야 하잖아요."

"허허허. 자근범이가 있지 않으냐? 이참에 범이에게 세상 구경도 시켜줄 겸, 사람 사는 곳이 어떤 곳인가 구경도 시킬 겸 같이 갈 생각이다."

"그렇지만……."

이때 종덕사로 범이가 들어왔다. 범이는 손에 수십 뿌리의 산삼을 들고 있었는데 아침 일찍 대주의 심부름으로 산중에 들어가 산삼을 캐온 것이었다.

설아는 범이의 손에 들려진 산삼을 보곤 깜짝 놀라 대주에게 말했다.

"할아버지, 갑자기 저렇게 많은 산삼은 어디에 쓰시게요?"

대주는 빙그레 웃으며 말했다.

"쓸 데가 있어서 가져가는 거란다. 저것을 보자기에 싸다오. 그리고 범이와 내가 먹을 양식을 준비해주련."

설아는 세상으로 떠난다는 범이를 흘끔 보고는 동굴 속으로 들어갔다.

'쳇. 나를 두고 간단 말이야? 얄미워.'

범이는 설아의 눈빛이 자신을 원망하고 있는 것 같아서 산삼을 든 채 설아의 뒤를 따랐다. 식량 창고에 들어선 설아는 등을 돌리고 바닥에 쪼그려 앉더니 뒤로 손을 내밀며 앙칼진 목소리로 말했다.

"그거 이리 줘!"

범이는 설아의 목소리를 듣고 시무룩해져서 산삼을 내주며 중얼거렸다.

"설아, 왜 그러는 거야?"

설아는 갑자기 홀로 남겨진다는 생각에 기분이 가라앉고 설움이 복받쳐 저도 모르게 눈물이 흘러나왔다. 결국 산삼을 보자기에 싸다 말고 쪼그려 앉아 눈물을 손등으로 쓱 닦았다.

범이 또한 설아가 우는 것을 보고 마음이 침울하여 천천히 손을 뻗어 설아의 어깨를 잡았다.

"이것 놔!"

설아는 범이의 손을 뿌리쳤다. 범이는 마음이 아파 가만히 설아를 바라보았다. 무슨 까닭으로 우는 것인지 알 수 없어서 그저 착잡한 심정으로 물끄러미 설아를 바라볼 수밖에 없었다.

한동안 훌쩍거리던 설아는 고개를 홱 돌려 범이에게 말했다.

"범이 너! 바깥세상에 나가면 나보다도 예쁜 여자들이 많을 텐데, 내 생각이 나겠어?"

범이는 설아의 하얀 얼굴을 바라보며 고개를 도리도리 흔들었다.

"나는 이 세상에서 설아만 좋아해."

설아는 사뭇 기분이 좋아졌으나 이내 눈을 흘기며 말했다.

"흥, 사내들은 늑대라 하더라. 예쁜 여자들만 보면 사족을 못 쓴다고."

"나는 늑대가 아니야. 나는 범이야."

범이가 도리질을 하였다.

"바보. 누가 널 보고 늑대라고 그랬어? 남자들이 그렇다는 이야기지."

"남자? 남자가 뭔데?"

"바보."

기분이 풀린 설아는 이내 범이에게 다가가 눈을 쏘아보듯 바라보며 다짐을 주었다.

"그럼 세상에 나가서 나 같은 여자를 만나면 얼른 피해야 돼, 알았지?"

범이는 설아의 얼굴이 밝아지자 덩달아 기분이 좋아져서 연거푸 머리를 끄덕였다.

"알았다. 여자를 만나면 피할게."

"바보."

설아는 투덜거리며 범이에게 받은 산삼을 보자기에다 갈무리하였다. 갈아놓은 식량도 함께 담아 범이에게 내주었다.

"잠깐만 기다려."

이때 무엇이 생각났는지 설아가 바깥으로 나가더니 보자기를 손에 들고 들어왔다.

"자, 이거 입어봐."

그것은 하얀 무명으로 만든 저고리와 바지였다. 이제껏 누더기만 입고 있던 범이는 새 옷을 보자 눈이 함박만큼 벌어졌다.

"어서 입어보라니까!"

설아는 옷을 내주고 등을 돌렸다. 범이는 설아가 준 옷을 받아들었다. 옷에서 설아의 체취가 느껴졌다. 설아가 자신을 위해 만든 것이라 생각하니 기분이 하늘을 날아갈 것만 같았다.

범이는 주섬주섬 옷을 입었다. 잠시 후 옷을 걸친 범이는 설아의 등을 살짝 두드렸다. 설아가 돌아보니 범이의 옷이 흐트러져 있다. 아직 저고리 고름을 매는 데 서투른 범이었다.

"바보. 옷도 못 입어."

설아는 범이의 앞으로 다가가 저고리 고름을 묶어주었다. 설아의 체취가 진하게 코를 파고들었다. 범이는 바로 코앞에서 설아를 대하자 가슴이 쿵쾅쿵쾅 요동을 치고 숨이 막힐 듯 정신이 황홀하여 얼굴이 불타듯 화끈거리는 것을 느꼈다.

"자, 이젠 머리를 땋아야지?"

고름을 묶고 난 설아는 이번에는 범이의 등을 돌려 헝클어진 머리를 참빗으로 빗은 후 조심스레 머리를 땋았다.

"범이야, 나는… 나는……."

설아는 머리를 땋으면서 무언가를 이야기하려 했지만 가슴이 콩닥거려 더는 말하지 못하고 끝내 입 밖으로 나오던 말이 쑥 들어가 버리고 말았다. 푸른 명주로 만든 제비꼬리 댕기로 범이의 긴 머리 끝을 동여맨 설아는 범이를 본척만척 봇짐을 쥐어주고 말없이 동굴 바깥으로 걸어 나왔다.

범이는 아직도 설아의 체취에 마음이 설레어 두근거리는 가슴을 겨우 가라앉히고 말없이 설아의 뒤를 따랐다.

2

종덕사 바깥에는 떠날 채비가 끝난 대주가 우두커니 서 있었다. 범이가 설아와 함께 종덕사 바깥으로 나오니, 아침나절까지 자욱하던 운무가 개어 푸른 하늘에 구름 몇 조각이 유유히 떠다니고 있었다. 그 아래 하늘빛을 그대로 안은 천지天池가 펼쳐져 있었으니 바깥 경치를 조망하던 대주는 고개를 돌려 새 옷을 입고 머리를 땋은 범이를 보고 웃으며 입을 열었다.

"허허허. 그렇게 입으니 범이가 딴사람이 되었구나."

설아가 그 말을 듣고 밝은 볕에서 바라보니 범이는 정말 완연히 다른 사람이 되어 있었다. 그 옛날 꼬질꼬질하던 범이의 모습은 간곳 없고 훤한 이마, 짙게 쭉 뻗은 검미劍眉, 불꽃이 타오르는 듯한 부리부리한 두 눈, 우뚝 선 콧날과 다부져 보이는 각진 턱은 천군만마를 호령하는 용맹스러운 장수를 떠올리게 하였다.

설아는 그 모습에 또다시 가슴이 울렁거리고 얼굴이 화끈거리더니, 마침내는 두 볼이 붉어지고 말았다.

대주는 설아의 모습을 보고 빙그레 웃으며 말했다.

"허허허. 이번에 다녀오거든 설아의 머리를 올려야겠구나."

얼굴이 사과처럼 붉어진 설아가 대주에게 쏘아붙이듯 말했다.

"할아버지, 제가 누구에게 머리를 올린단 말이에요?"

"옆에 있지 않느냐? 범이 말이다. 이렇게 보니 정말 잘 어울리는 한 쌍이로구나. 허허허."

설아는 부끄러운 마음에 종덕사 안으로 뛰어들어가며 소리쳤다.

"할아버지 놀리지 마세요!"

"내가 언제 거짓말하는 것 봤느냐? 허허허."

설아는 종덕사로 쏙 들어가 벽에 몸을 붙인 채 조심스레 문밖에 있는 대주와 범이를 훔쳐보았다. 바깥에서 범이가 멍하니 바라보고 있었다.

"바보."

설아는 대주 할아버지가 자신과 범이를 짝지어준다는 말을 떠올리곤 달콤한 상상에 갑자기 마음이 싸하여 어쩔 줄을 몰랐다.

그때 대주가 종덕사 문 뒤에 숨은 설아에게 말했다.

"설아야, 할아버지 가는데 나와 보지 않을 게냐?"

설아는 부끄러움을 참으며 천천히 종덕사에서 걸어 나왔다. 범이는 설아가 나오자 얼굴이 환해져서 싱글벙글거렸다.

"녀석."

대주는 범이를 보곤 설아에게 다시 말했다.

"설아야, 가는 길에 백두산에다 결계結界를 쳐놓을 것이니 아무도 근접하지 못할 것이다. 너는 안심하고 이곳에서 기다리고 있거라. 범이야, 이제 가자꾸나."

그러자 범이는 종덕사 마당에 있는 함을 등에 지곤 설아를 바라보며 빙그레 웃었다. 설아는 범이가 가는 것이 못내 서운하였지만 내색하지 않고 웃으며 말했다.

"범이야, 잘 갔다 와."

범이 역시 설아와 헤어진다는 생각에 섭섭한 마음이 들었지만 다시 만날 수 있음을 아는 까닭에 가만히 고개를 끄덕였다. 그리고 무슨 생각이 들었는지 가슴을 두세 번 두드렸다.

"범이는 늑대가 아니다. 잘 갔다 온다."

설아는 범이가 다짐하는 모습을 보자 기분이 좋아서 환하게 웃었다. 그것은 범이와 설아 두 사람만이 아는 비밀이기에 설아는 행복하였다. 대주는 빙그레 웃으며 천천히 걸음을 옮겼다. 범이도 설아를 힐끔힐끔 돌아보며 대주의 뒤를 따라 산정으로 올라갔다. 이윽고 두 사람의 모습은 산정 뒤로 사라져버리고 말았다. 설아는 그들이 보이지 않을 때까지 두 손을 흔들었다. 그리고 두 사람이 탈 없이 빨리 돌아오길 기도하였다.

종덕사를 나와 흰 눈이 쌓인 백두 산정 아래로 내려오던 대주는 길가에 돌무더기를 하나씩 세우기 시작하였다. 산길 이곳저곳에다가 돌무더기를 세우던 대주는 비룡폭포 아래로 내려와 차가운 계곡 물에 먼지로 더럽혀진 두 손을 씻었다.

"할아버지, 뭐 하는 거야?"

대주가 빙그레 웃으며 말했다.

"설아를 지켜주려는 게지."

"돌을 왜 쌓아?"

대주는 손을 털며 자리에서 일어나 말했다.

"잘 봐 두거라. 이것은 팔진법八陣法이라는 기문법奇門法이다. 산중에 내가 쌓아놓은 것은 돌진이라는 것인데, 저 돌진 안에는 무서운 묘산법이 들어 있어서 아무나 근접할 수 없단다. 설사 네가 종덕사를 찾아가려 해도 절대 들어갈 수 없는 법이 숨어 있지. 자! 잘 살펴 보거라."

범이는 대주가 가리키는 방향을 멍하니 바라보았다. 범이가 한참을 바라보고 있으니 산 이곳저곳에서 이상한 기운이 전해져왔다.

산기슭의 어느 곳에서는 맹수들이 숨어 있는 것처럼 은근한 살기가 감돌고, 또 어떤 곳에서는 빽빽한 수림들이 얽히고설키어 답답한 것 같았으며, 또 어떤 곳은 눈사태가 방금이라도 일어날 것 같은 막연한 느낌이 전해져왔다. 그러나 눈앞에 보이는 것은 단지 흰 눈이 쌓인 산기슭과 종덕사에서 내려온 가파른 능선뿐이었으니 범이로서는 이상스러운 일이 아닐 수 없었다.

"잘 모르겠다."

"허허허. 네가 모르는 것이 당연하지. 어째서 네가 종덕사를 갈 수 없는지 보여주랴?"

대주는 계곡 물가에 있는 돌을 주워 산을 향해 던졌다. 허공을 날아오르던 돌이 땅바닥에 툭 하고 떨어지자 갑자기 짙은 안개가 생겨나더니 맹렬한 바람이 휘몰아쳤다. 눈 깜짝할 사이에 방금까지도 환하게 보였던 백두산이 자욱한 운무 속으로 사라지고 말았다. 범이는 이 광경을 보자 가슴이 두근거리고, 정신이 망연하여 놀란 사람처럼 고개를 돌려 대주를 바라보았다.

"자! 이래도 사람들이 근접할 수 있겠느냐? 만약 이런 안개 속에도 들어오는 사람이 있다면 정말로 큰일을 당하게 될 게다. 너는 느낄 수 있었지? 저 속에 있는 무서운 것들을 말이다."

"이제 알겠다. 설아는 안전하다."

범이는 설아가 이 속에 있으면 안전하리라는 생각에 안심한 표정으로 고개를 몇 번 끄덕였다.

"자, 그럼 이제 가볼까?"

대주는 천천히 걸음을 옮겼다. 범이는 마음이 놓였는지 운무에 쌓인 백두산을 바라보다가 발걸음도 가볍게 대주의 뒤를 따랐다. 그렇게 가벼운 마음으로 대주의 뒤를 따라가던 범이는 잠시 후 낭패에 부딪히고 말았다.

대주를 따라가는 것이 쉽지 않았기 때문이었다.

노승인 대주는 천천히 걸어가는 것 같았지만 걸음이 굉장히 빨라 범이가 쉽게 따라갈 수 없었다. 그는 울창한 수림도 힘들이지 않고 지나갔고 넓은 개천도 사슴처럼 훌쩍 뛰어넘어, 범이는 따라가면서도 자신의 눈을 의심하였다.

표범과 산천을 뛰어다니며 호랑이 걸음虎步에 익숙해져 있었고 어려서부터 백두산에 지천으로 난 산삼을 장복한 탓에 신력神力이 있었지만, 대주의 뒤를 간신히 쫓아갈 정도였다.

온신의 힘을 다하여 달리던 범이는 대주가 점점 멀어지는 것을 깨닫고 이대로 가다가는 대주를 놓쳐버릴 것 같아서 자세히 대주의 걸음걸이를 바라보았다. 이미 백두산을 벗어나 낯선 곳으로 나온 까닭에 대주를 놓치면 큰일이라는 위기감이 범이를 엄습하였기 때문이었다.

범이는 시선을 집중하여 대주의 걸음을 주시하였다. 한동안 대주의 걸음을 주시하던 범이는 자신의 걸음을 바꾸어 대주와 보폭을 맞추었다. 그 방법만이 대주를 놓치지 않는 방법임을 깨달았던 것이다. 그렇게 한참을 대주의 걸음법만 주시하면서 따라가던 범이는 이상하게도 배꼽 아래가 뜨거워지는 것 같더니 잠시 후 걸음걸이가 가벼워지는 것을 느꼈다.

등 뒤에 지고 있는 짐들도 더 이상 무겁지가 않았으며 온몸이 뜨거워져 마치 온천물에 몸을 담근 것만 같았다. 범이는 온몸에 넘쳐나는 기운이 목구멍까지 터질 듯 차오르는 것을 느끼고 자기도 모르게 길게 휘파람을 불었다.

휘익!

휘파람 소리가 멀리멀리 퍼져서 메아리가 되어 돌아왔다. 이내 범이의 몸은 온천물에서 나온 것처럼 개운해졌다. 이상한 일이었다. 몸이 종잇장처럼 가벼워진 것을 느낀 후부터는 다리를 박차고 대주의 옆으로 다가갈 수 있었다.

대주는 옆에서 보조를 맞추며 따라오는 범이를 보면서 빙그레 웃다가 말했다.

"녀석, 금방 배우는구나."

범이는 대주의 웃는 모습에 기분이 좋아져서 따라서 미소를 지었다.

두 사람은 보조를 맞추어 빠르게 남쪽으로 내려갔다. 범이는 자신의 좌우로 나무와 풀들이 빠르게 스쳐 지나가는데도 기운이 빠지기는커녕 힘이 솟아나 이상하게 생각되면서도 일변 기분이 좋아져서 연신 벙긋벙긋 입가에 웃음이 떠나질 않았다.

백두산 아래에는 이미 봄이 찾아와 울긋불긋 아름다운 꽃들이 진한 향기를 풍기고 있었으며 짝을 찾는 산새들이 부산하게 날아다니고 있었다. 이런 모습들이 범이에게는 마치 다시금 야생으로 돌아온 듯한 기분을 돋웠다.

백두산을 내려와 몇 개의 험한 산을 지나고 또다시 몇 개의 내를 지나서 내려가다 보니, 좌우의 높은 산들이 모두 백두산처럼 눈이 녹지 않아 허연 머리를 내놓고 있었다.

"범이야, 조금 쉬었다 가자꾸나."

앞서 가던 대주는 계곡 옆에 새파랗게 물이 오른 버드나무 앞에서 걸음을 멈추더니 그 옆에 있는 널찍하고 평평한 바위 위에 걸터앉았다. 계곡 옆에 물오른 버드나무가 부는 바람을 맞아 산발한 가지를 살랑거리고 있는데, 그 아래에 맑은 계곡물이 찰찰거리며 흘러내리고 있었다.

범이는 지고 있던 나무함을 내려놓고 바닥에 앉아서 좌우에 보이는 깊은 산과 계곡을 바라보았다.

대주가 계곡의 머리 위로 보이는 산을 가리켰다.

"저기 보이는 산은 태백역산太白亦山이라 하고 그 옆에 작은 산을 소백역산小白亦山이라 한단다. 봄이 오고 여름이 와도 저렇게 눈이 녹지 않고 흰빛을 띠기 때문에 백역白亦이라고 하는데 백두산도 마찬가지지. 이 세상에 백두산과 같이 높은 산은 많고도 많으니 언제나 자신을 낮출 줄 알아야 한다."

"알았다."

"'알았다'가 아니라 '예'라고 하는 거다. 어른에게는 반말을 하지 않는 거란다. 그게 사람들의 법이지. 앞으로는 '예' 하거라."

"예."

대주가 빙그레 웃었다.

"저녁 무렵이면 함흥에 도착할 수 있겠구나."

"하, 함흥?"

"그래, 함흥. 나와 너 같은 사람들이 많이 사는 곳이지."

범이는 그 말을 듣자 가슴이 뛰었다.

'나와 같은 사람이 많이 사는 곳이다. 나와 같은 사람이 많이 사는 곳이다.'

범이는 산중을 벗어난 적이 없어서 자신과 비슷한 사람들이 사

는 곳이 과연 어떻게 생겼을까 일변 궁금하고 일변 어서 빨리 그곳
으로 갔으면 좋겠다고 생각하였다.

대주가 쓸쓸히 웃으며 말했다.

"네 생각처럼 인간 세상은 그리 좋은 곳이 아니란다. 실망할지도
모르겠구나. 자, 이제는 그만 가볼까?"

대주는 바위 위에서 몸을 일으켰다. 그리고 다시금 걸음을 옮겼
다. 범이는 재빨리 나무함을 등에 지고 대주의 뒤를 따랐다.

3

산길을 따라 얼마쯤 대주를 뒤쫓다 보니 눈앞에 높은 고개가 나타났다. 대주와 범이가 그곳에 난 잔도棧道를 따라 무심히 올라가고 있을 때였다.

두 사람은 산 중턱의 고갯길에서 사람들이 떼를 지어 싸우고 있는 것을 발견할 수 있었다. 검은 옷을 입은 사람들과 흰옷을 입은 사람들이 어울려 싸우고 있었는데 검은 옷을 입은 사람들은 대부분 바닥에 쓰러져 있었고, 유독 한 사람만이 주먹과 발길질을 하면서 흰옷을 입은 사람들을 상대하고 있었다.

대주는 걸음을 멈춘 채 가까운 바위 턱에 가만히 앉아 그들을 바라보았다. 범이는 그 옆에서 나무함을 내려놓고 대주처럼 조용히 그들을 바라보았다.

"이놈들! 감히 군량軍糧을 도둑질하려 해?"

남철릭에 쾌자를 입은 사내가 크게 고함을 지르더니 사람들 틈에 뛰어들어 이리 치고 저리 치며 때리고 있었다. 범이가 바라보니 그 모습이 마치 한 마리의 성난 호랑이가 이리 떼 속에서 싸우는 것만 같았다.

삼십여 명의 사람들이 그를 둘러싸고 몽둥이와 칼을 휘둘렀으나 그는 날쌘 동작으로 마치 미꾸라지가 손을 빠져나가는 것처럼 사람들 사이를 피해 다니며 닥치는 대로 쓰러뜨리고 있었다.

"저놈을 내가 상대하겠다."

사람들 뒤에 물러서 있던, 덩치가 큰 털북숭이 장한이 소매를 걷어붙이고는 두 팔을 휘두르며 그 사내를 향해 달려들었다. 상대편 사내는 주먹을 날렵하게 피하면서 장한의 옆구리를 향해 발길질을 하였다. 그러자 장한은 새가 날갯짓을 하듯 팔을 둥글게 휘둘러 군관의 발길질을 막으며 소리쳤다.

"흥, 제법이구나. 택견托肩을 배운 모양인데 실력은 보통이 아니다만 네놈은 오늘 임자를 만났다."

"흥! 네놈의 몸놀림을 보니 수박手搏을 배운 모양인데. 그래, 누가 임자를 만났는지 한번 겨루어보자."

"우하하하! 네놈 호기가 마음에 드는구나. 그럼 우리 장부답게 한번 겨루어볼까?"

"하하하! 좋다. 네놈은 도적이지만 그 호기豪氣는 정말 마음에 드는구나. 좋다, 어디 한번 자웅을 겨루어보자꾸나."

두 사람은 각자 자기의 수하들에게 싸움을 멈추게 하고 천천히 너른 평지로 걸어 나왔다. 그 둘이 정식으로 대결을 벌이자, 주변의 사람들은 싸움을 멈추고 천천히 물러섰다. 검은 쾌자를 입은 군졸들은 군량을 실은 수레 뒤에 모여 화적들의 눈치를 살피고 있었으며, 화적들은 그 장한의 뒤쪽에 둥글게 도열하였다.

범이는 곁눈질로 슬쩍 대주를 바라보았다. 대주도 범이를 향해 빙그레 웃더니 다시 그 모습을 지켜보았다. 범이는 대주가 무슨 뜻이 있을 것이다 생각하고 다시금 그들의 싸움을 바라보았다.

두 사람은 그 자리에서 서로를 노려보다가 양손을 앞에 모으고서 숨을 길게 내쉬었다. 이내 양손을 벌리면서 목을 돌리기 시작하였다. 그리고 팔을 여러 번 둥글게 휘두르더니 기지개를 몇 번씩 켜고 온몸을 두드린 후 이리저리 온몸을 움직였다.

구레나룻의 장한은 손바닥으로 허공을 향하여 몇 번 휘두르고, 관원은 발목을 빙글빙글 돌리다가 별안간 허공으로 발길질을 몇 번 하였다. 한동안 몸을 풀던 구레나룻의 장한이 허리를 쭉 펴더니 컬컬한 목소리로 소리쳤다.

"이놈아, 준비 다 되었느냐?"

다리를 풀고 있던 군관이 기다렸다는 듯 답했다.

"도적놈아, 준비 다 되었다."

"그럼 붙어볼까?"

"좋지."

두 사람은 한동안 껄껄껄 웃더니 그 자리에서 몸을 움직이기 시작했다.

남철릭을 입은 군관은 다리를 번갈아 움직이며 品品자로 왔다 갔다 하면서 '이크', '이크' 하는 소리를 지르고, 구레나룻의 장한은 몸을 들썩거리면서 두 손을 둥글게 돌려 교차시키면서 '얼쑤', '얼쑤' 하는 소리를 질렀다.

두 사람 사이에서 감도는 긴장감과는 다른 모습에 범이는 우스운 생각마저 들었다. 그런데 한편으로는 두 사람이 하고 있는 행동이 마치 대주 할아버지가 백두산에 팔진법을 쳐놓은 것처럼 빈틈과 살기가 뒤섞여 있는 것 같아 이상한 느낌이 들었다.

그렇게 두 사람은 춤을 추듯이 몸을 굼실거리며 주위를 둥글게 원을 그리며 돌았다. 춤추는 사람 같은 두 장한의 눈빛이 번들거렸다. 휘청휘청 흔들흔들 움직이고는 있었지만 그 와중에서도 서로를 가늠하는 듯 간격의 변화가 없었다. 가끔씩 번뜩이는 눈빛은 사냥감을 노리는 매처럼 날카로워서 서로가 끊임없이 상대방의 빈틈을 엿보고 있음을 알 수 있었다. 한동안 그렇게 두 사람의 춤사위는 계속되었다.

"핫!"

품밟기를 하고 있던 군관이 갑자기 기압을 지르면서 허공으로 몸을 솟구쳤다. 솔개가 된 것처럼 솟구친 군관의 두 발이 공중에 뛰어가듯 달음질을 하더니 구레나룻 사내의 가슴과 턱을 연달아 차올렸다.

구레나룻의 장한은 한 걸음 뒤로 슬쩍 물러나며 팔을 아래로 나래질하듯 휘둘러 턱을 차는 군관의 다리를 막았다. 순간, 구레나룻 장한의 다른 손이 갈고리처럼 군관의 목을 치고 들어갔다. 한 수에 군관의 패배가 결정지어지는 순간이었다.

"엇!"

그런데 이와 동시에 군관의 다른 발끝이 장한의 턱을 파고들고 있었다. 장한은 턱으로 벼락같은 발길질이 날아오는지라 미처 군관의 목을 치지 못한 채 몸을 슬쩍 뒤로 기울이며 군관의 공격을 피하였다. 다리의 공격이 허사로 끝나는 순간, 구레나룻 사내의 몸이 불쑥 일어나며 손날이 목을 향해 힘차게 날아왔다.

범이가 보기에 이것은 장한이 이긴 것처럼 보였다. 목에 맞아도 승부가 끝이 나고, 피한다 해도 장한의 다리에 걸려 넘어질 것임이 뻔했기 때문이었다. 그런데 쓰러질 듯한 군관이 그 자리에서 몸을 뒤집어 물구나무를 서더니 구레나룻 사내의 공격을 피하면서 두 발로 장한의 턱을 차올려 버렸다.

장한은 재빨리 뒤로 물러서다가 땅바닥에 뒹굴어 간신히 발길질을 피하곤 바닥에 주저앉은 채로 껄껄껄 웃었다.

"하마터면 걸려들 뻔했네그려. 어, 참 대단하다."

구레나룻 사내가 천천히 자리에서 일어나 두 손을 탁탁 털었다.

"물구나무 쌍발차기라. 대단해, 대단해."

군관 역시 허리에 두 손을 대고 호탕하게 웃었다.

"그놈, 피하는 실력이 제법이로구나. 그래, 네 이름이 무어냐?"

"야, 이놈아! 내 이름은 알아서 뭐 하게?"

"이놈아! 통성명은 예의가 아니더냐?"

"하하하. 야, 이놈아. 이름을 물어보려면 너부터 이야기해야 할 것이 아니냐?"

군관은 화통하게 웃으며 입을 열었다.

"그놈, 기백이 참 마음에 드는구나. 나는 함흥의 고산도 찰방으로 있는 임제라는 어르신이다."

"임제? 가만, 가만. 그렇다면 네놈이 기생 황진이 무덤에서 시를 짓고서 좌천左遷되었다는 바로 그 임제냐?"

"화적 주제에 들어먹은 선성은 있는 모양이구나. 그렇다. 내가 바로 그 임제다."

"음하하하. 네놈 이름은 익히 들었다. 당대 호걸이라 하더니 헛말이 아니구나."

"도적놈아, 내 이름을 알았으면 너도 이야기를 해야 할 것이 아니냐?"

"하하하. 미안하지만 내 이름은 말해줄 수가 없구나. 어떡하냐?"

구레나룻 사내가 군관을 놀리듯이 히쭉거렸다.

임제의 검은 눈썹이 치켜 올라갔다.

"이놈이, 나를 놀려? 좋다. 내가 네놈을 무릎 꿇게 한 연후에 들어도 안 될 것은 없지."

임제는 두 손에 침을 퉤 하고 뱉더니 구레나룻 장한에게 달려들었다.

"이번에는 쉽지 않을걸?"

구레나룻 장한 역시 그와 어울려 몇 합을 상대하였다.

임제가 공격해 들어오면 장한이 활개로 막고 지르고, 장한이 두 손을 억세게 휘두르면 임제 역시 활개로 막고 지르는데, 범이가 한참 동안 주의해서 보고 있자니 두 사람의 수법은 별다른 차이점이 없어 보였다. 다만 임제라는 군관은 다리를 많이 사용하고, 장한은 주먹과 손을 많이 사용하는 것이 차이라면 차이였다.

그러나 임제는 장한보다는 더 빠른 듯하였다. 걷어차고, 째 차고, 후려치면서 공격을 하던 임제는 어느 순간 다시금 허공으로 솟구쳐 구레나룻 사내의 머리통을 찍어내렸다. 뒤로 한 걸음씩 물러나며 막던 장한은 갑자기 앞으로 한 걸음 다가서며 임제의 공격을 활개로 쳐내고 그의 목을 갈고리로 걸듯 잡아당겼다. 이때 임제는 바닥에 내려앉기 무섭게 한 손으로 장한의 손을 잡으면서 다른 한 손으로 허리춤을 움켜쥐었다.

"이놈이?"

구레나룻 장한 역시 재빠르게 임제의 허리춤을 움켜쥐었다. 두 사람은 그 자세에서 서로 부둥켜안은 채 다리를 걸고 몸을 좌우로 흔들면서 서로를 넘어뜨리려 하였다. 끙끙거리며 힘쓰는 소리가 멀리까지 들려왔다.

범이는 그들의 모습을 보며 머리를 갸웃거렸다. 방금까지만 해도 주먹과 발길질이 오가던 무서운 싸움이, 일시에 몸통을 부여잡고 힘을 쓰는 싸움이 되고 말았으니 말이다.

한동안 힘을 쓰며 서로 부둥켜안고 있던 사내들은 끙끙대며 안간힘을 쓰다가 일제히 떨어져 다시 숨을 길게 들이쉬고 내쉬고를 반복하였다. 잠시 숨을 고르던 구레나룻의 장한이 말했다.

"안 되겠다, 이놈아. 이래서는 승부가 안 나겠으니 다른 것으로 승부하는 것이 어떠냐?"

"도둑놈아, 좋은 생각이다. 그렇다면 우리 검으로 대결해보자."

"좋다, 좋아. 내가 바라던 바다."

이내 수하인 듯한 사람 하나가 커다란 장도를 가지고 왔다.

"이 칼을 보고 겁먹지나 말아라."

장한이 으스대며 장도를 빼어 들자 시커먼 박도가 모습을 드러내었다. 망나니들이나 사용한다는 박도는 장한의 큰 덩치에 잘 어울리는 것 같았다.

"도적놈이 입만 살아 설치는구나."

임제도 지지 않고 수레에 걸어놓았던 환도를 들고 나왔다. 그러자 구레나룻 장한이 임제에게 소리쳤다.

"준비되었느냐?"

임제는 호탕하게 웃으며 대답하였다.

"준비된 지가 오래다. 네놈이야말로 목 떨어질 준비되었으면 어서 덤벼보거라."

"좋다, 이놈아. 내 호언장담을 한다만, 어디 네 실력이나 한번 보자."

장한은 커다란 박도를 휘두르며 임제를 향해 달려들었다. 그러자 임제도 손에 든 환도를 빼어 들며 소리쳤다.

"좋다, 좋아!"

이내 두 사람은 검과 도를 휘두르며 어울려 싸웠다. 은빛 검과 흑빛 도가 부딪치자 불꽃이 튀고 찬바람이 겨울바람처럼 매섭게 불었다.

산더미로 정수리를 누르는 듯 투박한 박도가 허공에서 내려오고 풀 헤치는 뱀을 찾듯이 박도가 바닥에서 치솟아 날렵한 장검이 박도를 막느라 위아래로 올지 갈지를 반복하다가 다시금 태산처럼 내리누르는 기세에 임제가 뒤로 물러난 틈을 타서 장한이 땅을 차고 훌쩍 뛰어올라서 임제를 압박하였다.

그러나 장검을 휘두르는 관원이 법식이 좋아서 내리치는 박도를 피하며 요리조리 찔러 들어가니 장한이 뒤로 물러서며 장검을 막기 바빴다.

장검이 한 번 몰아붙이다가 법식이 다하면 박도가 기운을 내어 밀어붙이는데 박도가 기운이 다하면 장검이 다시금 세를 내어 장군멍군 피장파장 주고받기를 수백여 합이나 하였어도 끝날 기미가 보이지 않았다.

두 사람이 힘이 다하고 기가 빠질 만도 하건만 목숨이 걸린 싸움이라 치고받을수록 악이 돋아서 두 사람의 눈에 살기가 가득하고 휘두르는 법식이 차차 매섭게 변하였다.

"허허허, 저러다가 사람 잡겠구나."

대주가 빙그레 웃다가 성큼성큼 걸음을 옮겼다. 범이가 얼른 대주의 뒤를 따랐다.

"거기 잠시만 싸움을 멈춰 보시게."

크게 부르짖는 소리에 임제와 장한이 몇 걸음씩 물러났다. 임제가 몸을 돌려 바라보다가 놀란 얼굴로 소리쳤다.

"대주 스님!"

임제는 갑자기 얼굴이 환해져서는 땅바닥에 몸을 엎드려 큰절을 꾸벅하였다.

장한이 머리를 갸웃거리며 박도를 내려놓았다.

대주가 빙그레 미소를 지으며 임제의 몸을 일으켜 세웠다.

"백호白湖는 그동안 안녕하셨는가?"

백호는 임제의 호號이다. 임제는 소싯적 속리산에서 대곡선생大谷先生 성운成運[4]의 문하로 들어와 학문과 무예를 배웠었는데, 이때 두타승으로 속리산 법주사에 와 있던 대주에게도 가르침을 받은 적이 있었으므로 한눈에 대주를 알아보았던 것이다.

임제는 얼굴을 붉히면서 대주에게 말했다.

"대주 스님, 이렇게 뵙게 될 줄은 몰랐습니다."

"못 본 사이에 관직에 오른 것을 경하드리오."

"경하라니요, 스님. 말씀을 낮추시지요. 평양 감사로 부임하다가 외려 탄핵되어 찰방 노릇을 하고 있는걸요."

"허허허. 예전에는 백수서생이었다가 지금은 찰방이라도 하고

---

4) 성운(成運, 1497(연산군3)~1579(선조12)년) 조선 전기의 학자로 본관은 대곡(大谷). 자는 건숙(健叔), 대곡(大谷). 부정(副正) 세준(世俊)의 아들로 중종 때 사마시에 합격. 1545년 을사사화로 화를 입자 보은 속리산에 은거. 그 뒤 참봉, 도사에 임명되었으나 곧 사퇴. 서경덕(徐敬德)·조식(曺植)·이지함(李之菡) 등과 교류, 임제의 스승이다.

있으니 그만하면 크게 승진하신 것 아니겠소? 사람은 항상 낮은 곳을 보며 살면 근심걱정이 없나니, 내가 보기에 그만하면 헛산 것은 아니외다. 그렇게 있지 마시고 어서 일어나시오."

"스님……."

임제는 어쩔 줄을 몰라 난감한 얼굴로 대주를 바라보다가 천천히 자리에서 일어났다.

이때 구레나룻 장한이 대주의 얼굴을 바라보며 말했다.

"대주 스님이라면… 정희량 어르신의 제자이신 대주 스님 말입니까?"

"그렇소."

"아! 그렇다면 우리 외숙부님을 잘 아시겠군요. 칠장사의 생불生佛이셨던……."

"알다 뿐인가? 그렇다면 그대의 성이 임林가가 맞은 게로군. 전조에 난을 일으켜 나라에 물의를 일으키더니 피는 속일 수 없음인가?"

"……."

장한은 큰 죄라도 지은 듯 기가 죽어 슬그머니 머리를 조아렸다.

대주가 고개를 돌려 임제에게 말했다.

"나리, 잠시 군졸들을 물러나게 해주십시오."

"예? 예. 스님."

임제는 곧장 수레로 가서 군졸들에게 어서 군량을 끌고 내려가 완파연에서 기다리라고 일렀다. 군졸들은 군량이 산적들의 수중에 떨어질 줄로만 알고 간이 콩알만 했다가 임제의 말을 듣고 살 맞은 뱀처럼 산 아래로 곤두박질치듯 내려가 버렸다.

군졸들의 모습이 시야에서 사라지자 대주는 장한에게 꾸짖어 말했다.

"이놈, 백손아. 네 아비가 산중의 도적으로 천하를 횡행하다가 천벌을 받아 죽임을 당하였음에도 너는 어찌 아비와 같은 행동을 또다시 하여 같은 업을 되풀이하려는 것이냐?"

임제는 그 말을 듣고서 문득 뇌리를 스쳐가는 것이 있었다.

'산중의 도적으로 천하를 횡행하였다고? 그럼, 이놈이 임꺽정의 아들?'

임제는 침을 꿀꺽 삼키며 임백손林伯孫이라는 도적을 바라보았다.

임꺽정林巨正은 양주의 백정 출신으로, 명종 조에 수년간을 경기도와 황해도 일대를 주름잡으며 탐관오리들을 죽이고 여러 고을을 소란케 하다가 재령載寧에서 토포사討捕使 남치근南致勤에게 붙잡혀 죽음을 당한 대도大盜였다.

임제는 어릴 적부터 이런 임꺽정에 대한 이야기를 자주 들어왔었는데, 호방하고 쾌활한 임제에게 천하에 일절인 검객 임꺽정의 무용담은 선망의 대상 그 자체였던 것이다. 탐관오리를 제거하고 수탈한 양식을 힘없는 양민에게 나누어준다는 협도俠盜의 이야기를 들으며 그는 임꺽정을 만나보지 못한 것을 항상 안타깝게 생각해오고 있었다.

그것은 비단 그의 이야기만은 아니었다. 당시 부유층이나 양반

신분에 있는 사람들에게 임꺽정은 파렴치한 도적에 불과하였다. 그러나 힘없는 서민들이나 협의가 있는 사람들에게는 그야말로 임꺽정은 우상이요, 희망으로 이미 민중들 사이에는 죽었으되 영원히 죽지 않은 인물로 각인되어 있었던 것이었다.

대장부로 태어나서, 한 번쯤 만나보고 싶었던 임꺽정에게 아들이 있었으며 그 아들이 바로 앞에 있는 이 구레나룻의 사내라는 것을 깨닫고 임제는 놀라움을 금할 수 없었다. 그리고 한 번에 임백손의 내력을 알아낸 대주 스님이 또한 놀라울 따름이었다.

백손은 대주 앞에 무릎을 꿇은 채로 하소연을 하였다.

"스님, 이놈이 죽을죄를 지었습니다. 하지만 가난이 원수지, 어찌 저만이 죄가 있겠습니까? 저희는 황해도에서 화전을 일구고 사는 백성들이온데 혹여 죄 없는 가족들이 연좌를 당할까 싶어 이곳까지 와서 도적질을 하고 있었습니다. 부디 용서해주십시오."

백손의 말이 끝나자 그의 뒤에 서 있던 도적들이 일제히 무릎을 꿇었다.

"저희가 잘못했으니 살려만 주십시오!"

"먹고살기가 힘들어 한 짓이니 용서해주십시오!"

임제는 수많은 도적들이 일제히 투항을 하자 어리둥절하여 고개를 갸웃거렸다. 대주는 그들의 모습을 보며 길게 한숨을 내쉬다가 하늘을 바라보았다.

"가난이 원수이고 배고픔이 죄지, 너희에게 무슨 죄가 있겠느냐?"

임제는 그 말의 의미를 단번에 알아들었다.

몇 년 전부터 온 나라에 가뭄과 홍수 등의 천재지변과 돌림병이 돌아 많은 백성들이 고통을 겪기 시작하였다. 천재天災는 해를 거르지 않고 삼 년 동안이나 계속되었으나, 조정에서는 당파 싸움에 정신이 없어 백성들의 생활은 돌아보지 않았으니 눈덩이처럼 불어나는 세금과 기아를 피하기 위해서는 자신의 터전을 버리고 유랑자가 되거나 도적이 되는 수밖에 없는 것이 현실이었다.

임제는 백성의 고통은 눈에 없고 조정의 권력 다투기에만 혈안이 되어 있는 벼슬아치를 보면서 회의에 빠져 있었다. 그는 화적이 된 이들이 보릿고개를 넘기기 위해 군량을 약탈할 수밖에 없는 사연은 외직 생활을 통하여 알고 있었기 때문에 백손의 말에 연민의 정을 느끼었다.

풋보리가 누릇누릇 익어가는 춘 사월이면 대부분의 농가는 양식이 떨어지기 일쑤였으니, 그나마 시기의 도움으로 이른 봄이면 나물죽으로 간신히 끼니를 이어나갈 수 있었다. 그러나 가난한 백성들에게는 그것조차 먹지 못하는 것이 부지기수여서 궁여지책으로 늦은 밤 다 자라지도 못한 보리밭에 숨어들어 풋보리를 베다가 맞아 죽기도 하고 기근을 피하려 곡식을 꾸었다가 노비가 되기도 하는 일이 다반사였다.

실로 가난한 백성들이 넘어가기 힘든 고개라 하여 이 시기를 보릿고개라 불렀으니, 나라에서는 이러한 실상을 알고도 방법을 찾지 못하여 매년 수많은 생명들이 덧없이 굶어 죽어나갔다.

굶지 않기 위해서, 죽지 않기 위해서 순박한 백성들이 도적이 되었다는 것을 누구보다도 잘 알고 있는 임제였기에 그것이 모두 자기 탓인 것만 같아 가슴이 아파왔다. 허나 나라의 군량을 한때의 동정심으로 내줄 수도 없는 노릇이었다. 임백손과 도적들을 볼 면목이 없어진 임제는 고개를 돌려 착잡한 심정으로 하늘을 바라보았다. 그때였다. 대주의 목소리가 들려왔다.

"백손아. 내가 곡식을 구해주랴?"

임제는 대주가 군량을 빼앗기라도 할까봐 얼른 대주에게 말했다.

"스님, 군량은 아니 됩니다."

"빈도는 도적이 아니외다. 군량을 건드릴 생각은 추호도 없으니 안심해도 되오."

"그, 그럼 어떻게?"

대주가 말없이 빙그레 웃으니 영문을 모르는 임백손과 임제는 멍한 표정으로 서로의 얼굴만 바라볼 뿐이었다.

함흥 기담

1

함흥咸興에는 섬진강 유역으로 넓은 평야가 펼쳐져 있고, 그곳에 쌀이 많이 재배되었다. 성루의 북서쪽에 용이 똬리를 틀고 있는 것 같이 불쑥 튀어나온 반룡산盤龍山을 제외하고는 대부분의 지역이 평탄한 평야인지라 동북 지역 최대의 곡창 지대라 할 수 있었다.

이 함흥에서 내로라하는 부자를 말하자면 반룡동盤龍洞에 사는 김좌수金座首와 서하동西下洞에 사는 배진사裵進士, 용흥동龍興洞에 사는 이생원李生員을 꼽을 수 있었다. 이들은 대대로 함흥에서 터를 잡고 살았는데 모두 조선 초기에 함흥에서 이성계李成桂를 따라다니던 충복의 후손으로, 그들의 땅은 모두 태조 이성계에게 받은 것이었다.

이들 중에 가장 부자라면 단연 용흥동에 사는 이생원을 꼽을 수 있었는데, 초시에 합격하였으나 진사 시험을 포기하고 집에서 부모님을 봉양하며 글만 파먹고 사는 위인이었다. 기절이 부드럽고 어질어 남들에게 베풀기를 좋아하고, 천성이 유순하여 부모님께 효도하며 어진 처를 만나 남부럽지 않게 사는 것에 만족하여 세상에 부러울 것이 없는 이 위인에게 한 가지 걱정이 있었으니, 정정하던 부모가 갑자기 병이 들어 자리에 누운 것이었다.

효성이 지극한 이생원은 전국 방방곡곡을 수소문하여 용하다는 의원들은 모두 불러 부모님의 병을 치료하여 보았지만 노환이어서 고치지 못한다는 말이 고작이었다. 그렇다고 부모님을 돌아가실 때까지 기다릴 수만은 없는 노릇이라, 이생원은 어찌 되었건 부모님의 기력을 회복시켜 자리에서 일어날 수 있도록 좋은 약이란 약은 모조리 수소문하여 병구완을 해가며 노심초사로 하루하루를 보내고 있었다.

따뜻한 햇살이 내리쬐는 봄날이었다. 부모의 점심을 차려 드리고 돌아와 안방의 문턱에 기대어 따스한 봄볕을 쬐던 이생원은 몸이 나른하여 저도 모르는 사이에 꾸벅꾸벅 고개를 떨구었다. 그때였다.

"이생원 계시오?"

바깥에서 누군가가 부르는 소리에 선잠이 들었던 이생원이 번쩍 깨었다. 자리에서 일어나 입가에 흐른 침을 닦으며 대청마루로 나가보니, 마당 한가운데에 누더기 옷을 입고 머리와 눈썹이 눈처럼 하얀 노인이 서 있었다. 선풍도골仙風道骨의 풍도가 한눈에도 느껴지는 노인의 모습에 이생원이 조심스레 물었다.

"누, 누구십니까?"

"지나가는 길손이외다."

"무, 무슨 일이십니까?"

"이 집에 우환이 깊은 것 같아서 방도를 알려줄까 하여 들렀소이다."

"방도를 말입니까?"

이 집안의 우환이라면 노부모의 병환이었으니 이생원은 눈이 번쩍 뜨였다. 백발노인의 풍모가 마치 옛날이야기에 나오는 신선이나 도사와 비슷하다는 생각이 문득 들었던 것이다.

이생원은 희망이 생겨나자 버선발로 내려가 땅바닥에 무릎을 꿇고 애걸하듯이 물었다.

"제, 제가 사람을 몰라 뵈었습니다. 제발 부모님을 살릴 수 있는 법을 말해주십시오. 무슨 일이든 할 터이오니 제발 그 방도를 가르쳐주십시오."

노인은 물끄러미 이생원을 바라보다가 허리를 굽혀 그의 손을 잡아 일으키며 말했다.

"일어나시오. 그대의 효성이 그토록 지극한데 어찌 감응이 없겠습니까? 내 방도를 말해주리다. 잘 들으시오."

"네, 네. 명심하겠습니다. 어서 말씀해주십시오."

"내일 날이 밝거든 용흥동 여위천 가로 가보시오. 그곳에 가면 방죽 위에 커다란 바위가 하나 있는데 그곳에 한 사람이 앉아 있을 것이오. 그 사람에게 가서 사정을 이야기해보면 방도가 나오리다."

노인은 말을 마치자 이내 바깥으로 천천히 걸어나갔다. 그러자 이생원이 재빨리 일어나 노인의 앞을 막아섰다.

"도사님, 도사님. 도사님의 성함이라도 말해주십시오. 아니, 이럴 게 아니라 저와 함께 들어가시지요."

노인은 걸음을 멈추고 물끄러미 이생원을 바라보다가 조용히 말하였다.

"착한 일을 하는 사람에게는 하늘이 복을 내리지요. 마음을 선하게 쓰시오."

말을 마치자 노인은 다시금 걸음을 옮겼다.

"가지 마시오. 가지 마시오."

이생원은 필사적으로 노인의 허리를 잡았다. 이때였다.

"무얼 가지 마라는 겁니까?"

이생원이 번쩍 눈을 떠 바라보니 그의 아내가 이상한 눈으로 물끄러미 자신을 바라보고 있었다.

'꿈이었구나.'

이생원은 마음이 허탈하여 길게 한숨을 내쉬었다. 그러나 아무리 생각하여도 현실처럼 생생한 꿈이라 미련을 버리지 못하고 고개를 돌려 방문 바깥을 바라보았다. 도사가 나타났던 마당은 그 모습 그대로이건만, 바깥은 땅거미가 깔려 어두침침하고 멀리 개 짖는 소리가 간간이 들려올 뿐이었다.

"꿈이었어, 꿈이었구나. 일장춘몽이었구나. 허허. 이런 원통할 데가 있나. 이렇게 절통할 데가 있나."

이생원은 허탈한 마음에 바깥을 바라보며 푸념을 하듯 중얼거렸다. 이때 이생원의 아내가 이생원을 힐끔힐끔 살피며 물었다.

"그런데 어디 나갔다 오셨어요?"

갑작스러운 아내의 물음에 이생원은 고개를 돌려 아내를 바라보았다.

"무슨 소리를 하는 거요? 나갔다 오다니?"

달덩이 같은 이생원의 아내는 그의 바지를 바라보며 대답하였다.

"버선과 바지에 흙이 묻어 있어 어디 나갔다 오셨나 해서 물어보았어요."

이생원은 고개를 숙여 자신의 바지와 버선을 살펴보았다. 무릎과 버선 밑에 누런 흙이 묻어 있었다. 정신이 황망하여 어찌 된 영문인지 알 길이 없었다.

'내가 오늘 바깥에 나간 적이 없건만 버선과 바지에 흙이 묻어 있는 건 또 무슨 조화인가.'

아무리 생각해보아도 너무도 기이하고 이상한 일이라, 이생원은 은근히 마음 한구석에 한줄기 희망을 품으며 내일이 오길 기다렸다.

다음 날, 날이 밝기 무섭게 이생원은 의관을 정제하고 노복 두 명을 데리고서 꿈속에서 노인이 말한 곳으로 가보았다.

파릇파릇한 보리가 누런빛을 띠면서 익어 가는 넓은 들판을 지나 여위천으로 향하는 이생원의 발걸음은 어느 때보다 재빨랐다. 노복들은 이생원이 그렇게 서두르는 것을 처음 보는 까닭에 두 눈을 놀란 토끼처럼 뜨고 허둥지둥 그의 뒤를 따랐다.

잠시 후 여위천에 도착한 이생원은 다시 방죽을 따라 올라갔다. 여위천 방죽가에는 버드나무가 심어져 있었는데 오래되어 고사枯死한 버드나무 둥치에 노인이 말한 바위가 하나 있었다. 그 바위를 발견하자 이생원은 과연 꿈에 노인이 한 말과 다름이 없는지라 크게 기뻐하며 더욱 바삐 걸음을 재촉하였다.

바위에 가까이 다가갔을 때였다. 이생원은 바위 위에 누워 있는 사람을 발견할 수 있었다. 그는 덩치가 크고 구레나룻이 장대한 사내였는데 이생원은 이것저것 따져볼 것 없이 그에게 다가가 사정하듯이 물었다.

"이보시오. 말 좀 물읍시다."

"말해보시오."

이생원은 험상궂게 생긴 사내의 눈치를 살피며 조용히 말했다.

"나는 용흥동에 사는 이생원이라 하는데 부모님이 병을 앓고 계시다오. 혹, 그대가 이 병을 낫게 해주실 수 있겠소?"

머슴들은 느닷없이 이생원이 처음 보는 낯선 사람에게 그런 말을 꺼내자 서로의 얼굴을 쳐다보다가 눈치를 살피며 저희들끼리 귓속말로 소곤거렸다.

"나리가 부모님 병간호를 무리하게 하시더니 실성한 게 아니여?"

"그러게. 의원이 안 되니까 이제는 처음 보는 낯선 사람에게도 그런 부탁을 하네그려."

"쯧쯧쯧. 오죽 답답하시면 그러시겠나?"

"하긴 하늘이 있으면 저 심정을 알만도 하련만 하늘도 무심하시지."

"그려, 그려."

이때 구레나룻 사내가 입을 열었다.

"나리의 심정도 이해가 갑니다만 저도 사정이 있어서 나리의 청을 들어줄 수 없네요."

이생원은 그 말을 듣자 선몽仙夢이 틀림없다 생각하여 재빨리 그의 옷소매를 부여잡고 말했다.

"아니 되오. 내 부탁을 들어줘야 하오. 그대의 사정이 무어요. 내가 들어줄 테니 어서 말해보시오."

사내는 이생원을 물끄러미 바라보다가 다시 말했다.

"나리의 심정은 알겠는데 이것이 없으면 여러 사람이 굶어죽습니다."

"그것이 무엇이오. 그것이 무엇이오. 내가 다 해결해줄 터이니 내 부탁을 들어주시구려. 제발 내 부탁을 들어주시구려."

물끄러미 이생원을 바라보던 사내가 잠시 후 입을 열었다.

"저는 지금 쌀 이백 섬이 필요한데, 그걸 주실 수 있겠습니까?"

"이백 섬이 문제요? 그대가 내 청을 들어주면 당장 이백 섬을 마련해주리다."

"정말이오? 자그마치 쌀이 이백 섬이오."

"내가 함흥의 천석지기 이생원이오. 당장 구해줄 테니 어서 그것을 주시오. 아, 아니오. 내가 이 자리에서 보여주리다."

이생원은 노복들에게 필묵을 준비시킨 후 당장에 붓을 들어 함흥의 이생원이 쌀 이백 섬을 주노라 하고 쓴 뒤 품속에서 인주를 꺼내어 찍었다. 그리고 그것을 구레나룻 사내에게 내밀었다.

"자, 이래도 내 말을 믿지 못하겠소?"

노복들은 이생원이 난데없이 쌀 이백 섬을 주겠노라는 문서를 낯선 사람에게 건네주자 놀라 입이 벌어진 채로 서로의 얼굴을 바라보았다. 그들은 이생원이 완전히 미쳤다고 생각하여 그의 눈치만 살폈다.

이생원에게서 문서를 받은 구레나룻 사내는 두 눈이 휘둥그레져서 이생원을 멍하니 바라보다가 이내 품속에서 뭔가를 꺼내어 이생원에게 건네주며 말했다.

"그럼 이것을 드리리다."

이생원이 받아보니 족히 천 년은 넘을 것 같은 산삼山蔘이었다. 꼭 육 년 근 인삼처럼 커다란 굵기에 무수한 잔뿌리가 관운장의 채 수염처럼 길게 늘어져 코가 짜릿할 정도로 진향을 풍기는, 실로 대단한 산삼이 분명하였다.

이생원의 눈이 함박만큼 벌어지는 것은 당연한 일이었다. 그는 무뿌리와 같이 커다란 산삼을 바라보다가 떨리는 목소리로 말했다.

"이, 이것이 무엇이오?"

"보면 모르시오? 산삼이오."

산삼을 잡은 이생원의 두 손이 부들부들 떨렸다.

"이것이 정말 산삼이 맞소?"

보고도 믿을 수 없어서 재차 확인을 하는 이생원이다.

"그렇쇠다. 보고도 모르시오?"

"이, 이것을 어떻게?"

말이 끝나기도 무섭게 구레나룻 사내가 말했다.

"어떤 노인이 어제저녁 나에게 이것을 주시며 여기서 이맘때쯤 기다리라고 하셨소."

이생원은 그의 말을 듣자 더욱 괴이하여 다시 물었다.

"댁은 어디 사시는 뉘시오?"

"나는 황해도에 사는 임모라는 사람이오. 그곳에 기근이 심하여 사람들이 많이 죽었수다. 그것뿐이면 괜찮겠지만 돌림병까지 번져 그곳은 지옥과 다름이 없게 되었소. 그런데 어떤 노인이 나에게 이 것을 주며 이곳에 있으면 무슨 수가 날 거라면서 꼭 기다리라고 하지 않겠소? 그래서 무작정 기다리는 중에 나리가 나타난 거요. 그런데 약속은 반드시 지켜야 하오."

이생원은 꿈속의 이야기와 딱 들어맞는지라 어안이 벙벙하여 멍하니 하늘을 올려다보다가 임모라는 사내에게 말했다.

"나는 나쁜 사람이 아니오. 문서에도 적어놓았지만 쌀 이백 섬은 걱정하지 마시오. 내가 책임지고 황해도까지 쌀을 보내드리리다."

그러자 사내는 더 이상 묻지 않고 이생원에게 말했다.

"그럼 생원님을 믿고 나는 가오. 쌀은 황해도 구월산九月山의 월정사月精寺로 보내주시오."

그는 한 걸음을 옮기다가 이생원을 돌아보며 말했다.

"착한 일을 하였으니 복을 많이 받을게요."

말을 마친 사내는 방죽을 따라 달음질하여 사라지고 말았다. 순식간에 사라져버린 사내를 바라보던 이생원은 또 한 번 정신이 멍해져 뒤에 있는 노복들에게 말했다.

"얘야, 저것이 사람의 걸음이 맞느냐?"

노복들도 시위를 떠난 화살처럼 빠르게 멀어져 가는 사내의 뒷모습을 바라보며 어리둥절하여 말했다.

"사, 사람이 어찌 저렇게 빠를 수 있겠습니까요? 아마도 저것이 말로만 듣던 축지법縮地法인 것 같습니다요."

옆에 있던 노복이 거들었다.

"축지법을 한다면 저 사람은 사람이 아니라 신선이 아닙니까요?"

"시, 신선?"

"그래, 신선."

"설마. 생긴 걸로 봐서는 신장神將이나 역사力士쯤 되어 보이네."

노복들의 말을 듣고 보니 이생원은 필시 신선이 자신을 도운 것이라 생각하게 되었다.

"아! 감사합니다, 감사합니다!"

이내 이생원은 무릎을 꿇고 앉아 임모라는 사내가 사라진 곳을 향하여 큰절을 올리며 기뻐하였다.

세월의 풍상에 지금은 사라져버렸지만 용흥동 여위천 가에 가면 그 바위에 수성각壽星閣이라는 작은 사당을 지어 매년 제사를 지냈다 한다. 이것은 아버님의 병환을 구하여준 그 노인을 기리기 위해 이생원이 사비私費를 털어 직접 지어놓은 것이라 전한다.[5]

---

5) 수성각(壽星閣)이라는 것은 수성(壽星)을 모시는 전각이라는 말이다. 수성(壽星)을 노인성(老人星)이라고 부르는데 수명을 관장한다고 해서 붙여진 말이다. 예부터 우리 조상들은 환갑을 축하하는 시(詩)에 노인성을 많이 인용하여 축수(祝壽)의 말로 사용하였는데 이생원은 꿈속에서 본 노인을 수성(壽星)에서 내려온 신선으로 생각한 모양이다.

1

백손은 이생원의 약조문서를 들고 대주가 기다리는 객주로 달려가며 좋아서 어쩔 줄을 몰랐다. 쌀 이백 섬이면 보리로 바꾸어도 족히 육칠백 섬 이상은 나오고, 그 정도 양이면 황해도 지역의 몇 고을이 보릿고개를 넘길 수 있는 양이었기 때문이다. 그는 날아갈 듯 근처의 객주에서 기다리고 있는 대주에게 달려가 자초지종을 이야기하였다.

다른 이들이 환호성을 지르며 기뻐한 것은 말할 것도 없으나 대주는 무심히 백손의 이야기를 듣고 있다가 천천히 몸을 일으켰다.

"자, 이제 가볼까?"

백손은 대주를 물끄러미 올려다보며 말했다.

"스님께서는 어디로 가십니까?"

"황해도에 돌림병이 돌고 있다니 그리로 가야지."

대주는 천천히 걸음을 옮겼다. 객주를 나서자 그들은 멀리서 한 사내가 말을 타고 질풍처럼 달려오는 것을 발견할 수 있었다.

대주의 뒤에 서 있던 범이가 가만히 보니 임백손과 자웅을 겨루던 고산도 찰방 임제였다. 그는 양곡을 수송하자마자 곧바로 말을 타고 함흥으로 달려온 것이다.

"스님, 스님!"

임제가 나타나자 대주는 걸음을 멈췄다. 임백손과 그의 수하들은 관원인 임제가 나타나자 께름칙하여 일제히 시선을 피하였다.

임제는 이들을 본체만체 말에서 내려 대주에게 꾸벅 절을 하였다.

"스님, 이렇게 스님을 만나게 된 것도 오랜만인데 어찌 그냥 가시려 하십니까? 이곳에서 조금만 가면 제가 관할하는 고산역高山驛이 나오니 그곳에서 며칠 쉬시다가 가시지요. 어디로 가시는 길이십니까?"

이때 임백손이 끼어들었다.

"스님은 우리와 함께 황해도로 갈 거유."

임제가 그 말을 듣고 대주에게 말했다.

"스님, 어차피 황해도로 가시려면 이 길을 가셔야 할 테니 고산에서 잠시 쉬어 가시지요. 고산은 제가 관할하는 곳이니 그곳까지 모시겠습니다."

그는 임백손의 무리들을 힐금 돌아보더니 백손에게 다시 말했다.

"가다보면 감찰도 많으니 내가 있으면 좀 나을 것 같은데 어쩔 테냐? 내가 한 번 눈감아줄까?"

임백손은 그 말을 듣자 얼굴을 찡그리며 구시렁거렸다.

"이런 제기랄, 누가 관원 아니랄까봐."

백손은 무언의 압력을 느끼고 대주에게 말했다.

"스님, 같이 가시죠. 어차피 동행이 있으면 서로 좋지 않습니까?"

대주는 빙그레 웃으며 고개를 끄덕끄덕하였다.

백손은 대주의 허락이 떨어지자 고개를 돌려 임제에게 말했다.

"이제 되었수? 그럼 앞장서서 안내하시우."

임제는 빙그레 웃다가 말에서 내려 대주에게 양보하였으나 대주가 거절하여 임제는 다시 말을 탄 채로 앞장서서 길을 인도하게 되었다.

넓게 펼쳐진 함흥평야를 지나 정오쯤에는 주지현을 지났고, 서산에 노을이 물들고 땅거미가 스멀스멀 깔리는 저녁 무렵에는 삼락三樂고개에 당도할 수 있었다.

임제는 삼락고개 아래에 있는 주막으로 이들을 안내하였다.

"주모, 나 왔수. 오늘은 손님을 많이 데리고 왔으니 알아서 푸짐하게 가지고 오시우."

"아이고, 찰방 나리 오셨네요. 알아서 모십지요."

임제를 알아본 주모는 부산하게 움직이며 술과 밥을 내주었고 사람들은 오랜만에 포식을 할 수 있었다.

식사가 끝나자 임제는 대주가 있는 방으로 임백손과 함께 들어갔다.

"스님, 저녁을 드시지 않으셔도 괜찮겠습니까?"

"우린 건량으로도 충분하네."

임제는 대주의 옆에 있는 범이에게도 말을 걸었다.

"이보게. 자네도 괜찮은가?"

범이도 고개를 끄덕였다. 이때 대주가 말했다.

"무인지경에서 자라 말이 서툰 아이외다. 이름은 범이라 부르지요."

임제는 범이가 말을 하지 않고 머리를 끄덕이는 것을 보고 범이를 나무랄 생각이었으나 그 말을 듣곤 입 밖에 나오려던 말이 쏙 들어가고 말았다.

말거리가 사라지자 임제는 화살을 다른 곳으로 돌렸다. 그는 옆에 앉아 있는 백손에게 말을 걸었다.

"이보게 백손이. 자네 나이가 몇인가?"

백손은 퉁명스럽게 말했다.

"내 나이가 올해로 서른다섯이외다. 그러는 나리는 몇이오?"

임제는 백손이 자기보다 두 살이나 많았으나 내색하지 않고 너털웃음을 지으며 말했다.

"그럼 나보나 어리군그래. 나는 올해 서른여섯일세."

"나리가 나보다 한 해 먼저 나셨소? 얼굴을 보니 그리 들어 보이지 않는데 말이우."

"관직에 올라 호의호식好衣好食하다 보면 자연히 그렇게 되네."

"그러셨구려. 하긴 있는 놈들 얼굴이 반반하긴 하우."

"내가 나이가 한 살 높으니 그럼 자네는 이제부터 나를 형님이라고 부르게."

백손은 머리를 도리도리 흔들었다.

"나리 같은 사람과 저 같은 천한 놈이 무슨 형님 동생입니까? 말도 안 되는 소리 마시우."

그러자 임제는 손을 내저었다.

"아닐세, 아니야. 나는 자네 같은 호걸을 좋아하네. 까짓 신분이야 무슨 상관인가? 그까짓 개나 줘버리지, 뭐."

임제의 말에 백손은 호탕하게 웃으며 말했다.

"까짓 좋수다. 개나 줘버렸다는데 어쩌겠수. 그럼 앞으로 형님 하시우. 형님."

임제는 고개를 젖히며 호탕하게 웃더니 백손에게 말했다.

"동생."

"예, 형님."

대주는 두 사람이 주고받는 말을 듣고 빙그레 웃었다. 이때 백손이 대주의 눈치를 살피며 말했다.

"형님, 이거 기분도 오르고 술이라도 한잔해야 하는데 영 자리가……."

대주가 웃으며 말했다.

"나는 신경 쓰지 말고 바깥에 나가서 술이나 마시게."

임제는 넌지시 몸을 일으키며 대주에게 말했다.

"그럼 나가보겠습니다. 그런데 스님, 범이도 같이 나가면 안 되겠습니까?"

"그렇게 하도록 하게."

대주는 범이에게 그들을 따라나가도록 하였다.

정작 범이는 낯선 사람들을 따라나서는 것이 조금은 두려웠으
나, 대주가 나가보라는 듯 고개를 끄덕이자 마음을 굳게 먹고 그들
과 함께 바깥으로 나왔다.

땅거미가 어둑어둑 깔리기 시작하는 주막의 마당에는 화톳불 서
너 개가 곳곳을 환하게 밝히고 있었다. 임제와 임백손은 마당 가운
데 있는 평상 위에 올라가더니 주모에게 술을 시켰다. 이미 임제가
술을 좋아하는 것을 알고 있는 주모는 기다렸다는 듯이 부엌에서
한 동 가득 술을 가지고 나왔다.

백손은 술독에 술이 가득 나오자 기분이 좋은지 껄껄 웃으며 말
했다.

"형님, 내가 술을 좋아한다는 거 어찌 아셨수? 그런데 우리만 기
분 내자니 그렇구려."

임제는 껄껄 웃더니 주모에게 일러, 일행 모두에게 푸짐하게 상
을 돌리라고 말하였다. 주모의 발걸음이 재빨라졌다. 좌중의 분위
기가 좋아진 것은 말할 것도 없었다. 임백손은 술 한 사발을 뚝배
기에 따르더니 임제에게 올렸다.

"형님, 내 술 한 잔 받으시오."

"좋구먼, 좋아."

임제는 술을 벌컥벌컥 비우더니 이내 그 뚝배기에 술을 따라 백손에게 주었다.

"동생도 한 잔 받게."

백손은 기다렸다는 듯이 뚝배기 한 사발을 들이켰다. 그는 구레나룻에 묻은 막걸리를 손으로 쓱 닦으며 이번에는 범이에게 술을 건네었다.

"너도 한 잔 하거라. 그 먼 길을 무거운 짐까지 지고 걸어왔으니 힘이 들게다. 어여 들이켜 보아. 몸이 개운해질 터이니 말이다."

범이는 허연 막걸리에서 나오는 역한 냄새를 맡곤 얼굴을 찡그리며 두 손을 내저었다. 임제와 백손은 그 모습을 보고 껄껄거리며 웃었다.

"하긴 스님을 따라다니는 아이인데 술을 권하는 것은 아니 될 말이지."

임제는 백손이 범이에게 준 술을 끌어당겨 벌컥벌컥 마시고는 다시 백손에게 부어주며 말했다.

주는 술을 한숨에 받아 마신 백손이 술잔을 탁 하고 놓으며 말했다.

"제길! 형님, 참 세상 더럽수."

"그걸 말이라고 하나? 그래서 시인들은 세상을 진세塵世라고 하지 않는가. 진흙탕처럼 더럽다고 말이야. 참말 더러운 것이 세상이지."

"형님 같은 양반이 뭐가 그리 더러운 게 있겠수?"

"그걸 일일이 어찌 말하겠나? 세상 돌아가는 것도 더럽고, 배운 놈들 하는 짓거리도 더럽고. 아무튼 다 더럽다."

임제는 술을 마시다가 어느새 비어버린 술동이를 보곤 주모에게
소리쳤다.

"주모, 여기 술 떨어졌으니 어서 더 가져오게."

"네, 네."

주모의 얼굴에 꽃이 핀다. 임제가 오면 이렇듯 술이 동이째 나가
는 판국이니 아니 좋을 리 있겠는가. 더구나 오늘은 손님까지 끌고
와서 술판을 벌이는데 말이다. 이내 재빠른 주모에 의해 술 한 동
이가 평상 위에 놓이고 또다시 술잔이 오고 갔다.

백손이 술 한 사발을 단숨에 비우고는 술상을 탕 치며 말했다.

"형님, 세상 참 불공평하우."

"너는 뭐가 그리 불공평하더냐?"

"신분이라는 게 뭐요? 나는 정말 가슴이 답답하우. 마음 같아선
내 가슴을 형님한테 열어서 보여주고 싶단 말이오."

백손은 다시 술 한 잔을 들이켜고 말했다.

"백정의 아들이면 어떻소! 무예가 뛰어나면 이 능력을 써먹어야
할 것이 아니오? 우리 아버지도 따지고 보면 갈 데가 없어서 그리
된 것이 아니오! 에이, 더러운 세상."

백손은 길게 가래를 끌어모아 바닥에 퉤, 하고 뱉었다.

임제는 백손의 신세타령을 듣고 측은한 마음에 백손을 바라보며
은근한 목소리로 말했다.

"이보게, 백손이."

"예, 형님. 말해보시우."

"지금은 세상이 말세라서 좋은 인재가 바로 쓰이지 못하네. 그러나 자네가 쓰이지 못한다고 너무 불평할 것은 없네."

"말세라니요? 잘만 돌아가는 세상을 말세라고 하시면 어쩝니까?"

"내 말 잘 들어보게. 지금 조정은 동과 서로 나뉘어 대신들끼리 물고 뜯는 개싸움이 한창이라네."

"동과 서로 나눈다는 것은 무슨 말입니까요? 조정 신하들이 두 패로 나뉘는 것은 이해가 가지만 동과 서로 나눈다는 말이 도통 이해하기 어렵습니다요."

"내가 알기 쉽게 이야기해주지. 지금 조정의 사류士類가 둘로 나뉘었는데 그 중심이 되는 인물이 하나는 김효원金孝元이요, 하나는 심의겸沈義謙이야. 김효원은 조식과 이황의 문하에서 공부를 해 알성문과에 장원하여 벼슬길에 오르며 세상에 이름을 알렸지. 어느 날 김계휘가 이조전랑吏曹銓郎의 자리를 주는 일로 심의겸에게 의견을 물었는데 이조참의로 있던 심의겸이 명종 때 공무로 영의정 윤원형尹元衡의 집에 갔다가 그곳에 김효원의 침구가 있는 것을 보고, 권신權臣 윤형원의 문객이라 하여 전랑 자리를 거부하였다네. 그 후 심의겸의 동생 심충겸忠謙이 이조전랑으로 추천되자 이번에는 김효원이가 신충겸이 명종의 비妃인 인순왕후仁順王后의 동생임을 들어, 전랑의 관직은 척신戚臣의 사유물이 되어서는 안 된다고 반대하며 이발李潑을 추천하였지. 이에 심의겸이 외척外戚이 윤원형의 문객에게 지겠느냐 하여 김효원과 대립하게 되었지. 이 싸움이 점점 커져서 김효원을 지지하는 사람들과 심의겸을 지지하는 사람들이 두 패로 나누어지게 되었는데 김효원의 집이 건천동乾川洞에 있고, 심의겸의 집이 정릉동貞陵洞에 있어 동인과 서인이라 부르게 되었던 것일세.”

“듣고 보니 이조전랑이 엄청 큰 자리인 모양이지요?”

“크다면 크고 작다면 작은 관직이지.”

“그게 무슨 말씀입니까?”

“이조전랑이라 해봐야 정5품이니 그리 높은 관직이라 할 수 없지만 관리의 임명을 좌지 하는 인사권을 가지고 있는 자리라 낮은 관직은 아니지.”

“형님은 품계가 어떻게 되십니까?”

“나? 난 종6품이니 관직의 높낮이를 말할 것도 아니 되네.”

“형님이 평양 감사에서 좌천되셨단 말씀을 들었소. 평양 감사는 몇 품입니까?”

“종2품이지.”

“으허허허. 종2품에서 종6품으로 수직인사하셨구려. 형님은 동인과 서인 중에 어느 편입니까?”

“나? 난 어느 편도 아니지.”

“형님이 수직인사하신 이유를 알겠수. 관리도 대성하려면 줄을 잘 타고 편을 잘 물어야 성공하는 것인데 형님은 그 짓을 못하셔서 지금 이 모양이 되셨구려.”

"그런가?"

임제가 서글프게 미소를 짓다가 입을 열었다.

"그보다 자네는 무엇을 하고 싶은가? 자네 소원이 없는가?"

"형님 같은 인재도 바로 쓰이지 못하는 세상에 저 같은 놈이 소원이 있으면 무엇하겠습니까?"

백손이 길게 한숨을 쉬며 술잔을 비웠다.

임제가 백손의 빈 잔에 술을 따르며 말했다.

"너무 걱정 말게. 언젠간 좋은 날이 오고 좋은 자리에 있다면, 반드시 자네를 부를 테니 말이야."

"저, 저를 부른다구요?"

"그만한 무예를 가지고 있는데 산골에서 썩기에는 아까운 재주가 아닌가? 내가 가까운 시일에 자네를 부르겠네. 신분 같은 것은 걱정하지 말게. 내가 자네를 아우라고 함세. 마침 자네는 나와 성도 똑같지 않은가. 내 아우라는데 누가 자넬 건들겠나? 그 재주 나라를 위해 한번 써보게. 공을 세우면 벼슬자리 얻는 것이야 식은 죽 먹기 아닌가. 아니 그런가?"

백손은 가슴이 떨려 황소 같은 두 눈을 끔벅거리며 임제에게 말했다.

"형님, 그 말이 정말입니까요? 저를 써주신다는 말씀 말입니다요! 백정 놈을 써 주시겠다는 말이 정말입니까?"

임제는 호탕하게 웃고 난 후 가슴을 두드리며 말했다.

"나는 반상의 구별이 나라를 망치고 있다고 생각하네. 자네 아버지 같은 이는 조선에서 제일가는 검객이었지만 신분 때문에 크게 쓰이지 못하고 그리되지 않았나. 만약 자네 아버지 같은 이를 함경도 관찰사로 내정했다면 어찌 되었겠나? 요동 땅까지 큰 이름을 떨쳤을 것일세. 그럼 자네 아버지는 못해도 요동 관찰사쯤은 되었겠지."

"허건 그렇지요."

"그렇지. 이 임제는 허튼소리 하지 않는 사람이야. 나를 믿어보게. 나는 자네 같은 사람이 마음에 들어."

백손은 가슴이 뭉클하더니 갑자기 눈물이 솟구쳐 나왔다. 원래 백손의 꿈은 장군이 되는 것이었다. 산적이었던 아버지와는 달리, 수많은 군졸들을 호령하며 나라에 큰 공을 세우는 장수가 되는 것이 꿈이었다. 하나, 백손은 신분의 제약 때문에 언제나 가슴속에 그 꿈을 묻어둘 수밖에 없었다. 그런데 임제가 자신을 써준다니 감격하여 나오는 눈물을 주체할 수 없었던 것이다.

백손은 소매로 눈물을 쓱 닦으며 말했다.

"형님, 말만 들어도 고맙수다."

"이 사람. 우는 겐가?"

"울긴 내가 왜 운단 말이오? 눈에 티가 들어가서 그렇수. 사실 말이 났으니 말이지만, 내가 어릴 적에 용한 점쟁이 하나가 청석골에서 장군이 될 거라고 말한 적이 있었수. 더러운 세상을 만나 이렇게 지내고 있지만 나는 언젠가 큰일을 하고 말 거요. 두고 보시오."

"하하하! 그런 자신감이 있으면 되었네. 자, 마시게. 더러운 세상 근심 잊어버리고 마셔보세. 가다보면 좋은 날이 오겠지."

"예, 형님!"

의기투합한 두 사람의 술잔은 그렇게 언제까지나 그칠 줄을 몰랐다.

다음 날, 일행은 주막을 나와 고산으로 떠날 채비를 하였다. 임제와 임백손은 밤새 마신 사람 같지 않게 말짱한 상태로 평상 위에서 대주가 방문을 나설 때까지 앉아 있다가 대주가 나오는 것을 보고서 몸을 일으켰다.

"어제저녁에 많이 마신 게 아니오?"

대주는 그들의 몸에서 술 냄새가 독하게 풍기는지라 물어보았더니 임제는 재빨리 손을 내저으며 말했다.

"아닙니다, 스님. 이 정도 가지고 많이 마셨다니요?"

임백손 역시 왕방울 같은 눈을 부라리며 손을 내저었다.

"스님, 이 정도로는 문제없습니다."

그러고는 백손은 이내 임제에게 물었다.

"형님, 정말로 괜찮수?"

"나? 나야 문제없지. 그러는 동생은 어떤가?"

"하하하. 나는 사흘 밤낮을 마셔도 끄떡없는 몸이우."

"그래? 그럼 오늘 저녁도 한번 마셔보자."

호기가 충천하는 두 사람이었다.

"좋지, 좋아. 그런데 형님, 어제 약속 아직 잊지 않으셨수?"

"어제 약속? 아! 내가 부른다는 것 말이냐?"

백손은 쑥스러운지 헛기침을 몇 번 하곤 조용히 말했다.

"형님도 부끄럽게 다른 사람이 듣는데 그런 얘길 하시오."

"허허허. 걱정 말거라. 나는 약속은 꼭 지키는 사람이니 말이다."

대주는 두 사람을 바라보며 빙그레 웃었다.

2

　화창한 날씨에 길 가는 일행들의 발걸음도 가벼웠다. 가끔씩 서늘한 바람이 이마에 고인 땀을 식혀주어 사람들은 피곤한 줄 모르고 고산을 향해 걸음을 재촉하였다.

　고개를 넘고 내를 건너 오랜 행로를 가는 중에, 백손은 힐끔힐끔 범이에게서 시선을 떼지 못하였다. 범이가 쌀뒤주 같은 무거운 함을 들고 있었기 때문이었다. 장성하지 않은 아이가 큰 짐을 들고 따라오는 것이 애처로워 보여 자연히 신경 쓰였던 것이다.

　정작 범이는 얼굴색 하나 변하지 않고 성큼성큼 대주의 뒤를 따라오고 있었는데, 백손은 그것이 영 찜찜하고 안 되었다는 생각에 결국 범이에게 다가가 퉁명스럽게 말했다.

　"범이야, 힘들지 않느냐?"

　범이는 가만히 고개를 끄덕였다.

"녀석, 이제 그것을 나에게 주거라. 나는 힘이 좋아서 그런 것 든다고 티 하나 나지 않으니, 그만 나에게 다오."

그 말을 듣고 범이는 대주를 물끄러미 바라보았다.

"그렇게 하거라."

대주가 고개를 끄덕이자 범이는 그 자리에서 나무함을 내려놓았다.

"스님, 이제부터는 제가 이것을 들고 갑지요."

백손은 말을 마치자마자 나무함을 등에 지고 바닥에서 일어났다. 묵직한 무게가 어깨를 짓누르고 허리와 다리에도 부담을 주었다.

'어이쿠. 이게 이렇게 무거웠나?'

백손은 속으로 당황하였지만 내색하지 않고 대주에게 말했다.

"자, 그럼 가시지요. 스님."

백손이 앞장을 서니 일행이 그 뒤를 따랐다.

범이는 어깨에 짐이 없으니 날아갈 것만 같았으나 한편으론 백손에게 미안한 마음이 들어서 천천히 그의 옆에서 보조를 맞추며 걸었다.

"범이야, 이름이 범이라 했더냐?"

백손의 물음에 범이는 머리를 끄덕였다.

"녀석, 네가 장사로구나. 우리 아버지도 너 같은 장사였다."

백손은 그만 입을 다물고 앞으로 빠르게 나아갔다.

한편, 임제는 백손이 자신의 옆에서 화초장 같은 나무함을 들고 따라붙자 말 위에서 백손을 내려다보며 말했다.

"이보게, 백손이. 자네가 그걸 들고 있으니 모양이 낫군, 그래."

백손은 뒤에서 따라오는 범이를 힐끔 보곤 그가 듣지 못하도록 조용히 말했다.

"형님, 말도 마시우. 보기엔 이래도 보통 무거운 것이 아니라오. 정말 저 범이 녀석 힘이 장사유, 장사."

임제는 그 말을 듣고 눈이 휘둥그레져서 말했다.

"그것이 그렇게 무겁더냐?"

"더 말해 뭐 하겠수. 들어봐야 알 수 있지."

백손의 말을 듣고 보니 임제는 뒤따라오는 범이가 달리 보였다.

아침 일찍 출발한 일행은 저녁 늦게야 고산에 도착할 수 있었다. 관원들은 임제가 예상보다 일찍 온 것이 이상했으나 워낙 괴상한 짓거리를 많이 하는 위인인지라 그들이 데려온 일행들에게 식사를 내주고 역관을 마련해주느라 수선을 떨었다.

객관 바깥에서 이 모습을 지켜보던 백손이 임제에게 말했다.

"허허허. 정말로 형님이 이곳의 두령이구려."

"그래야지 궁합이 맞을 게 아니냐?"

"궁합? 그게 무슨 말이오? 누가 장가라도 가우? 갑자기 사주를 보는 것도 아니고 무슨 궁합이오?"

"허허허. 이놈아, 너는 구월산의 두령이고, 나는 고산역의 두령 이니 형제가 똑같이 녹림綠林과 관계官界의 두령이 아니냐? 그래서 궁합이 맞다는 것이다."

백손은 그제야 그 뜻을 알아차리고 자기 머리를 두드리며 말했다.

"그렇구려, 그렇구려. 형님은 드러난 도둑이고, 나는 숨은 도둑이니 그 역시 궁합이 맞소."

"하하하. 네놈은 눈치는 느리지만 말재간은 있구나."

"우헤헤헤. 그건 그렇고, 먼 길을 왔는데 얼큰하게 술이나 했음 좋겠수다."

"술? 우하하하. 그렇지 않아도 내가 미리 준비를 시켰지. 오늘 우리 좋은 곳으로 가보자."

백손은 두 눈을 동그랗게 뜨고 은근히 말했다.

"어디를 말이오?"

"이놈아, 영웅호걸이 술을 마시는데 어찌 색이 빠질 수 있느냐?"

그러자 백손의 눈이 함박만큼 벌어지더니 새끼손가락을 까닥거리며 조용히 말했다.

"그게 정말이우?"

"내가 언제 허튼소리 하더냐? 오늘은 정말로 취할 때까지 마시고 사내들의 회포를 풀어보자꾸나."

"우헤헤헤. 좋수다, 좋아. 나도 아버지의 피를 이어받아서 그런지 색을 좀 밝힌다우. 그래서 마누라한테 시달림을 좀 받지만 말이우."

임제는 너털웃음을 지으며 말했다.

"마누라도 없으니 더 잘되었지. 오늘은 청향루淸香樓에 가서 코가

삐뚤어지도록 마시자꾸나.”

“좋수다, 좋아. 내가 바라는 바외다.”

그러고는 갑자기 뭐가 생각났는지 임제에게 말했다.

“그런데 형님, 우리 둘만 가면 재미없지 않수?”

“그럼 누구 데려갈 사람이라도 있느냐?”

“형님도 참. 범이 있잖수. 보아하니 아직 여자를 모르는 것 같은데 사내대장부가 어찌 여자를 모를 수 있겠수. 그 녀석, 그 무거운 짐을 들고 대주 스님 따라다니느라 고생깨나 하는 것 같던데, 오늘 그 녀석도 데려가 회포도 풀고 여자가 무언지 알게 해줍시다.”

“하지만 스님을 따라다니는 아이를 파계시켜서야 되겠느냐?”

“아, 형님도 보면 모르시오? 범이 나이가 얼추 열일곱, 여덟은 되어 보입디다. 그 나이까지 머리를 깎지 않은 것을 보면 중이 될 아이가 아닌 거요. 벌써 장가를 가도 갈 놈인데 불쌍하지도 않소. 그러니 대주 스님에게 말 잘해서 함께 갑시다. 예? 형님.”

임제는 한동안 생각하다가 머리를 내저으며 말했다.

“하지만 나는 스님에게 그런 소릴 못하겠다. 정 생각이 있으면 네가 객관으로 들어가서 범이를 데리고 나오너라.”

“아, 형님도 답답하시네. 좋수다. 그럼 내가 가서 데려오리다.”

백손은 헛기침을 몇 번 하곤 객관으로 들어갔다.

“스님, 계십니까?”

대주는 바깥을 향해 조용히 말하였다.

“어서 들어오게.”

이내 문을 빠끔히 열고 방안으로 들어온 백손은 대주에게 넙죽 엎드려 큰절을 하더니 무릎을 꿇고 앉았다.

"저, 저, 저……. 스님."

막상 말을 하려니 입에 거미줄이 붙었는지 입 밖으로 나오질 않았다.

백손이 미적거리며 저 혼자 중얼거리니 대주가 먼저 입을 열었다.

"무슨 일인가?"

"저, 그것이 말입니다. 범이를 데려가면 안 되겠습니까요, 스님?"

말문이 트이자 백손은 멋쩍은지 머리를 긁적이며 다시 말했다.

"범이에게 세상 구경도 시켜주고 임제 형님이랑 같이 놀기도 하구요."

대주는 빙그레 웃으며 머리를 끄덕였다.

"그렇게 하게나."

대주가 선선히 허락해주자 백손의 얼굴에 화색이 돌더니 절을 꾸벅꾸벅하였다.

"스님, 고맙습니다요."

"허허허. 이 사람, 내가 고마울 게 무언가? 범이 세상 구경시켜 준다는데. 범이를 데리고 어서 나가보게. 자네 형님이 목을 빼고 기다리겠구먼."

백손은 쑥스러운지 배시시 웃으며 말했다.

"스님, 그럼 이만 나가보겠습니다요. 편히 쉬십시오."

그리고 백손은 범이의 손목을 잡아 도망치듯 바깥으로 끌고 나갔다. 바깥으로 나온 범이가 멀뚱멀뚱한 눈으로 백손을 바라보자 백손이 껄껄 웃으며 말하였다.

"이 녀석아, 내가 널 좋아하는 거 알지? 네가 고생이 심한 것 같아 이 아저씨께서 널 좋은 곳으로 데려가려고 부른 거야."

백손은 싱겁게 범이의 어깨를 툭 치더니 성큼성큼 앞장서 마당으로 내려왔다. 이내 백손이 고개를 돌려 툇마루에 멀뚱멀뚱 서 있는 범이를 재촉하였다.

"이놈아, 뭘 하는 거야? 어서 따라오지 않고."

범이는 어리둥절하여 머리를 몇 번 긁다가 백손의 뒤를 따라 걸음을 옮겼다.

3

역驛이란 관원이 역마驛馬를 갈아타거나 인마人馬가 머무르는 여관
의 구실도 하였으며, 급한 파발과 같은 통신을 전달하는 수단으로
도 이용되어 사람의 왕래가 빈번하였으니 자연히 길손의 회포를
풀어주는 여인들도 많았다. 더구나 조선시대 역원驛院의 임무 중 하
나가 사신들의 수행을 맡아보는 것이었으니 역원 근처에는 기방妓
房이 운집하였다.

기방이 많은 것으로야 명나라로 가는 길목에 위치한 평양平壤이
나 개성開城이라 할 수 있다. 역원으로서는 도원역桃源驛이나 금교金
郊, 대동역大同驛만큼의 규모는 되지 않았지만 고산高山 역시 큰 역원
인지라 적잖은 기방이 관청 주위에 모여 있었다.

고산에서 이름 높은 기방으로는 단연 청향루清香樓를 꼽을 수 있
었는데, 기근이 들어먹고 살기가 힘들어진 사람들이 생활고에 여

식을 팔아 넘기다 보니 기방에는 기녀들이 넘치고 넘치는 형편이었다. 이를 불쌍히 생각하는 사람들도 있었지만, 기방의 문턱을 넘은 여인네들은 부모와 동생들을 위해 자신을 희생하는 것에 슬퍼하거나 운명에 체념하지 않고 그곳에서 재주를 갈고 닦아 훗날 부잣집의 후실로 들어갈 생각을 하고 있었으며, 혹은 뜻이 있어 천하를 경영할 만한 호걸들에게 몸을 맡기기 위해 스스로 들어온 여인네들도 있었으니 조선시대란 참으로 알 수 없는 사회였다.

각설하고, 어쨌든 청향루淸香樓에는 두 명의 기녀가 이름이 높았는데 청향靑香이와 초선楚仙이 바로 그들이었다. 둘 다 꽃과 같은 미모와 재주로써 이름이 높았는데, 청향이는 글을 잘 짓고 음악에 조예가 깊었으며 초선이는 검무劍舞를 잘 추어 근방에서 이름이 높았다.

기생들과 인연이 많은 임제는 이들의 미모와 재주를 사랑하여 늘 청향루의 문턱이 닳도록 드나들고 있었는데, 오늘 저녁은 임백손과 범이를 데리고 청향루의 문턱을 들어서고 있는 것이다.

"내가 왔다. 어서 나와 보지 않고 무얼 하는 게냐?"

관복을 입은 임제가 들어서자마자 문 앞에서 크게 호령을 하니 여인네들이 일시에 환호성을 지르며 버선발로 달려나왔다.

임제는 고산역을 총괄하는 찰방을 맡고 있었는데, 찰방이란 각도의 역참驛站을 관리하는 종6품의 외관직으로 현감과 같은 직위였다. 역리驛吏를 포함한 역민의 관리, 역마 보급, 사신 접대 등을 총괄하는 역정驛政의 최고 책임을 맡고 있는 고산역의 찰방 임제가 손님을 데리고 기방으로 들어오니 기녀들이 환호를 지르며 반가이 맞이할 수밖에 없었다.

"어머, 찰방 나리. 어서 오시와용."

늙은 기생, 어린 기생, 예쁜 기생, 못난 기생 할 것 없이 기생이란 기생들은 벌 떼같이 달려와 임제의 품에 안겨 아양을 부리고 야단이었다. 천하의 풍류남아요, 고산역의 우두머리며, 세력 있는 물주이니 그럴 만도 하였다. 백손이 뒤에서 그런 모습을 보고 있으려니 부럽기도 하고 배알이 꼴리기도 하여 불평이 절로 나왔다.

"이런, 제기랄. 우린 사람도 아닌감? 더러워서 못살겠네."

임제가 그 말을 듣고 껄껄 웃으며 말했다.

"자, 오늘은 귀한 손님을 모시고 왔으니 어서 가서 푸짐하게 한 상 차리고 청향이하고 초선이를 불러오거라."

임제는 여인네들을 물리치고 백손에게 말했다.

"이보게, 백손이. 자네 삐쳤는가?"

백손은 시큰둥해져서 중얼거렸다.

"아니우, 나는 그저⋯⋯."

임제는 백손의 어깨를 툭 치며 말했다.

"자자, 어서 안으로 들어가세. 내 자네에게 어여쁜 기녀 하나 소개해줌세."

백손은 임제에게 이끌려 안으로 들어갔다.

임제가 기방 안으로 들어가고 백손이 그 뒤를 따라 들어가려다가 고개를 돌려보니 범이가 마당에서 고개를 숙인 채 멍하니 서 있는 것이 아닌가.

"저놈이 기녀들을 보고 혼이 나갔나?"

백손은 석상이 되어버린 범이를 바라보았다.

사실 범이는 홍등紅燈이 찬란히 걸린 청향루에 들어서자 별천지에 온 것만 같았다. 바람결에 풍겨오는 향긋한 냄새는 설아의 냄새와는 사뭇 달랐는데, 아무튼 기분 좋은 냄새임에는 틀림없었다. 문턱을 들어서기 무섭게 여인네들이 환호성을 지르며 임제를 향해 우르르 몰려오자 그 좋던 향기가 독하게 범이의 코를 찔렀지만, 설아와 같은 여인네들을 무수하게 보고는 두 눈이 휘둥그레져 있었다.

녹의홍상 예쁜 비단옷 입고 울긋불긋 화장을 한 기녀들은 모두가 다 설아보다 아름다운 것 같아 범이는 일시에 정신이 멍해졌던 것이다. 이때였다.

"범이야, 거기서 뭐 하느냐? 어서 올라오지 않고."

범이는 백손의 호통 소리에 정신을 차리고 그 뒤를 따라 안으로 들어섰다.

화려한 자수로 꽃 그림이 그려진 여덟 폭의 병풍이 빙 둘러진 커다란 방 안에는 여인네의 향긋한 냄새가 코를 찌를 만큼 진동했다. 범이가 맡아보니 간간이 사향노루에서 나오는 냄새가 느껴져서 이리저리 고개를 돌려 킁킁거리다가 급기야 문밖을 빠끔히 바라보았다. 그러나 마당 어디에도 사향노루는 보이지 않고 은은한 향기만 가득할 뿐이었다.

범이가 어리둥절하게 냄새를 맡으며 둘러보는 모습에 백손은 범이의 어깨를 툭 치더니 임제에게 말했다.

"형님, 이 녀석이 여자들을 보더니 혼이 빠진 모양입니다."

"그렇군. 호걸과 주색은 뗄 수가 없는 것인데, 범이는 어찌 그렇누?"

"그러게 말입니다. 오늘 말 나온 김에 이 녀석 머리나 올리고 갑시다. 어떻수?"

임제는 호탕하게 웃으며 말했다.

"그러세. 어제는 공론公論을 만들었으니 오늘은 범이를 파계破戒시키세. 우하하하."

범이는 두 사람이 무슨 말을 하는지 몰라 어리둥절한 얼굴로 두 사람을 바라보았다.

잠시 후 두 여인이 커다란 주안상을 가지고 들어오더니 임제에게 인사를 하고 다시 바깥으로 물러갔다. 백손은 몸이 달았는지 임제에게 말했다.

"형님, 어째서 빨리 안 나오는 거요? 이거 기다리다 말라 죽겠소. 청향이하고 초선이는 도대체 뭐 하고 있는 거요?"

"동생, 너무 서두르지 말게나. 급히 먹는 것이 체한다고, 아름다운 것은 기다리는 묘미가 더욱 운치가 있는 거라네."

"형님은 그런 말씀 마시우. 그런 소리는 형님 같은 선비들에게나 어울리지, 나한테는 영 아니우. 이거 감질나서 살겠나."

이때 범이는 바람결에 향긋한 사향 내음이 묻어 나와 저도 모르게 고개를 문밖으로 돌렸다. 순간 두 눈이 휘둥그레지고 말았다.

반드시 있어야 할 사향노루는 오간 데 없고 연분홍 저고리에 녹색 비단치마를 입은 여인과 청색 저고리에 붉은색 비단옷을 입은, 꽃과 같은 여인네 둘이 발을 걷으며 안으로 들어서고 있었기 때문이었다.

청향이와 초선이가 방으로 들어오자, 백손은 멍하니 벌어진 입을 다물 줄 모르고 넋을 잃은 사람 마냥 뚫어지게 기녀들을 바라보았다. 두 사람의 얼굴은 그야말로 꽃이 부끄럽고, 물고기가 숨는 미색임이 분명하였다. 범이 또한 아름다운 두 여인들을 보자 갑자기 숨이 멎는 것만 같아 고개를 푹 숙인 채 뛰는 가슴을 가라앉히려 애를 썼다.

"하하하. 어서 이리들 오너라."

두 여인의 자태를 느긋하게 바라보고 있던 임제는 한 손을 들어 두 여인을 불렀다. 그러자 청향과 초선은 빙그레 미소를 짓더니 그 자리에 천천히 앉아 큰절을 올렸다. 그리고 나비처럼 사뿐히 다가오더니 청향은 임제의 옆으로, 초선은 백손의 옆으로 앉았다.

백손은 초선의 미모에 정신을 잃고 있다가 얼른 자리를 내주었다. 초선은 백손의 얼굴을 보며 방긋 웃더니 사뿐히 그 자리에 앉았다.

임제는 청향과 초선에게 백손과 범이를 소개하였다.

"오늘 내가 영웅호걸 둘을 데리고 왔으니 너희들은 특별히 잘 모셔야 할 것이야."

청향은 아리따운 눈으로 백손과 범이를 보더니 임제에게 말했다.

"서방님, 오늘 한 분만 데리고 오신다고 하지 않으셨나요?"

"허허허. 그렇게 되었다. 미안하게 되었구나. 저기 앉은 총각에게 맞는 아이가 없겠느냐?"

임제가 상 앞에 앉아 고개를 숙이고 있는 범이를 가리키자 청향은 교태가 가득한 눈으로 범이를 살펴보더니 임제에게 말했다.

"아직 머리도 올리지 않은 총각이로군요."

"허허허. 애야, 그렇게만 보지 마라. 저 총각이 보잘것없어 보이지만 사람은 겉만 봐서는 모르는 법이다."

"그게 무슨 말씀이세요?"

"저 총각이 보기에는 저래도 힘이 천하장사란다. 두고 보거라, 분명히 큰일을 할 아이니 말이다."

청향은 앵두 같은 붉은 입술을 하얗고 가녀린 손으로 가리며 웃었다.

"호호호. 그런가요?"

초선이 임제의 칭찬하는 말을 듣고 옆에 앉아 있는 범이를 가만히 바라보니 보기에는 아무것도 모르는 떠꺼머리총각 같았지만, 그 생긴 모습과 번뜩이는 눈빛이 영걸의 자태가 넘치는지라 은근히 그에게 마음을 두고서 임제에게 말했다.

"그렇다면 나리, 제가 한번 시험을 해봐도 되겠습니까?"

"뭐야? 시험을?"

"그렇습니다. 옛말에도 열 번 듣는 것보다 한 번 보는 것이 낫다

하지 않았습니까. 저희는 나리의 이야기가 믿어지지 않습니다."

초선이 나서자, 옆에 있던 백손도 한마디 거들고 나섰다.

"형님, 이 애들이 형님 말을 믿지 않는 것 같은데 한번 시험해보시오."

이미 범이의 힘을 아는 까닭에 자랑하고 싶은 마음이 생겨난 것이다.

"그럴까?"

임제는 범이를 바라보다가 초선에게 말했다.

"그래, 그럼 무엇으로 시험을 했으면 좋겠느냐?"

"호호호. 그렇지 않아도 마당에 돌절구가 하나 있어 치우려고 하였는데, 그것을 담장 위로 던질 수 있으면 시험에 통과한 것으로 합지요."

임제는 그 말에 얼굴을 찡그리며 말했다.

"초선아, 그건 너무 심하지 않느냐? 돌절구를 혼자서 드는 것도 힘든데 어찌 그것을 담장 위로 던진단 말이냐? 관군들을 모집할 때도 간혹 작은 바위를 들어 시험을 보기는 한다만, 저 큰 돌절구를 담장 밖으로 던지라니 심하구나."

"호호호. 나리께선 이 총각을 천하장사라고 하셨지 않습니까? 대장부가 한 입으로 두말하리까?"

임제는 초선의 대답에 나오던 말이 쏙 들어가고 말았다.

마당의 대문 옆 화단 가에 있는 돌절구는 아름드리 통나무 마냥 쭉 뻗어 잘록한 허리도 없었으며 가운데 곡식을 빻는 홈을 빼고는 전체가 바위였으니 그 무게가 실로 엄청날 듯 보였다.

초선의 옆에 있던 백손은 마당가에 있는 돌절구를 보고 혀를 내둘렀다. 그는 자신의 호기로 시작된 일이라 고개를 돌려 초선에게 말했다.

"이보게, 초선이. 그것 말일세. 내가 하면 안 될까?"

"호호호. 그렇게 하면 아니 되지요."

백손은 속이 타서 한동안 우두커니 앉아 있다가 무릎을 탁 치며 범이에게 말했다.

"범이야, 너 나와 함께 나가야겠다."

초선은 은근슬쩍 백손의 소매를 잡고 말했다.

"호호호. 어딜 가신다는 겁니까? 설마 그냥 가시는 것은 아니겠지요?"

"그럴 리 있나? 대장부 이왕 내뱉는 말이니 책임을 지고 되든 안 되든 시도는 해봐야 할 것이 아니냐? 제기랄."

백손은 이내 범이의 손을 이끌고 마당으로 나갔다. 범이는 영문을 몰라 백손의 얼굴을 물끄러미 보았다. 백손은 마당에 있는 돌절구 앞까지 범이를 끌고 가 물끄러미 그것을 바라보았다. 허리까지 오는 돌절구는 방 안에서 보던 것보다 크고 무거워 보였다.

"요놈의 입이 화를 불러들였네. 제기랄"

백손은 자신의 이마를 두드리다가 정색하며 범이에게 말했다.

"범이야, 네가 힘을 쓰지 않으면 나와 형님이 실없는 사람 되게 생겼다. 어찌하겠냐?"

곧 백손은 화단 가에 서 있는 돌절구로 다가가 두 손으로 그것을 드는 시늉을 하곤 이내 담장 위로 던지는 흉내를 내었다.

"이걸 이렇게 들어서 저 위로 던지면 되는 거야. 알겠냐?"

범이는 빙그레 웃다가 고개를 끄덕였다. 백손은 범이가 고개를 끄덕이자 자신의 모습이 우스워 웃는 것이라 생각하고 재차 범이에게 말했다.

"범이야, 내 말 알아듣겠느냐? 제발 부탁이다. 네가 이걸 해주어야 우리 체면이 서니까 부탁하자."

범이는 머리를 끄덕이고 허리를 굽히더니 한 손으로 돌절구의 아래를 잡고, 또 한 손으로 돌절구의 윗부분을 잡았다. 차가운 돌에서 묵직한 무게가 느껴졌다.

방 안에서는 임제와 청향, 초선이가 대나무 발을 걷고 숨을 죽인 채 범이의 모습을 지켜보고 있었는데, 한동안 범이가 돌절구를 잡은 상태에서 아무런 미동도 하지 않으니 잠자코 지켜보던 청향이 눈을 흘기며 조용히 말했다.

"나리도 허튼 소리를 하시는군요."

임제는 자신의 입으로 큰소리를 쳤던지라 아무 소리 못 하고 수염을 쓸며 중얼거렸다.

"허허허. 이것 참 난처하게 되었구나. 허허허."

한동안 돌절구를 만지던 범이는 힐끔 백손을 바라보았다. 울상이 된 백손은 범이의 얼굴을 보곤 못 들겠느냐는 듯 고개를 좌우로 흔들어 보였다. 범이는 백손의 그런 모습이 우스워 또다시 빙그레 웃고는 아랫배에 힘을 주었다.

"흡!"

아랫배와 두 다리에 힘이 들어가며 두 손으로 절구를 껴안듯이 들어 올리자 커다란 돌절구가 마치 나뭇잎 들리듯이 범이의 머리 위로 들려졌다. 백손의 두 눈이 놀란 황소 눈알 마냥 휘둥그레진 것은 말할 것도 없이, 방 안에 있는 사람들의 눈이 보름달만큼 커지는 순간이었다. 그러나 다음 순간 사람들은 일제히 비명을 질렀다.

"에구, 저걸 어째?"

범이가 별안간 한 손을 돌절구에서 떼었기 때문이었다. 그 바람에 머리 위에 들려 있던 돌절구가 아래로 떨어졌다. 범이의 머리가 돌절구 때문에 깨질 것만 같아 청향은 자기도 모르게 두 손으로 눈을 가리며 비명을 질렀다.

그런데 이게 어떻게 된 일인가. 범이의 머리 위로 떨어질 것 같던 돌절구가 바닥으로 떨어지다가 이내 그네를 타듯 두둥실 떠오르더니 허공으로 높이 솟구치는 게 아닌가. 그렇게 높이 치솟은 돌절구는 어두운 허공을 뚫고 담장 너머로 가볍게 넘어가 버렸다.

잠시 후 '쿵' 하는 둔탁한 소리가 담장 너머에서 들려왔다.

사람들의 입이 익은 밤송이 벌어지듯 쩍 벌어졌다.

"저, 저것……."

보고도 믿지 못할 일이라, 임제와 청향은 서로의 얼굴을 바라보았고 백손은 자기 얼굴을 꼬집었으며 초선은 놀란 토끼 같은 눈으로 두 손을 털고 있는 범이를 바라보았다.

커다란 돌절구가 담장을 넘어가자 범이는 속이 후련한지 두 손을 탁탁 치며 백손을 바라보았다. 얼굴을 꼬집던 백손은 얼이 빠진 듯 멍한 얼굴로 범이를 바라보다가 다시금 두 볼을 꼬집었다. 꿈이 아닌 게 분명하였다. 순간, 범이의 얼굴에서 아버지의 얼굴이 겹치듯 나타났다가 사라졌다.

'아버지.'

백손은 갑자기 가슴이 찡하며 뜨거운 무언가가 목구멍으로 올라오더니 이내 눈시울이 뜨거워지는 것을 느꼈다. 그리고는 머리를 좌우로 흔들더니 뭐에 홀린 듯이 범이에게 다가오며 중얼거렸다.

"범이, 이놈. 너는 정말로, 정말로……."

범이가 바라보니 백손은 두 눈이 벌겋게 충혈되어 금방이라도 눈물이 떨어질 것만 같았다. 그리고 갑자기 자신의 몸을 부서질 듯이 껴안았다. 잠시 후 귓가에 가쁜 숨소리가 들려오더니 백손의 몸이 가볍게 떨리는 것을 느낄 수 있었다.

"이놈, 정말로 천하장사였네. 우리 아부지도 너처럼 천하장사였는데. 우리 아부지도……."

백손은 범이에게서 아버지의 모습을 발견한 것이다.

범이의 신력에서 시대를 잘못 타고나 억울하게 죽은 아버지가 떠올랐고, 범이는 제발 그 전철을 밟지 않기를 마음속으로 바랐었다. 범이는 어깨가 축축해지는 것을 느끼고 천천히 백손에게서 몸을 떼어 그의 얼굴을 바라보았다.

백손은 눈물을 보이기 부끄러웠는지 재빨리 고개를 돌려 코를 팽하고 풀더니 소리쳤다.

"이런 제기랄. 자꾸 눈에 뭐가 들어가는 거야."

그는 임제가 있는 방 안을 바라보며 소리쳤다.

"나 소피 좀 보고 오겠수. 측간이 어디요?"

그 목소리가 얼마나 우렁찼던지 종놈 하나가 홍등紅燈을 들고 쪼르르 달려오더니 백손을 마당 가로 안내하였다. 백손은 다시금 코를 팽하고 풀고는 종놈을 따라 뒤꼍으로 사라졌다.

방 안에 있던 세 사람은 범이가 가볍게 돌절구를 담장 너머로 내던지는 것을 보자, 정신이 하나도 없어 그저 멍하니 범이를 바라보고 있었다. 곧 임제는 정신을 차리고 헛기침을 몇 번 하더니 청향에게 말했다.

"청향아, 이래도 내가 실없는 사람이더냐?"

청향은 웃으며 임제의 가슴팍에 안겨 속살거렸다.

"나리도……. 제가 언제 그랬다고 그래요? 이게 모두 초선이 저년 때문이 아니에요?"

임제는 호탕하게 웃으며 초선에게 말했다.

"어떠냐, 초선아. 시험에 합격하였으니 미색이 뛰어난 아이 하나를 붙여줘야 할 것이 아니냐?"

초선은 빙그레 웃으며 말했다.

"호호호. 그럴 것이 아니라 제가 저 총각의 짝이 됩지요."

"초선아, 농담하지 말거라."

"농담이 아니랍니다. 나리께서는 제가 호걸을 좋아한다는 것을 모르세요?"

"예끼. 그럼 나나 임 장사는 호걸이 아니란 말이냐?"

임제는 초선의 말을 농으로 생각하곤 이내 청향에게로 고개를 돌려 말했다.

"청향아, 어디 저 아이에게 맞는 아이 없겠느냐?"

"호호호. 그렇지 않아도 사흘 전에 미색이 뛰어난 아이가 하나 들어왔는데 그 아이를 부르면 되겠네요."

"호! 그래?"

"안 그래도 서방님께 그 아이를 보여드리려 하였답니다. 나이는 어리지만 뜻이 야무진 아이라서 서방님이 보시면 좋아하실 것 같아서 말입니다."

"그래? 도대체 어떤 아인데 그러느냐?"

"이름이 한우寒雨라고 하는데 제 발로 이곳을 찾아온 아이입니다. 어디에서 왔는지는 알 수 없지만, 용모도 뛰어나고 어린 나이에 배운 것이 많을 뿐 아니라 음악에도 능해서 이곳에 있기는 정말 아까운 아이입지요."

임제는 한동안 생각하다가 중얼거렸다.

"음, 한우寒雨라······."

이때 초선은 마당으로 나가 범이에게 교태 어린 미소를 지으며 말했다.

"나리, 이리 오시지요."

범이는 초선의 아름다운 얼굴을 마주하자 얼굴이 붉어져 고개를 숙였다. 한편으로는 초선의 몸에서 은은히 풍기는 사향 냄새에 이 여자가 사람이 아니라 사향노루가 아닌가 생각되었다.

본래 기녀들은 남자를 꼬이기 위해 향수 주머니 하나씩은 품에 지니고 있었으니 그중 사향을 가장 으뜸으로 쳤다. 제법 이름 있는 기녀들은 사향 주머니를 차고 다녔으니 초선의 몸에서 자연히 사향 내음이 날 수밖에 없었던 것이다.

"자, 어서 들어가시지요."

초선은 나비처럼 범이의 소매를 잡더니 방안으로 그를 이끌었다. 순간 숙맥이 된 범이는 초선이 이끄는 대로 방 안으로 따라 들어가서 그녀가 권하는 대로 자리에 앉았다. 범이가 자리에 앉자 초선도 범이의 옆에 살포시 앉더니 파란 윤기가 감도는 술병을 들어 잔을 권하였다.

"어서 술 한 잔 드셔요."

애간장을 녹이는 나긋나긋한 목소리에 범이는 정신이 황홀하여 어쩔 줄을 모르고 주는 대로 잔을 받았다.

임제는 그 모습을 보고 껄껄 웃으며 잔을 권하였다.

"범이야, 잘하였다. 네가 그렇게 장사인지는 나도 몰랐구나. 자, 수고하였으니 한 잔 마셔보거라."

범이는 독한 냄새가 풍기는 술을 더 이상 마실 수 없어서 손을 내저으며 술을 물리었다. 청향이 그 모습을 보고 웃으며 말했다.

"호호호. 장사 나리가 술을 마다하네. 아마도 마음에 드는 사람이 없어서 그런가?”

“허허허. 더 말해야 뭐 하누. 어서 찬비를 불러오라니까?”

이내 청향은 바깥에 사람을 불러 한우를 데려오라고 명하곤 술병을 기울여 임제에게 술을 따랐다. 임제는 술잔을 받으며 말했다.

“청향아, 오늘 천하장사를 보았는데 시상이 떠오르지 않느냐?”

“나리도 참. 운자韻字를 정해주셔야 글을 올리지요.”

“운자? 오! 그렇구나. 내 운자를 지어주지. 범이가 아직 어리니 적을 소少자와 나이는 어리지만 호걸의 기상이 넘치니 호걸 호豪자로 하면 되겠구나.”

“소少와 호豪라……. 호호호. 그것참 괜찮군요.”

청향은 가까이 있는 지필묵을 꺼내어 잠시 생각을 하더니 펼쳐 놓은 종이 위에 글을 써 나갔다.

초선이가 안목이 없어서　楚仙眼目小

의심하여 소년을 시험하였네.　眇目試童少

돌절구 허공으로 날아가자　石槽飛空中

후회하고 호걸에게 술잔 권하네.　後悔勸酒豪

임제가 그 시를 보고 화통하게 웃으며 말했다.

“하하하. 정말 딱 들어맞는 말이군. 청향이 시는 정말 좋구나. 하하하.”

초선은 자신의 안목 없는 글을 보자 부끄러워 잠시 고개를 숙였다. 이때 발이 열리면서 한 여인이 살포시 들어오더니 박 같은 이마에 두 손을 마주하여 큰절을 올리었다.

"한우가 인사드립니다."

청향은 웃으며 한 손으로 범이를 가리켰다.

"오오. 한우 왔느냐? 너는 저기 초선이 옆에 있는 분에게로 가거라."

"네."

한우寒雨라는 기생은 천천히 범이에게로 다가갔다. 범이는 그녀의 얼굴 역시 옆에 앉아 있는 초선처럼 빼어나게 아름다운지라 혼이 뺏긴 듯 정신이 멍해져 정말로 눈을 어디로 둬야 할지 몰랐다. 한우는 갸름하고 하얀 얼굴에다 설아처럼 큰 눈과 까만 눈동자, 긴 속눈썹과 앵두를 머금은 듯 붉고 작은 입술을 가지고 있었는데 백분을 바른 탓인지 설아보다도 더 희고 아름다워 보였다.

한우가 범이의 옆에 살포시 앉더니 조용히 말했다.

"들어오다 보니 시詩를 짓는 것 같던데 그게 무슨 내용인가요?"

청향이 자초지종을 이야기해주자 한우는 놀란 얼굴로 범이를 바라보았다.

"어머나. 이분이 그렇게 장사인가요? 그 큰 돌절구를 한 손으로 담장 밖으로 던지다니요. 아직 머리도 올리지 않은 총각 같으신데 어찌 이리 장사이실까?"

범이는 부끄러워 어쩔 줄을 몰라 가만히 앉은 자세에서 둘 곳 없는 두 손만 조몰락거렸다. 이때 임제는 한우의 미색에 얼이 빠져 있다가 그 말을 듣고 헛기침을 한 번 하더니 입을 열었다.

"한우라고 하였더냐?"

"네."

"내 한 가지 물어보자꾸나. 혹시 황해도에서 온 것이 아니더냐?"

한우는 아리따운 두 눈을 들어 물었다.

"나리께서 어떻게 아십니까?"

"하하하. 북풍이 불어야 찬비가 내릴 것이니 네 이름이 한우라 함은 북쪽에서 왔다는 말이 아니더냐? 내 말이 틀리느냐? 북쪽에서 왔다 하나, 너 같은 재기才器를 가진 아이라면 분명 평양이나 개성에서 왔을 터이고 말이다."

"나리의 말씀이 맞습니다. 저는 평양에서 왔사옵니다."

"평양에서? 멀리도 왔구나. 평양처럼 좋은 곳을 놔두고 이곳까지는 무엇하러 와?"

"꼭 만나고 싶은 분이 있어서 이곳까지 왔습니다."

"어허, 누군지 모르지만 그 사람 복이 많은 사람이구나. 그래, 그 사람이 누구인지 내게 말해줄 수 있겠느냐?"

"……."

한우는 얼굴이 붉어져서 살포시 고개를 숙였다. 임제는 이슬을 머금은 백합 같은 한우의 모습에 점점 마음이 끌렸다.

청향은 한우의 말을 듣고 빙그레 웃으며 말했다.

"한우야, 너는 이분이 누구인 줄 아느냐?"

한우는 고개를 살짝 들어 임제의 얼굴을 바라보며 다시 말하였다.

"네, 어찌 모를 리가 있겠습니까? 평양 감사로 임명되어 올라가시는 길에 황진이의 무덤에다 제사를 지내주시고 단가短歌까지 지은 까닭에, 부임하시기도 전에 파직되신 나리가 아닙니까? 그런 대단한 나리를 제가 어찌 모르겠습니까?"

임제는 한우의 당찬 대답에 놀랐다.

"네가 나를 알고 있었던 게냐?"

"조선팔도에 사는 기녀치고 그 소문을 모르는 이는 없을 겁니다. 그런데 어찌 미천한 소녀가 나리의 함자를 모르겠습니까? 나리가 지은 유명한 단가도 알고 있습지요."

한우는 이내 낭랑한 음성으로 단가를 읊었다.

청초青草 우거진 골에 자는가, 누웠는가

홍안紅顔을 어디 두고 백골白骨만 묻혔나니

잔盞 잡아 권할 이 없으니 그를 슬퍼하노라

"평양에 이 시조를 모르는 기생은 없는 줄로 아옵니다."

한우의 말에 임제는 기분이 흡족하여 술잔을 내밀었다.

"그래? 허허허. 이렇게 면전에서 칭찬을 들으니 외려 부끄럽구나. 이렇게 만난 것도 인연이니 이리 와서 나에게 술 한 잔 따라 보거라."

한우는 사뿐히 일어나더니 나비처럼 임제에게 다가가 잔을 들어 술을 따랐다. 임제는 술을 따르는 한우를 보자 마음이 흡족하여 그

녀의 백옥 같은 얼굴을 바라보며 중얼거렸다.

"방긋 웃는 고운 입, 예쁘게 동그란 눈동자, 분단장하니 더욱 아름답구나."

한우는 빙그레 웃으며 대답했다.

"그것은 시경詩經에 나오는 문구가 아닙니까? 제가 정말 그렇게 아름답습니까? 나리?"

"하하하. 네가 시경詩經까지 보았더냐? 정말 보통 아이가 아니로고."

임제는 껄껄 웃으며 술잔을 비웠다. 사람 마음이 다 그런 것이겠지만 임제와 한우가 나누는 정담을 듣자 청향은 은근히 속이 상하였다.

"애, 한우야. 너는 그만 물러가서 거문고나 한 곡조 뜯거라."

"네."

한우가 살포시 물러가 병풍 옆에 걸린 거문고를 풀고 있을 때, 마침 텁석부리 임백손이 발을 걷고 들어오더니 두 눈을 부라리며 말했다.

"잉? 이게 어찌 된 거야? 그 사이 한 사람이 늘었네."

임제는 한 손으로 백손을 부르며 말했다.

"어서 오게나. 자네가 없는 사이에 한 사람을 더 불렀지. 그래야 짝이 맞을 것 아닌가?"

그러자 백손은 숙맥이 되어 바닥만 쳐다보는 범이를 보며 크게 웃다가 말했다.

"잘하셨수, 잘하셨어. 술과 계집이란 짝이 맞아야 재미가 나는 법이지. 잘하셨수. 우하하하."

백손은 이내 자리에 앉더니 주눅이 든 범이의 어깨를 툭 치며 말했다.

"범이야, 내가 널 좋아하는 거 알지?"

능글맞게 범이의 얼굴을 보며 웃던 백손은 초선에게 잔을 받고 이내 단숨에 따라 마시더니 범이에게 건네주었다.

"자, 한 잔 마셔보거라."

백손의 재촉에 범이는 어쩔 수 없이 술잔을 받았다. 그러자 초선이 냉큼 범이의 잔에 술을 가득 따라주었다.

"자, 눈 딱 감고 마셔보거라. 기분이 좋아질 테니."

결국 범이는 두 눈 딱 감고 단숨에 술잔을 들이켰다. 그러자 갑자기 목구멍에서 불이 나는 것 같더니 기침이 나왔다.

"콜록콜록……."

"어머, 사래가 걸린 모양이네."

초선은 재빨리 범이의 등을 두드려주었다. 잠시 후 기침을 멈춘 범이는 놀란 얼굴로 백손과 임제를 바라보았다.

'어찌 이런 독한 물을 마실 수 있는 거지?'

목구멍에서 불이 나던 것이 이제는 뱃속으로 그 뜨거운 기운이 내려가는 것 같았다. 그리고 이내 그 기운은 온몸으로 스며들었다. 온몸이 따뜻해지는 것 같더니 얼굴에 열이 나는 것 같아 범이는 두 손으로 볼을 만져보았다.

임제와 청향은 범이의 놀란 얼굴을 보며 일제히 웃더니 한마디씩 하였다.

"범이야, 놀랄 것 없느니. 처음은 누구나 그런 거란다."

"호호호. 대장부가 술 한 잔에 놀란 토끼 눈이 되어버렸네. 너무하시다."

백손은 범이의 어깨를 두드렸다.

"장부가 이 정도 술쯤이야 몇 말은 마실 줄 알아야지. 자자."

그는 다시금 범이에게 술을 따라주었다. 범이는 술 한 잔에 약간 기분이 좋아지는 것 같아 다시금 백손의 술을 받아 마셨다. 이번에는 처음보단 나은 것 같았다. 그리 독한 것 같지도 않고 처음보다 쓰게 느껴지지도 않았다.

"제 술 한 잔 받으세요."

이번에는 초선이 술을 따라주었다. 범이는 고개를 숙이며 술잔을 받았다. 범이가 술을 받고 나자 초선은 빙그레 웃으며 청향에게 말했다.

"청향 언니, 저는 그럼 호걸님들의 흥취를 돕기 위해 한우의 거문고 산조에 맞추어 검무劍舞나 추어보렵니다."

"그렇게 하려무나."

초선이 벽에 걸려 있는 붉은 검수劍穗를 길게 늘어뜨린 짧은 검 두 개를 들고 방 가운데로 서자, 한우 역시 거문고 줄을 이리저리 만져보며 조율을 시작하였다.

범이는 초선이 난데없이 두 대의 은빛 검을 들자 무엇을 하는지 궁금하여 술잔을 내려놓고 그녀를 물끄러미 바라보았다. 초선은 범이의 얼굴을 보더니 눈을 한 번 찡긋하고 두 팔을 벌려 두 검을 가지런히 하였다. 그렇지 않아도 범이의 얼굴이 조금 달아 있었는데 초선이 눈길을 주자 어쩔 줄을 몰라 허둥거리다가 손에 잡히는 대로 술상 위에 놓인 술잔을 들어 마셨다.

"어이구, 범이가 이제 보니 술을 잘 마시는군."

백손은 껄껄 웃으며 다시금 범이에게 술을 따라주었다. 범이는 술 석 잔에 기분이 알딸딸하게 좋아져 백손을 보며 배시시 웃었다.

이때 청아한 거문고 소리가 방 안 가득 울려 퍼졌다.

뚱따당! 떵더덩!

한우의 가는 손가락이 여섯 줄 거문고 위에서 춤을 추니 장중하고 굵직한 소리가 방 안 가득 울리는 가운데, 초선의 두 손에 들려 있는 단검이 천천히 휘둘러지니 기방 안에 흰빛과 붉은빛이 어우러져 풍류객의 흥취가 가득하였다. 한우의 거문고 소리가 술대를 치는 손장단에 맞추어 빠르게 느리게, 느리게 다시 빠르게 완급을 조절하는 것과 마찬가지로, 초선의 단검 역시 빠르게도 느리게도 빙글빙글 돌다가 갑자기 허공에 박힌 듯 정지하기도 하며 검무가 어우러졌다.

범이는 처음 들어보는 거문고 소리가 흥겨운 데다가 초선의 검무가 너무나도 아름다워 자기도 모르게 천천히 일어나 그녀의 옆에서 덩실덩실 춤을 추었다.

"저놈, 저거 완전히 한량이네."

백손이 그 광경을 보고 소리치자 임제가 호탕하게 웃으며 말했다.

"그렇군, 그래. 술 석 잔에 본성이 드러나니, 주색이야말로 파계의 주범이로다. 하하하."

"나리, 그것이 무슨 말입니까? 파계破戒라니요?"

청향이 무슨 말인지 몰라 물으니 임제가 두 손을 내저으며 크게 웃었다.

"하하하. 아니다, 아니야."

청향은 이내 임제의 가슴에 파묻혀 애교를 부리며 말했다.

"나리, 보고만 있지 마시고 이번에는 나리께서 시詩라도 한 수 지어주시지요."

임제는 술 한 잔을 단숨에 마시고 웃으며 대답했다.

"좋지, 좋아. 이번에는 네가 운韻자를 내보거라."

청향은 한동안 생각하다가 임제의 술잔에 술을 따르며 말했다.

"저리도 즐겁게 놀고 있으니 즐거울 락樂과, 금방 파계라 하셨으니 떨어질 락落으로 한 수 지어보시지요."

"오! 좋지! 좋아! 그것이야말로 내가 바라던 바다."

임제는 술을 또다시 따라 마시고는 붓을 들어 종이에 일필휘지로 써 내려갔다.

칼 빛, 거문고 소리 가득한 가운데 銀光琴聲滿

초선이 작은 호걸과 즐겁네. 楚仙少豪樂

범이는 순박한 아이이건만 梵伊淳朴兒

170

술과 여자가 지옥으로 떨어뜨리는구나. 酒色地獄落

청향은 한 손으로 입을 가리며 말했다.

"호호호. 서방님도 그럼 여기가 지옥이란 말인가요?"

"허허허. 내가 언제 여기가 지옥이라더냐? 세상이 지옥이지 이
곳은 극락이 아니냐? 그렇지 않더냐? 하하하."

백손이 지지 않고 나선다.

"형님은 시도 잘 지으시오. 나야 까막눈이라서 그렇지만 형님 시
를 보면 정말 별것 아닌 것 같소."

청향이 말했다.

"어째서 그런 말씀을 하시는 거예요?"

"잘 생각해보게. 내가 세상을 돌아다니며 귀동냥으로 주워들어
보니 시詩란 우아하고 아름다워야 한다더군. 그런데 형님 시는 눈
앞에 보이는 사실을 말하고 있으니 그 정도이면 나도 할 수 있겠
네."

임제는 웃으며 말했다.

"하하하. 네 말이 맞다. 시가 별거냐? 그렇다면 이번에는 동생의
시를 들어볼까?"

"형님, 나는 먹물로 쓰는 시를 잘 모르니 그냥 지껄일라우. 잘 들
어보시우. 나는 형님과는 좀 다르니까 행여 흉볼 생각일랑 마시
우."

백손은 헛기침을 한 번 하곤 하늘을 바라보며 말했다.

나는 본디 하늘나라 장수로

하늘에 죄짓고 이 세상에 떨어졌소.

타고난 기운 쓸 곳 어딘지 몰라

하늘만 바라보고 눈물 흘리오.

하늘나라 내 식구는 잘 있는지

상제님께 청을 드리며 하소연하여도

아무런 대답도 들리지 않아

슬픈 마음 달래려 술잔을 드오.

실로 백손답지 않은 처연한 시였으나 그의 슬픈 마음이 잘 드러나 있는 비장한 노래였다. 그것은 어쩌면 때를 만나지 못하여 한을 품은 채 세상을 떠난 아버지 임꺽정의 이야기인지도 몰랐다.

임제는 백손의 근엄한 얼굴을 숙연히 바라보는 청향에게로 고개를 돌렸다. 청향의 눈망울에 임백손을 사모하는 마음인 양 그윽한 정이 묻어나는 듯하여 임제는 즉시 붓을 들어 시를 지었다.

계궁의 외로운 잠자리 예전을 후회하느라　桂宮孀宿悔前身

천고의 수림이 달을 가리었네.　千古然痕翳月輪

옥부의 선랑은 어린 나이에 정사를 보느라　玉府仙郎政年少

속세로 내려와 애끊는 사람 되었다네.　塵寰來作斷腸人

깊은 정은 말없이도 서로 어김없는 것임을 深情脉脉兩無違

파랑새 날아들어 소리 또한 은미하네. 靑鳥飛來語亦微

거문고雲和 잡고 슬픈 마음 상제께 고하려니 欲把雲和奏愁思

눈물이 앞서 방울방울 자연의서민들이 입는 옷를 적시네.[6] 淚痕先濕紫煙衣

임제의 시를 청향이 읽으니 백손의 시와 합치되는 듯 참으로 묘하고도 기가 막힌 시였다. 시 속에 옥부의 선랑仙郎이란 하늘나라 장수였다는 백손을 뜻하는 것이니 선랑의 아내라 함은 곧 선녀姮娥일 것이요, 하늘나라 사람인 것이다.

청향은 매양 달 속에 산다는 월궁항아를 부러워하던 사람인지라, 시를 읽음에 스스로 도취되어 자신이 전생에 하늘나라에 있던 선랑의 아내였으리라 상상하였다.

"형님, 이게 내가 말했던 것을 문자로 쓴 거요?"

까막눈인 백손은 이 시의 뜻을 알 리 만무했으므로 임제가 써놓은 시를 들고 구레나룻 수염을 쓸면서 물어보니, 임제가 고개를 끄덕이며 대답했다.

"그럼, 그럼. 네가 말했던 것을 그대로 써놓은 것이니 더 볼 것도 없다."

백손은 그제야 그늘진 얼굴을 펴고 그 시를 청향에게 보이며 말했다.

6) 임제의 시로 제목은 代人作(남을 대신해서 지음)이다.

"청향아, 이것이 바로 내가 쓴 시라는구나. 어떠냐?"

청향은 갑자기 백손에게 미묘한 감정이 일었다. 백손이 내미는 시를 다시 읽어보아도 정말 기가 막힌 시임이 틀림없었다. 청향은 마음이 사근사근 녹아내리는 것 같았다.

"아, 나리. 정말 좋은 시입니다. 이것은 제가 두고두고 간직하렵니다."

한동안 감탄을 하던 청향은 백손의 손에서 시문을 덥석 빼앗아 가버렸다. 백손은 청향이 시를 빼앗아 가자 마음이 흡족하여 헛기침을 하며 임제에게 말했다.

"어떻수. 내가 글은 배우지 않았지만 내 실력이 이 정도외다."

임제가 손뼉을 치며 한동안 웃다가 이윽고 말했다.

"하하하. 그것참. 청향이가 시를 빼앗아 갈 정도니 너는 정말 재주가 있구나."

"별것도 아니네. 나도 이 정도는 한다우."

청향은 다시 한 번 손에 든 시를 펼쳐보더니 눈물을 글썽거리며 백손에게 말했다.

"소녀는 서방님의 시가 너무 좋아서 눈물이 다 날 지경이랍니다."

"어허. 그렇게 울 것까지는 없고, 나는 그저 내 답답한 심정을 말한 것뿐이다."

청향은 백손이 난처한 얼굴로 말하자 고개를 끄덕였다.

"아무튼 나리의 시는 제가 이제껏 들어본 시중에서 가장 감동적인 시였습니다."

백손은 청향의 말을 듣자 기분이 좋아져서 말했다.

"그럼 이번에는 청향으로 단가 한 곡 지어 불러볼까?"

청향은 신이 나서 손뼉을 치며 말했다.

"좋아요, 좋습니다."

"좋다. 그럼 이리 와서 술 한 잔 치거라. 내 단가 한 수 지어보마. 못 지었다고 나중에 다른 소리 하지 말거라."

청향이 냉큼 백손에게 가서 술을 올리자, 백손은 단숨에 술잔을 비우고는 청향의 엉덩이를 다독거리며 흥에 겨운 듯 입을 열었다.

청향이 예쁜 손이 맛난 술 따르나니

술술술 맛난 술이 술술술 넘어가네.

아이코 맛도 좋아라, 어찌 이리 좋을꼬.

"우히히히. 어떠냐? 내 단가 실력이?"

백손은 너스레를 떨면서 청향을 희롱하였다.

처음 인상과는 다르게 희희낙락한 성격에 꾸미지 않고 텁텁한 백손이 청향은 보면 볼수록 마음에 들어 깔깔 웃으며 백손의 품으로 파고들었다.

"아잉, 몰라요. 그런 단가가 어디 있어요?"

"우헤헤헤. 그런 것이 여기 있지, 어디 있느냐? 우헤헤헤."

백손은 청향의 애교에 기분이 좋아서 한바탕 크게 웃고는 임제에게 말했다.

"형님, 어떻수. 나도 이 정도면 한가락 하는 것이 아니오?"

임제가 손뼉을 치며 한마디 했다.

"정말 뛰어난 문재文才일세. 청향이가 자네 문장에 홀딱 넘어가서 나를 떠나고 말았네그려."

청향은 임제에게 살짝 눈을 흘겼다. 청향이 글재주가 없는 사람도 아니요, 이미 임제의 시 속에서 숨은 뜻을 읽어낸 까닭에 임재에게 은근한 목소리로 말했다.

"나리는 한우가 있잖아요. 아까 보니 한우하고 죽이 맞던데 저는 오늘 이분의 짝이 되렵니다."

임제는 청향의 말뜻을 짐작하곤 호탕하게 웃으며 말했다.

"하하하. 네가 좋다면 그렇게 하려무나."

그러자 백손이 눈을 휘둥그레 뜨고 임제에게 나직이 말했다.

"형님, 정말 그래도 괜찮겠수?"

"하하하. 대장부는 정情에 연연하면 못쓰는 법이다. 너는 오늘 청향이와 짝이 되거라. 보아하니 초선이 조것은 벌써 범이를 점찍은 모양이고, 짝 잃은 나는 하는 수 없이 한우와 놀아야지."

청향이가 눈을 흘기며 한마디 더 한다.

"원래 기생 머리 올리는 것은 난봉꾼이 제격 아니겠어요? 허나 아무리 천하의 난봉꾼이라 한들 우리 한우를 사로잡을 수 있을까 모르겠습니다."

"하하하. 그건 내가 알아서 하지. 고맙네, 청향이……."

임제는 말을 마치고는 고개를 돌려 한우를 바라보았다.

한우는 가늘디가는 백옥 같은 손가락으로 거문고 줄을 퉁기며 열심히 연주를 하고 있었다. 그 모습을 지그시 바라보던 임제는 잠시 후 무릎을 두드리며 노래 한 곡을 불렀다.

북천北天이 맑다 하거늘 우장雨裝 없이 길을 나니
산에는 눈이 오고, 들에는 찬비로다.
오늘은 찬비 맞았으니 얼어 잘까 하노라.

한우가 이 노래를 들어보니 찬비는 자신을 말함이요, 비옷이 없어 비 맞은 행인은 임제를 말하는 것이라, 찬비 맞은 임제가 얼어서 잘 것인데 한우는 어떻게 할 거냐 물어보는 것이다. 이 뜻을 모를 한우가 아니니 즉석에서 노래로 임제에게 답하였다.

어이 얼어 잘이 무슨 일로 얼어 잘이.
원앙침鴛鴦枕 비취금翡翠衾을 어디 두고 얼어 잘이.
오늘은 찬비 맞았으니 녹아 잘까 하노라.

임제가 들어보니 한우가 찬비로 언 자신의 몸을 원앙베개와 비취 이불로 녹여주겠다는 뜻으로, 자신에게 몸을 허락하겠다는 의미였다. 임제는 기쁜 마음에 즉석에서 붓을 당겨 시 하나를 더 지었다.
백손은 단가 안에 무슨 뜻이 있는지 알 수 없어 멀뚱거리며 시 짓는 것을 보고 있고, 백손의 품에 안겨 있던 청향은 임제의 시를 바라보다가 눈을 흘기며 중얼거렸다.

"아이고. 역시 나리는 정말 대단한 난봉꾼이야요. 저 새침데기 한우가 단가 한 수에 홀딱 넘어가더니 그것도 모자라 시까지 지어 줘서 못을 박았으니 이제 한우는 큰일 났소. 정말로 나리는 천하의 난봉꾼이요, 재주꾼이올시다."

"그런가? 허허허."

임제는 뜻한 바대로 된 것이 기쁘고 즐거워 미소를 지으며 붓을 놓고 술잔을 비우다가 고개를 들어 초선과 범이를 바라보았다.

범이는 술기운에 기분도 좋고 얼굴이 달아올라 어여쁜 초선의 얼굴을 바라보며 춤을 추고 있었다. 초선이 몸을 움직일 때면 은은한 향기가 퍼져 나와 범이는 마치 극락이라도 온 것만 같았다.

뚱따당! 떵더덩!

딱딱하던 몸이 점점 가락에 맞추어지니 제법 춤이 늘어 이젠 초선이와 몸놀림이 거의 비슷하게 되어 있었다. 초선은 금세 범이가 자신과 비슷한 몸놀림이 되자 놀랍기도 하고 기쁘기도 하여 미소가 입가에서 떠나질 않았다. 한동안 거문고를 타던 한우는 임제의 노래에 가슴이 두근거려 서서히 음률을 줄이다가 거문고 타는 것을 멈추었다.

좌중의 박수가 나온 것은 당연한 일. 한우가 거문고를 벽에 기대어두고는 살포시 임제에게 다가가자 임제가 방금 지은 시를 한우에게 내밀었다. 한우가 펼쳐서 읽어보니 시가 아름답고 뜻이 자신의 마음과 합하여 이제껏 보아왔던 다른 어떤 이들의 시에 비길 바가 아니었다.

계당의 한 곡조 거문고 타는 아가씨　溪堂一曲少娘琴

탁문군卓文君의 못다 푼 그 마음 깨우쳐주네.　解道文君不盡心

아마도 밤 깊어 인적 끊어지면　想得夜深人散後

달 밝은 밤 현학이 아득한 산에서 내려오리라.　明月玄鶴下遙岑

탁문군卓文君은 한나라 때 촉蜀 땅의 부호인 탁왕손의 딸로, 유명한 문장가 사마상여司馬相如가 거문고를 타서 유인을 하였다는 고사가 유명하다. 후일에 사마상여가 다른 여자를 맞이하자 탁문군이 백두음白頭吟을 지은 일이 있으니 그는 이것을 빗대어 말한 것이다. 네 번째 구의 현학玄鶴이란 고구려 왕산악이 금조琴調 백여 곡을 지어 연주하자 현학이 날아와 춤을 추었다는 고사로, 말하자면 그대와 나의 인연이 맞았으니 깊은 밤에 함께 아름다운 정을 나누자는 내용의 시다. 단순한 연애편지를 이러한 고상한 문구로 표현해놓은 임제는 정말 타고난 문재文才가 틀림없었다.

한우는 임제의 시를 보고 황홀한 마음에 술병을 들어 임제의 잔을 채웠다.

임제는 고개를 들어 한우의 아리따운 얼굴을 바라보며 말했다.

"한우야, 한우야. 네가 정말로 내 얼어붙은 가슴을 녹여줄 테냐?"

"소녀 평양에 있을 때 나리께서 황진이의 무덤 앞에 올린 단가를 듣고 언제고 한 번은 뵙고 싶었답니다."

임제가 기쁜 마음에 밝게 웃으며 은근한 목소리로 물었다.

"그럼 좀 전에 네가 꼭 만나보고자 했던 사람이 바로 나더냐?"

한우는 수줍은 얼굴로 고개를 살포시 끄덕이며 임제의 품속으로 파고들었다.

백손도 질 수 있으랴. 백손 역시 아리따운 청향을 가슴에 품고는 술을 벌컥벌컥 들이마셨다. 그러고는 좌중을 신경 쓰지 않고 청향의 엉덩이를 두드리며 말하였다.

"청향아, 너는 어찌 이리도 예쁘냐?"

"아잉, 나리도 참."

청향이 백손의 가슴을 두드리며 그의 커다란 가슴속으로 파고들었다.

"나리, 나리는 초선이를 빼앗겼는데도 괜찮습니까?"

"우하하하. 초선이가 날아가 버렸지만 그보다 더 어여쁜 청향이가 내 품으로 날아왔으니 비긴 것이 아니더냐? 나는 초선이보다 청향이가 더 예쁜데. 우헤헤헤."

"나리도……. 농담 마세요."

"아니다, 아니야. 나는 치마 입은 여자라면 다 좋아하는데 그중에서도 예쁜 여자를 더 좋아하지. 또 그중에서도 애교 많은 청향이 같은 여자가 더 좋고. 우헤헤헤."

청향이 눈을 흘기며 백손의 가슴을 두드렸다.

"아잉! 남자는 다 똑같아. 예쁜 것만 보면 사족을 못 쓴다니까?"

"우헤헤헤. 그렇다, 남자들은 다 그렇다. 요 귀여운 것!"

백손은 취기가 올라 청향을 부서질 듯이 껴안았다.

"아우, 늑대 같으셔. 나리는……."

"남자는 다 늑대 아니냐? 우하하하. 나는 늑대다, 늑대. 으악!"

백손은 으르렁거리며 청향의 입술에 자신의 입을 맞추더니 수작을 부렸다.

한편, 범이도 검무가 끝나자마자 초선이와 함께 술자리에 앉고 보니 기분이 너무 좋아져서 자기도 모르게 초선을 껴안은 채 술잔을 들었다. 초선은 방글방글 웃으며 술병을 기울였다.

그런데 이때, 갑자기 백손이 남자는 다 늑대라는 말에 정신이 번쩍 들었다.

범이는 멍하니 들고 있던 술잔을 상 위에 내려놓았다. 초선은 술을 따르려다 말고 범이가 술잔을 탁 하고 내려놓자 두 눈을 동그랗게 뜬 채 범이를 바라보았다. 임제와 백손 역시 범이가 술잔을 내려놓자 그 소리를 듣고 고개를 돌려 범이를 바라보았다.

"범이 늑대 아니다."

범이는 굳은 얼굴로 입술을 깨물고 있다가 갑자기 몸을 일으켰다.

"범이야, 왜 그러는 게냐?"

"범이. 늑대 아니다. 범이, 설아 좋아한다."

임제와 백손은 범이의 말을 알아듣지 못하여 벙어리처럼 두 눈을 끔뻑이다가 말했다.

"그 녀석, 말도 할 줄 아는구나."

"그러게요."

범이는 잠시 두 사람을 바라보다가 성큼성큼 걸음을 옮기더니 마당으로 내려가 버렸다. 기녀들이 멍하니 마당을 나가는 범이를 바라보았다.

임제는 영문을 모르고 그 모습을 바라보다가 껄껄껄 웃으며 말했다.

"허허허. 초선이가 범이의 맘에 들지 않는 모양이구먼. 그러니 살 맞은 뱀처럼 줄행랑을 놓았지."

백손이 머리를 긁적이며 말했다.

"그럴 리가 있겠수? 남자가 미인을 좋아하는 것이야 타고난 천성 아니우. 더구나 초선이 같은 미인을 말이오. 형님 말마따나 파계하기 꺼림칙했나보우. 형님, 어떡하우. 붙잡아야 하우?"

임제는 손을 내저었다.

"그럴 필요 없다. 중도 제 싫으면 절을 떠나는 법인데, 우리가 어찌할 수 있겠느냐?"

"그렇지만……."

임제와 백손은 크게 웃으며 주거니 받거니 술잔을 기울였다.

4

범이가 황급히 객관으로 돌아와 조심스레 방문을 열었다. 백발의 대주가 좌선坐禪을 하고 앉았다가 천천히 눈을 뜨더니 범이를 바라보았다. 그러자 기녀들과 놀았던 것이 괜스레 부끄럽고 죄송스러워 머리를 숙인 채 천천히 방 안으로 들어갔다.

대주는 범이의 얼굴을 물끄러미 바라보다가 빙그레 웃으며 말했다.

"범이야, 세상 구경을 해보니 어떻더냐?"

범이는 얼굴이 빨개져서 대주를 바라보았다.

"여자, 정말 무섭다. 얼굴에 흰 것 바르고 냄새가 난다."

대주가 빙그레 웃으며 말했다.

"마음을 가꾸는 사람은 몸에서 맑은 향이 나기 마련이고 몸을 꾸미기만 하고 마음을 가꾸지 않는 사람은 탁한 향이 절로 나나니,

세상의 여자들이 모두 사향 내음만 나는 것은 아니니라. 사람들 역시 그러하고 말이다."

대주는 빙그레 웃다가 다시금 눈을 지그시 감고 입정入靜에 들어갔다. 범이는 머리를 긁다가 대주의 옆에 앉아 숨을 고르며 같이 입정에 들어갔다. 보통 때 같았으면 금세 무아지경에 들어갈 수 있었겠지만 어찌 된 일인지 눈앞에 아름다운 기녀들의 얼굴이 아른거리고 어디선가 사향노루 냄새가 나는 것 같아 범이는 좀처럼 정신을 집중시킬 수 없었다.

범이는 번쩍 눈을 떠서 한동안 천정을 바라보다가 길게 한숨을 내쉬었다. 그때 대주의 목소리가 귓가에 들려왔다.

"범이야, 무엇이 그리도 근심이더냐?"

범이는 고개를 들어 대주를 우두커니 바라보았다.

"할아버지, 마음이 이상해."

대주는 빙그레 웃으며 말했다.

"남자란 어여쁜 여인네를 만나면 다 그렇게 되는 것이란다. 그것은 너무나도 자연스런 것이니 크게 근심할 것이 없다."

"정말?"

"그렇단다. 사람이 사람을 좋아하는 것은 당연한 이치란다. 하지만 사람에게는 짐승과 구별되는 인륜人倫이라는 큰 덕목이 있단다. 진정한 사람이 되려면 그 덕목을 지켜야 하는 것이지."

"인륜이 뭐야?"

"인륜의 덕목은 크게 다섯 가지로 나누는데 첫째로는 부모님과

자식 간에 친함이 있고, 둘째로는 임금과 신하 간에 의리가 있으며, 셋째로는 부부간에 유별함이 있어야 하고, 넷째로는 친구와 더불어 신의가 있어야 한다. 마지막으로 다섯째는 자기보다 나이 든 어른들을 공경하고 차례를 지켜야 하는 것이란다. 이 다섯 가지가 인륜의 큰 덕목인데, 모든 것은 진실하고 항상 믿어주는 바탕 위에서 자라날 수 있는 것이니 너는 이 덕목들을 명심해야 할 것이다."

"진실하고 항상 믿어주는 게 뭐지?"

"진실함이란 그 사람을 속이지 않는다는 것이다. 믿어준다는 것 역시 그 사람을 속이지 않고 자신이 한 번 약속한 것은 반드시 지킨다는 것을 의미하는 말이다. 사람이 그것을 잘 지킨다면 진정한 사람이라고 할 수 있지."

순간 범이는 설아와의 약속을 지킨 것이 자랑스럽게 생각되었다. 범이는 안도감이 생겨나 길게 숨을 내쉬더니 빙그레 웃으며 대주를 바라보았다.

"할아버지, 범이는 사람이다. 좋은 사람이다."

대주는 부드러운 미소를 지으며 고개를 끄덕였다.

"그래, 범이는 좋은 사람이다. 약속을 잘 지키는 좋은 사람이다."

다음 날 아침, 대주 일행은 일찍 길을 떠나기 위해 객관을 나섰다. 청향루에서 꿈같은 시간을 보낸 임제와 백손은 헐레벌떡 뛰어나와 대주에게 고산에서 며칠 더 머무르자고 간청하였으나, 대주가 한사코 거절하여 그들은 임제의 환송을 받으며 고산을 떠나올 수 있었다.

임백손은 청향이와의 헤어짐을 섭섭하게 생각하였으나, 황해도 일이 더욱 긴요한 터라 떨떠름한 얼굴로 임제에게 작별을 고하였다.

　"형님, 나 가우."

　임제 역시 서운한 얼굴 손을 내저었다.

　"아우, 잘 가게."

　"형님, 나 없더라도 청향이 잘 봐주시우. 부탁하외다."

　"이 사람, 청향이한테 쏙 빠진 게로구먼. 그건 걱정 말게나."

　"그리고 형님. 언제고 나를 부른다는 말 잊지 마시우."

　"허허허. 이 사람. 걱정 꽉 붙들어 매게나. 곧 자네를 부를 터이니 그때는 잊지 말고 득달같이 달려와 주게."

　백손은 구레나룻 수염이 무성한 얼굴로 히쭉 웃었다.

　"형님, 그럼 나는 형님만 믿고 가우."

　"잘 가게나, 아우."

　임제는 이내 큰 짐을 들고 있는 범이에게 다가가 말을 걸었다.

　"범이야, 스님 잘 모시거라."

　"알았다."

　"이 녀석, 말을 헛배웠구나. 어른에게는 높임말을 쓰는 거야."

　"알았어."

　"녀석."

　임제가 웃으며 범이의 머리를 쓰다듬더니 다시 한 번 대주 스님에게 작별을 고했다.

"스님, 제가 스님에게 신경도 못 쓰고 죄송하게 되었습니다."

"아니올시다. 천성을 바꿀 수 있겠습니까? 바꾸려는 마음이 없으면 힘든 것이 사람이지요."

임제는 자신의 속내를 꿰뚫어보는 듯한 한마디에 갑자기 마음이 섬뜩하여 얼굴을 들지 못하고 머리를 숙인 채 기어들어 가는 목소리로 말했다.

"스님, 차후에는 조심하겠습니다."

"나리께서는 정이 많아서 걱정이올시다. 세상일이 비록 정해진 천도天道가 있다 하더라도 그 사람의 의지에 따라 바뀔 수도 있는 것이외다. 괴로운 날이 있으면 즐거운 날이 있는 것 또한 정해진 이치인 게지요. 그 옛날 나리께서 나에게 찾아와 대장부의 큰 뜻을 이야기할 때가 엊그제 같사오나 그 큰 뜻이 인간사의 정에 빠져서 헤어날 줄을 모르니 빈도는 걱정이올시다. 부디 헤아리시길 바랍니다."

합장으로 말을 마친 대주는 몸을 돌려 천천히 걸음을 옮겼다. 임제는 대주의 말을 듣고 어찌할 바를 몰라 벙어리 마냥 가만히 대주의 뒤를 따르며 배웅을 하였다. 그리고 대주 일행이 언덕을 넘어 멀리 사라지자, 임제는 말을 천천히 끌고 고산으로 돌아오며 가만히 옛일을 생각해보았다.

'속리산에서 대주 스님의 이야기를 들을 때가 좋은 시절이었지. 스님의 말씀이 백번 지당하다. 하지만 인생이라는 것이 어디 내 맘대로 될 수 있는 것이더냐? 세상의 암초에 좌초된 내 인생이여. 나는 큰 뜻을 잃어버린 지 오래로다. 이렇게 사는 것이 편한 것을, 나는 기다리지 않으련다. 이렇게 살다가 그렇게 가련다.'

임제는 기분이 허탈하여 말 위에서 시 한 수를 지어 읊었다.

석가세존이 말씀하시길　釋迦世尊曰

세상에 몸담고 있으면서 세상을 벗어나라.　在世出世悶

욕심을 따르는 것도 욕심을 끊는 것도 또한 괴로움이니　順欲絶欲苦

천성을 따라 유유자적하리라.　夷猶於性眞

1

신증동국여지승람新增東國輿地勝覽에 구월산九月山을 아사달산阿斯達山
이라 하는데 다른 이름이 궁홀산弓忽山이요, 또 다른 이름은 증산甑山
이요, 또 다르게 부르는 이름이 삼위산三危山이다. 세상에서 전하기
를, 단군檀君이 처음 평양에 도읍하였다가 후에 또 백악白岳으로 옮
겼다 하는데 곧 이 산이다. 주무왕周武王이 기자箕子를 조선에 봉하
니, 단군이 이에 당장평으로 옮겼다가 후에 이 산으로 돌아와서 몇
천 년간을 다스리다 화하여 신神이 되었다 한다.

이 같은 기록은 택리지擇里志와 후일 육당 최남선의 글에서도 찾
아볼 수가 있는데 그만큼 구월산이 단군신화와 관련이 깊다는 말
이리라. 민간에서는 아직도 구월산을 아사달산으로 부르는데 가만
히 산의 이름을 살펴보자면, 아사는 아침이란 말이고 달은 산이란
뜻이니 아사달이 바로 구월산의 본이름일지도 모르겠다. 또 보자

면 구월산九月山의 구九는 우리말로 아홉이고 월月은 달이니 아달산, 즉 아사달산이 한자로 뒤집어져서 그러한 이름이 나왔으리라.

각설하고, 서해西海를 향해 쭉 뻗어간 넓은 벌판 끝자락에 돌출해 있는 구월산은 서해에서 불어오는 바닷바람을 등지고 거인처럼 우뚝 서서 안악·신천·재령 일대를 품 안에 감싸 안고, 긴 능선을 따라 사황봉·오봉·인황봉·주거봉·아사봉 등의 석봉石峰들이 삐쭉삐쭉 톱날처럼 이어지면서 산의 장엄함을 더해주는데, 이 구월산 아사봉의 동쪽 골짜기에 월정사月精寺가 자리 잡고 있었다.

통일신라시대 월정 대사가 창건한 이 절은 구월산 골짜기의 한적한 산사로, 간간이 불공을 드리러 찾아오는 대갓집 마나님 이외에는 사람의 발길이 닿지 않는 곳이건만 오늘따라 스님들이 부산하게 움직이고 있었다.

이것은 때아닌 공양미가 산사로 들어오는 데서 연유하는 것이었다. 임백손에게서 받은 산삼 값으로 함흥의 만석지기 이생원이 즉시 보낸 쌀 이백 섬이 이 절에 도착했기 때문이었다.

극락보전極樂寶殿 앞마당에 차곡차곡 곡식들이 쌓여가고 있음에도 정작 월정사 주지인 지공 대사는 어찌 된 연유인지 몰라 어리둥절한 판이었는데, 마침 절을 찾아온 휴정 스님에게 그 연유를 물어보았다.

"스님, 도대체 이게 어떻게 된 일인지 소승은 알 수가 없습니다. 함흥에서 이곳에 이백 섬이나 되는 쌀을 보내다니요. 임모라는 사람이 이곳으로 보내라 하였다는데 소승은 당최 알 수가 없어서……. 혹 스님께서 아시는 것이라도 있는지요?"

"허허허. 기다려보면 연유를 알 수 있겠지요."

휴정은 빙그레 웃으며 멀리 남쪽 하늘을 바라보았다.

이 무렵, 대주 일행은 굽이굽이 구월산을 오르고 있었으니, 고산에서 구월산까지 험난한 육백 리 길을 쉬지 않고 엿새 동안 걸어서 도착한 것이다.

따사로운 봄볕에 저마다 산새들이 짝을 찾는 모양으로 요란하게 지저귀고, 울긋불긋 진달래와 노릇노릇 산수유가 골짜기마다 만개하여 울울창창 화사하고, 아름다운 봄 풍경이 이 산자락 저 골짜기마다 다채롭게 펼쳐지고 있었지만, 산길을 걷고 있는 사람들은 저마다 침통한 표정으로 아무 말이 없었다.

그들은 모두 구월산 회장골에서 화전을 일구어 사는 사람들로, 지나오는 길에 구월산 근처의 문화, 신천, 송화현에 돌림병이 돌아 많은 사람들이 죽거나 죽어나가는 참상을 보았던지라 처자식들의 염려와 두려움으로 분위기가 가라앉은 것이었다.

무리의 우두머리인 백손은 이런 분위기가 내키지 않아 고개를 돌려 소리쳤다.

"이봐, 힘들 내라고! 온 세상에 돌림병이 돌아도 구월산은 괜찮을 거야. 어떻게 되었는지도 모르는데 지레 걱정할 거 무어 있어? 그렇지 않습니까, 스님?"

대주는 빙그레 웃으며 고개를 끄덕였다.

"이보라고, 우리 스님께서 괜찮다 하시잖아."

고승 대주의 웃음이 무리에게 안도감을 주었는지 일행들의 얼굴에 일순 화색이 돌았다. 잠시 후 앞장서던 백손이 맑은 시내가 흐르는 계곡 앞의 두 갈래 길에서 걸음을 멈추더니 대주에게 말했다.

"스님, 저 길을 따라 산 위로 올라가시면 월정사입니다. 저희는 반대편 길이니 이만 작별을 고해야 할 것 같습니다."

대주는 걸음을 멈추고 백손에게 말했다.

"백손아, 네가 할 일이 있느니. 너는 일행들과 함께 집으로 돌아가 사람들을 모두 데리고 월정사로 오너라. 한 사람도 빠뜨리면 안 되느니라."

백손은 대주의 말에 멍하니 그의 얼굴을 바라보다가 반드시 무슨 뜻이 있으려니 생각하고 고개를 굽혀 읍을 하며 대답했다.

"알겠습니다요."

이내 백손은 부랴부랴 일행들을 인솔하고 수림 속에 난 소로를 따라갔다.

대주는 그들이 수림 속으로 사라지자 다시금 걸음을 옮겼다. 범이는 백손 일행이 보이지 않을 때까지 그 자리에 서 있다가 대주가 멀어져가는 것을 보고 급히 뒤를 따랐다. 그렇게 얼마나 올라갔을까. 범이는 산 위에서 내려오는 낯선 스님을 발견할 수 있었다.

그 스님은 대주를 발견하자마자 곧바로 달려와 두 손을 모아 길게 읍하며 말하였다.

"대주 스님, 잘 오셨습니다."

"오! 처영 스님이시군요."

휴정 스님의 수제자인 처영이었다. 범이가 백두산에서 본 적이 있는 스님이었다. 처영은 다시금 대주에게 합장을 하며 낭랑한 목소리로 대주에게 말했다.

"그렇지 않아도 스승님께서 스님을 기다리고 계십니다."

대주가 웃으며 고개를 끄덕였다. 이때 처영은 대주 뒤에 나무함을 지고 서 있는 범이를 흘금 보다가 놀란 눈으로 다시 한 번 범이를 확인하곤 대주에게 물었다.

"스님! 이, 이 아이는?"

대주는 빙그레 웃으며 말했다.

"작년 봄에 백두산에서 보았던 범이라오."

처영은 두 눈이 왕방울만 하게 변하여 범이를 보곤 다시금 대주에게 되물었다.

"자근범이라는 꽃범과 함께 있던 그 소년이지요?"

"그렇다오."

처영이 범이에게 다가와 말했다.

"반갑다. 범이야, 이렇게 옷을 입으니 다른 사람 같은데?"

"나 범이다, 나 사람이다."

범이가 가슴을 두드리며 빙그레 웃었다.

2

처영의 뒤를 따라 산길을 얼마쯤 가다보니 풍경風磬 소리가 은은하게 들리더니 이내 월정사月精寺란 현판이 걸린 이층 누각이 나타났다. 고색창연한 월정사의 누각 앞에는 여러 명의 스님들이 나와 있었는데 그들은 대주를 발견하자 일제히 앞으로 달려와 합장을 하였다.

월정사 주지 지공이 먼저 대주에게 합장을 하며 말했다.

"대주 스님, 잘 오셨습니다."

대주가 답례하자 이번에는 휴정 스님이 합장하며 말했다.

"대주 스님, 잘 오셨습니다. 스님을 뵈려고 묘향산妙香山에서 이곳까지 달려왔습니다."

"허허허. 미천한 사람 때문에 그런 수고를 하시다니 면목이 없네그려."

"아니올시다."

휴정은 이내 대주의 뒤에 있는 범이를 바라보며 말했다.

"그런데 뒤에 있는 아이는?"

"범이라는 아이지요."

"오! 이 소년이로군요. 호랑이와 함께 다닌다는 이야기는 처영과 유정에게 들었습니다. 온몸에 정기가 뭉친 것처럼 아주 좋은 아이로군요."

휴정이 자애로운 미소를 지으며 범이를 바라보았다. 범이는 휴정의 모습이 대주 스님과 많이 비슷하다는 생각이 문득 들었다.

웃고 있던 휴정은 이내 대주에게 고개를 돌려 합장하며 말하였다.

"스님, 함흥의 이생원이 쌀 이백오십 섬을 갖다놓고 갔습니다."

"그렇소? 오십 섬이 늘었구려."

듣고 있던 지공 스님이 중얼거리며 말했다.

"그럼 대주 스님께서 쌀을 마련한 것이로군요."

"허허허. 대자대비하신 부처님의 법력이지요. 더 물어보실 것도 없고 더 말할 것도 없으니 어서 그 쌀로 죽을 쑤십시오. 필요한 중생들이 많으니 많이많이 쑤어야 할 것입니다."

지공은 대주의 말을 듣자마자 즉시 아래 스님과 행자들로 하여금 죽을 쑤게 하였다. 그리고 대주는 범이가 들고 있는 나무함에서 산삼 두 뿌리를 꺼내어 지공에게 주며 말했다.

"이것은 따로 커다란 솥 안에 넣고 달이시구요."

지공은 천 년이 족히 넘을 듯한 팔뚝만 한 산삼을 보자 놀랐으나 그 역시 수양을 많이 쌓은 스님인지라 공손히 산삼을 받아 달이도록 명하였다.

스님들이 부산을 떨며 부엌에서 죽을 쑤고 산삼을 달이는 사이, 지공은 대주를 월정사 안으로 안내하였다.

만세루萬歲樓를 지나니 마당에 산더미처럼 쌀섬들이 쌓여 있었고 좌측엔 명부전冥府殿, 우측엔 수월당水月堂이 있었으며 그 앞에 극락보전極樂寶殿이 자리하고 있었다.

앞서 가던 지공 스님은 대주를 극락보전으로 안내하였다. 대주와 휴정은 당간지주가 좌우에 우뚝하니 세워진 뜰을 지나 극락대전으로 들어갔다. 뒤따르던 범이는 이러한 큰 건물을 처음 보는 까닭에 어리둥절하여 길쭉한 돌로 세운 당간지주 옆에 나무함을 내려놓고 가만히 서 있었다.

챙—————— 챙——————

머리 위에서 맑은 음이 들려와 범이는 고개를 들었다. 처마 위에 걸린 작은 종에 얇은 쇠로 된 물고기가 생각 없는 바람에 툭 하고 흔들려 청아한 종소리를 허공에 퍼뜨리고 있었다. 맑고도 욕심 없는 소리가 귓전을 스치자 범이는 마음이 가라앉고 차분해지는 것 같아 가만히 풍경을 바라보았다.

챙———— 챙——————

극락보전에서 차를 마시면서 담소를 나누던 휴정은 마당에 쌓인 쌀을 한동안 바라보다가 대주에게 말했다.

"대주 스님, 그렇지 않아도 황해도의 백성들이 돌림병과 굶주림 때문에 죽어가고 있었는데 잘되었습니다. 대주 스님의 은덕이 크십니다."

대주는 절 좌측에 보이는 명부전冥府殿에 합장을 하며 말했다.

"아니올시다. 모두 다 지장보살의 은덕이외다."

지장보살地藏菩薩은 지옥이 텅 비지 않으면 결코 성불成佛하지 않겠다 하시고, 지옥문冥府 앞에 서서 중생의 고통을 생각하곤 하염없이 눈물을 흘리고 계신다는 자비의 보살로 알려져 있으니, 사찰 안의 명부전은 지장보살을 위해 만들어진 것이다.

지공은 대주의 말을 듣자, 대주가 헐벗고 굶주림으로 죽어가는 백성들을 위해 법력을 발휘하여 공양미를 얻어내었다는 것을 추측할 수 있었다. 허름한 누더기 베옷을 입고 있지만 실로 대주는 큰 스님임이 분명하였다. 지공은 물론이거니와 휴정 역시 자비를 몸으로 실천하는 대주를 보자 존경심과 경외심이 솟아나 말없이 대주를 향해 공손히 합장을 하였다.

이때였다. 바깥에서 왁자그르르 떠드는 소리가 들려와 고승 세 사람은 일제히 바깥을 바라보았다. 만세루 아래에서 사람들이 하나둘 월정사 안으로 들어오고 있었는데, 그 앞에 임백손이 위풍도 당당하게 들어오더니 마당에 쌓여 있는 쌀가마니들을 왕방울 같은 눈으로 바라보고 있었다.

지공은 이들이 구월산에서 화전을 일구고 사는 사람인지를 아는 까닭에 대주를 바라보며 어찌할 것인지 물어보았다.

"저들이 갑자기 이 절을 찾아온 연유를 모르겠습니다. 어찌 된 것인지요?"

"제가 불렀습니다. 저 사람들에게 산삼 달인 물을 한 모금씩을 마시게 하고 그 후에 죽을 주십시오. 그리고 돌아갈 때 식량을 넉넉히 주시면 회장골에는 돌림병의 문제가 없을 것입니다."

대주의 말에는 쓸데없는 군더더기가 없었다. 지공은 더 물어보지 않고 재빨리 행자승을 불러 이같이 행하도록 명하였다.

백손은 산더미처럼 쌓인 쌀들이 함흥의 부자 이생원이 보낸 것임을 알고 일변으로는 놀라며 일변으로는 가만히 보고만 있어도 배가 부른 것 같은 포만감을 느꼈다. 이내 그는 극락보전 앞에 서 있는 범이와 처영을 발견하고 계단을 훌쩍 뛰어 범이에게 다가가더니 어깨를 툭 치며 말했다.

"범이야, 저것이 다 어떻게 생긴 줄 아느냐? 우하하하. 저것들은 모두 내가 산삼과 바꿔치기한 것들이란다."

옆에 있던 처영이 듣고 있다가 백손에게 물었다.

"시주께서는 범이를 아십니까?"

"그렇수다. 함흥에서 범이를 만났으니 나와 범이는 인연이 깊다고 할 수 있소. 그러는 스님은 뉘시오?"

처영은 백손에게 합장을 하며 말했다.

"저는 처영이라고 합니다. 휴정 스님의 제자이지요."

"휴정 스님?"

백손은 재빨리 처영에게 읍을 하곤 말했다.

"스님, 그럼 휴정 스님도 이 절에 계신단 말씀입니까?"

"그렇습니다. 스님은 극락보전에 계십니다."

"아! 이것 참. 말로만 듣던 휴정 스님을 이곳에서 뵙게 될 줄이야. 하하……."

백손은 빠끔히 머리를 들어 극락보전을 바라보았다. 과연 극락보전에는 세 명의 스님이 앉아서 이야기를 나누고 있었다.

"어유. 이거 인사나 하고 와야겠네."

백손은 천천히 계단을 올라가 극락보전 앞에서 대주에게 꾸벅 인사를 하고 말했다.

"스님, 회장골에 있는 사람들을 모두 데리고 왔습니다."

대주는 말없이 고개를 끄덕였다. 이내 백손은 재빨리 나머지 두 스님들을 살펴보았다. 한 스님은 누덕누덕 기운 옷을 입고 있었으며, 또 다른 한 스님은 깨끗한 붉은 장삼을 입고 있었다. 백손은 대충 눈치로 때려잡고 극락보전 안으로 들어가 붉은 장삼을 입은 스님에게 큰절을 올렸다.

"휴정 스님, 소인 임백손이 인사드립니다요."

스님이 웃으면서 말했다.

"허허허. 사람을 잘못 짚으셨소. 휴정 스님은 내가 아니라 뒤에 계신 분이라오."

백손은 빠끔 머리를 쳐들고 지공을 바라보다가 재빨리 고개를 뒤로 돌렸다. 누더기 옷을 입은 휴정이 빙그레 웃으며 말했다.

"그분은 월정사의 주지 스님이신 지공 대사님이오. 휴정은 바로 나라오.”

부끄러움에 얼굴이 붉게 달아올라 백손은 머리를 몇 번 두드리다가 껄껄 웃으며 말했다.

“그 스님이 그 스님 같아서, 소인이 실수를 했습니다요. 우헤헤헤.”

“그렇소, 그렇소. 까까중들은 모양이 비슷해서 사람들이 간혹 그런 실수를 한다오.”

“우헤헤헤.”

백손은 이내 휴정에게 큰절을 올리며 말했다.

“임백손입니다요, 스님.”

지공이 그 말을 듣고 대주에게 물었다.

“스님, 그럼 임모라는 자가 바로 이 사람입니까?”

“그렇습니다. 천하를 소란케 한 도적의 아들이지요.”

백손은 그 말을 듣자 갑자기 자신이 한없이 부끄럽고 초라하게 느껴졌다. 일변 분하고 원통한 마음이 불끈 일어나 백손은 가슴을 치며 말했다.

“스님! 제 아비가 나라에 큰 죄를 지었지만 말입니다, 제가 나라에 보답하면 될 것 아닙니까. 너무 그렇지 마십시오. 정말 억울합니다.”

휴정이 웃으며 대주에게 말했다.

“허허허. 정신이 살아 있는 것을 보니 장차 이 나라의 동량棟梁이되겠습니다.”

대주는 머리를 끄덕이며 말했다.

"그래야지요. 아마 그럴 겁니다."

나라의 동량이 될 것이란 말에 백손의 표정은 금세 밝아져서 백손과 휴정을 번갈아 바라보며 또 말했다.

"두고 보십시오. 옛날에 용한 점쟁이가 저더러 장군이 될 거라고 그랬습니다. 이놈이 지금은 이래도 말입니다, 반드시 이 나라에 큰 공을 세우는 사람이 되고 말 터이니 두고 보십시오."

그때였다. 극락보전 앞에 있던 처영이 계단을 올라와 보전 앞에서 합장을 하며 휴정에게 말했다.

"사부님, 유정惟政과 영규靈圭가 돌아왔습니다. 그런데 그 뒤에 선수善修 스님도 함께 오십니다."

"선수善修가?"

"예."

고승들이 일제히 자리에서 일어나 바깥을 바라보니 과연 만세루 아래로 스님 셋이 들어오고 있었는데 앞서 오는 사람은 유정이요, 그 뒤에 젊은 스님이, 그리고 그 뒤에 삿갓을 쓴 스님이 따르고 있었다.

유정은 극락보전에서 휴정과 지공, 대주 스님이 나오는 것을 보자 깜짝 놀라 재빨리 뛰어가더니 계단 아래에서 합장을 하며 꾸벅 읍하였다.

"대주 스님께서 이곳까지 오셨습니까?"

"허허허. 그동안 잘 있었는가?"

"네, 네."

이어 뒤에서 젊은 스님이 공손히 합장을 하며 말했다.

"스님, 다녀왔습니다."

휴정은 대주에게 젊은 스님을 가리키며 말했다.

"저 아이는 영규靈圭라고 합니다."

제일 마지막에 오던 스님은 삿갓을 벗더니 공손히 읍하며 말했다.

"휴정 스님, 지공 스님. 선수가 인사드립니다."

휴정은 지공과 대주에게 그를 소개시켰다.

"선수善修입니다. 지리산의 신명神明 스님에게서 수학하였는데 어찌어찌 인연이 얽히다 보니 제 사제가 되었습니다."

선수는 처영, 유정과 비슷한 또래의 중년 스님이었다. 그는 키가 크고 몸이 날씬하여 마치 허수아비가 긴 장삼을 입은 것 같았는데 두 눈이 구슬처럼 초롱초롱한 것이 인상적이었다.

선수는 휴정 스님이 대주에게 지극히 공손한 태도로 말을 하자 조용히 물었다.

"사형, 옆에 계신 스님은 누구십니까?"

처영이 재빨리 말하였다.

"대주 스님이십니다."

선수는 그 자리에서 엎드려 큰절을 하였다.

"스님, 선수가 대주 스님께 인사드리옵니다."

대주는 선수의 어깨를 들어 천천히 몸을 일으켰다. 선수는 몸을 일으키자 두 눈에 이채를 띠며 다시 말하였다.

"돌아가신 신명 스님께서 대주 스님의 이야기를 자주 하셨습니다. 법력이 대단히 높은 당대의 숨은 고승이라고 말입니다."

"허허허. 모두 다 부질없는 말이외다."

대주는 이미 세속의 일에 미련이 없는지라, 그저 신명이 덧없이 떠나갔다는 말에 일세가 허망하다는 생각이 들어 길게 탄식을 하였다. 이때 휴정이 영규에게 말하였다.

"영규야, 갔던 일은 어떻게 되었느냐?"

"송화현松禾縣에서 정탐을 하던 왜놈을 끝내 사로잡지 못하였습니다. 그렇지만 그놈이 가지고 있던 물건은 이렇게 찾아올 수 있었습니다."

영규는 품속에서 종이 하나와 날카로운 단검 하나를 꺼내어 휴정에게 올렸다.

휴정이 받아서 종이를 펼쳐보니 황해도黃海道를 구석구석 그린 지도였는데 각 현의 병력 상황과 인구까지 상세하게 기록이 되어 있었다.

휴정의 옆에서 지도를 보던 지공은 얼굴을 찌푸리며 말했다.

"이것 정말 보통 일이 아니군요. 이렇듯 상세히 기록할 정도라면 말입니다."

휴정은 고개를 끄덕였다.

"그렇습니다. 이 나라가 어찌 되려는지……."

한숨을 길게 쉬던 휴정은 유정에게 받은 단검을 뽑아 보였다. 단

칼에 무엇이라도 베어낼 것 같은 시퍼렇게 날이 선 왜도(倭刀)가 햇살을 받아 번득였다.

"대주 스님, 왜구의 첩자들이 이 나라를 돌아다니며 나라의 사정을 캐고 있습니다. 왜란의 전조가 이렇듯 손에 있고, 닥쳐올 화가 눈에 보이는데 어찌하면 좋겠습니다."

"먼 후일의 이야기입니다. 당장 시급한 화란을 해결하는 것이 순서일 것 같습니다."

휴정이 몇 번 고개를 끄덕이다 고개를 돌려 유정에게 물었다.

"유정아, 돌림병은 어찌 되었느냐?"

"돌림병이 문화, 신천, 송화현 일대에 만발하여 그 형상이 말로 표현할 수 없을 지경이었습니다. 다행히 관원이 사람들의 출입을 막아 재령(載寧) 이북과 개성으로 병이 번지지는 않았지만 이대로 가다간 세 고을의 사람들이 몰살하게 생겼습니다."

"나라에서는 어떤 대책을 세웠는지 알아보았느냐?"

"네, 나라에서 의원과 곡식을 보내긴 하였지만 제자가 보건데 진실로 심각한 문제는 의원에게 있는 것 같더이다. 나라에서 내려온 식량이 턱없이 부족하지만 그나마 죽을 쑤어 연명을 할 정도는 되는 것처럼 보였습니다. 그러나 정작 병자들을 치료할 의원들은 전염이라도 될까봐 무서워서 팔짱을 낀 채 나서지 않으니 그것이 문제였습니다. 인근의 의원들 역시 병이 옮을까 싶어 한사코 들어가길 거절하는 실정이옵고, 조정에서 의원들이 왔다지만 그들 역시 몸을 사려 병을 진압할 생각은 않고 퍼지는 것만 막고 있는 실정이다보니 벌써 고을의 인구 중 반수가 저승 넋이 되고 말았습니다."

"어허! 이 일을 어찌할꼬! 자기 목숨 중한 줄 알면 남의 목숨 중한 줄을 왜 몰라? 의원이 어찌 자기만 살겠다고 죽어 가는 병자를 내버려둔단 말인가. 천벌을 받을 일이네, 천벌을 받을 일이야."

하늘을 바라보며 한탄하던 휴정이 고개를 돌려 대주에게 물었다.

"대주 스님, 우리가 그들을 구할 방도를 말해주십시오."

대주가 입을 열었다.

"지금 월정사에 모인 사람들을 세 무리로 나누어 각각 한 고을씩 맡되, 한 무리는 소승이, 또 다른 무리는 휴정 스님이, 그리고 나머지 무리는 지공 스님이 맡아 식량을 각 고을에 운반토록 하십시오. 그리고 이곳에서처럼 고을에 들어가시거든 산삼을 다려서 병자에게 한 사발씩 먹이고 죽을 쑤어 먹인 후 식량을 나누어주신다면 돌림병도 없어질 뿐더러 보릿고개도 무사히 넘길 수 있을 것입니다."

대주는 가져온 나무함에서 수십 뿌리의 산삼을 꺼내 지공과 휴정에게 나누어주었다. 갑자기 월정사 경내가 산삼 향기로 가득하였다. 휴정은 산삼을 받들며 대주에게 말하였다.

"이렇게 많은 삼을 어찌 구하셨습니까?"

"허허허. 우리 범이가 수고를 하였지요."

대주가 고개를 돌려서 옆에 있는 범이를 바라보니 사람들의 시선이 일제히 범이에게 고정되었다. 어릴 적부터 백두산을 제집 안마당처럼 돌아다니던 범이는 심마니들이 늘상 찾아 헤매는 산삼이 어디에 있는지 손바닥처럼 알고 있었다. 그런 범이에게 산삼을 찾아오는 것은 수고라고 할 것까지는 없어서 부끄럽고 무안한 마음에 머리를 긁적였다.

이때 범이를 물끄러미 바라보던 유정이 손가락으로 가리켰다.

"저, 저, 아이는 그때 그?"

처영이 웃으며 말하였다.

"맞네. 우리가 백두산에서 보았던 범이일세."

"천둥벌거숭이 같더니 저렇게 입고 나니 다른 사람 같습니다. 그땐 아이 같더니 지금은 과년한 젊은이가 되었어요. 과연 옷이 날개란 말이 틀림없군요."

유정은 한동안 넋을 놓고 바라보다가 천천히 다가와 범이에게 말을 걸었다.

"범이야, 나를 알겠느냐?"

"응."

범이는 유정의 말을 듣고 고개를 몇 번 끄덕거렸다.

이때 휴정이 말했다.

"무얼 하는 게야? 어서 산을 내려갈 채비를 하거라. 할 일이 많다."

유정은 얼른 범이의 손을 놓았다.

"범이야, 지금은 바쁘니 나중에 보도록 하자."

범이는 고개를 끄덕였다. 이내 유정과 처영, 영규 등 월정사의 많은 스님들이 부산하게 움직였다.

3

　구월산에서 내려온 대주는 백손 일행을 이끌고 문화현文化縣으로 향하였다. 백손 일행이 오랫동안 먼 길을 걸어온 까닭에 피곤하기도 하련만 어찌 된 영문인지 그들은 피곤함을 느낄 수 없었다. 월정사에서 쓴 물 한 사발—이들은 산삼 달인 물이라는 것을 모르고 있다—과 죽 한 그릇을 먹었을 뿐이었건만 어째서 자신들의 몸에 기운이 넘치는지 아무리 생각해보아도 영문을 알 수 없었다. 그들은 단지 좋은 일을 한다는 기분에 몸에서 기운이 나는 것이라 생각할 따름이었다.

　구월산에서 삼십 리 길을 내려와 문화현에 이르니 바람결에 역겨운 냄새가 코를 찔러 일행들은 모두 얼굴을 찡그렸다. 고을 중앙에서는 시커먼 연기가 솟아오르고 있었는데 매캐하고 역겨운 냄새는 바로 그곳에서 풍겨 나오고 있었던 것이다.

범이는 대주를 바라보았다.

'할아버지, 저게 뭔가요?'

'연기란다. 죽은 사람들의 영혼이 저 연기를 타고 하늘로 올라가는구나.'

범이는 대주의 눈에 눈물이 어린 것을 보고 가만히 대주의 얼굴을 바라보았다. 범이의 가슴에도 깊은 슬픔과 안타까움이 갑자기 밀려 들어와 가슴 가운데가 막힌 듯 찡해지는 것이었다. 대주의 슬픈 마음이 자신에게 통하였음을 느꼈다.

이때 대주가 고개를 돌려 백손 일행에게 말했다.

"자, 어서 가자꾸나. 한시바삐 가야지 한 사람이라도 구할 것이 아닌가?"

일행은 다시금 쌀가마니를 이고 지고 길을 재촉하였다. 그렇게 문화현을 향하여 얼마나 갔을까. 그들은 길가에서 베로 입과 코를 가린 관원들과 실랑이를 하고 있는 두 사람을 발견할 수 있었다.

관원 세 사람은 두 사람을 끌고 가려는 모양새고, 두 사람은 땅바닥에 엎드려 한사코 일어날 생각을 않고 실랑이를 하고 있었다.

"어서 일어나지 못해? 어서 가자고."

"죽어도 못 갑니다. 거기가 어디라고 갑니까? 차라리 우리를 죽이고 가시구려."

"이봐, 사람이 죽어가고 있어. 자네들밖에 없으니 고집 부리지 말고 가자고."

"안 된다는데 왜 그러십니까? 안 돼요, 안 돼."

한참을 실랑이를 하던 관원들은 많은 사람들이 다가오는 것을 보고는 멍한 표정으로 일행들을 바라보았다.

관원의 옆을 지나가던 백손은 호기심이 동하여 관원에게 다가가 말을 걸었다.

"수고가 많습니다요. 그런데 무슨 일입니까? 이놈들이 무슨 죄라도 지었습니까?"

관원은 백손의 말에 대답하지 않고 일행을 유심히 바라보다가 물었다.

"어딜 가는 길이냐?"

"문화현으로 가는 길이외다."

"문화현에? 이 사람들이 제정신이야? 그곳은 돌림병이 돌고 있는 곳이란 말이다. 문화현은 출입을 금하고 있으니 어서 돌아가거라."

"알고 있습니다요."

"알고 있다? 그것을 알고 있는 사람이 그곳에 가려 한단 말이냐?"

"그래도 어떡합니까요? 한 사람이라도 살려야 할 것 아닙니까요?"

관원은 백손의 아래위를 훑어보더니 조심스레 물었다.

"의원이시오?"

금세 말투가 바뀌었다. 백손은 너털웃음을 지르며 고개를 내저었다.

"아닙니다요. 하지만 사람의 탈을 쓰고 죽어가는 사람들을 보고만 있을 수 있습니까요. 곡식하고 약재를 가져오는 길인데 조금이라도 도움이 될까 싶어 가는 길이외다."

관원은 고개를 끄덕이다가 이내 바닥에 퍼질러져 있는 사람들에게 소리쳤다.

"이놈, 들었느냐? 이들은 의원이 아닌데도 이렇게 인의仁義의 마음이 있는데, 네놈들은 명색이 의원이라는 놈들이 병자를 회피해? 네놈들은 이 사람들 보기가 부끄럽지도 않느냐?"

바닥에 엎드려 있던 의원 하나가 고개를 빼딱하게 들고 말했다.

"나리, 잘 들어보십쇼. 제가 의원이라지만 저도 사람이 아닙니까요. 사람의 목숨이 몇 개입니까요? 두 개입니까요? 세 개입니까요? 사람의 목숨이란 한 개밖에 없는 것이 아닙니까? 아무리 제가 환자를 살리는 업으로 벌어먹고 있지만 저에게도 처자식이 있는데 어쩝니까요? 제가 혹여 탈이라도 나서 덜컥 죽게 되면 제 처자는 어떻게 되는 겁니까요? 그걸 누구에게 하소연한단 말입니까요? 안 될 말입니다요. 저희는 죽어도 갈 수가 없습니다요. 죽어도 갈 수가 없습니다요."

옆에 있던 의원이 고개를 끄덕이며 말했다.

"그럼요. 이 지역에 의원이라고는 저 사람과 나밖에 없는데 행여 우리가 탈이라도 나면 다른 이들은 어떡합니까요? 죽은 사람이야 불쌍하지만 어떡합니까? 산 사람이라도 살아야지요. 그렇지 않습니까?"

백손은 그들의 작태에 분노가 치밀어 가래침을 바닥에 뱉으며 소리쳤다.

"이런 개만도 못한 놈이 있나. 너희가 사람의 탈을 쓰고 어찌 그럴 수가 있느냐? 만약 네 처자식이 돌림병에 걸렸을 때도 그러하겠느냐? 만약 네놈이 돌림병에 걸려서 아무도 도와주지 않는다면 어쩌겠느냐? 엉?"

의원은 백손의 말에도 눈 하나 깜빡하지 않고 도리어 삿대질을 하며 소리쳤다.

"이놈이? 어디다 대고 지랄이여? 이놈아, 사람 목숨은 하늘이 가져가는 것이야. 죽을 놈은 죽는 거라고. 그것이 하늘의 운명이란 말이여. 그리고 나도 사람인데 살고 봐야지. 미친놈. 네깟 놈 상대하기도 싫고 쓸데없이 싸우기도 싫으니 잔소리 말고 썩 꺼지거라."

"하! 이 인간들, 상종 못 할 인간들일세."

백손은 기가 차서 하늘을 바라보며 씩씩거리다가 갑자기 두 팔을 걷어붙이며 중얼거렸다.

"내 갈 때 가더라도 그냥은 못 가겠다. 이놈들 어디 혼 좀 나봐라."

이내 백손이 의원들을 향해 발길질을 하였다.

"어이쿠! 이놈이 사람 잡네."

의원들은 백손의 발에 차여 바닥에 몸을 구르며 곧 죽는소리를 냈다.

"아이고, 나리 살려주시오. 저 무지몽매한 왈패놈이 우리를 죽이려 합니다.”

의원 하나는 백손을 피해 관원의 등 뒤에 매달려 숨었다.

“이 자식들이 어딜 숨어? 숨는다고 내가 봐줄 줄 알고?”

흥분한 백손은 관원의 뒤에 숨어 있는 의원의 상투를 잡아 길 가운데 끌고 나오더니 주먹과 발길질을 내지르며 소리쳤다.

“이 개 같은 놈들! 어디 내 손에 한번 죽어봐라.”

장사의 한 주먹 한 발길질에 맥없이 바닥에 꼬꾸라진 의원들이 비명을 지를 사이도 없이 백손은 두 사람의 멱살을 쥐고는 바닥에 패대기를 쳤다.

“아이고! 사람 살려! 도적놈이 사람 잡는다!”

“사람 살려! 어이쿠, 나리. 뭐 하시오! 사람 잡네, 사람 잡아.”

의원들은 필사적으로 두 팔을 허우적거리며 관원들에게 도움을 요청하였지만 그들도 의원들의 행동이 얄미웠던지 헛기침을 하며 다른 곳으로 눈을 돌렸다.

관원들이 은근슬쩍 백손의 폭력을 묵인해주고 말았으니 그야말로 고기가 물을 만났고, 호랑이가 날개를 단 격이었다.

백손은 의원들을 이리 치고 패대기, 저리 치고 패대기, 돌려차기, 뒤차기, 후려치기, 볼 따귀, 양발 차며 팔 꺾기, 쓰러진 놈 짓밟기, 엎어진 놈 후리기로 잠시 만에 두 의원을 묵사발로 만들고 말았다.

“너희 같은 놈들은 따끔한 맛을 더 봐야 하지만 인생이 불쌍해서 이쯤으로 참는다.”

백손은 화가 덜 풀렸는지 씩씩거리며 반쯤 맛이 간 의원들의 멱살을 하나씩 붙잡고 잡아먹을 듯 으르렁거리다가 보리밭 언저리에 높게 쌓아놓은 퇴비를 향해 던져버렸다.

맞다가 힘이 빠질 대로 빠져서인지 의원 둘은 찍소리 제대로 지르지도 못하고 허공을 높이 날아 산더미 같은 퇴비 속에 처박혀버리고 말았으니. 제 한 목숨 살겠다고 바동거리던 의원들은 백손에 의해 폭행지옥暴行地獄을 맛보고 분뇨지옥糞尿地獄에 떨어지고 말았다.

"하하하하. 거 참 속이 다 시원하외다."

일행들은 백손이 의원들을 묵사발로 만들자 일제히 짐을 내려놓고 손뼉을 치며 환호하였다.

관원 하나가 천천히 다가오더니 백손에게 말했다.

"자네 힘이 장사일세. 그런데 어떡하나? 의원이 없으니 이 일을 어찌할 겐가? 만약 이 일이 사또의 귀에라도 들어가게 되면 자네는 치도곤을 당할 걸세."

"까짓 당하면 되지, 무어 걱정이오."

백손이 힐끔 고개를 돌려 대주를 바라보았다.

대주는 고개를 끄덕이며 빙그레 웃고 있었다. 괜히 알 수 없는 자신감이 생겨났다. 백손은 가슴을 관원에게 두드리며 말했다.

"어쨌든 가봅시다. 무슨 방법이 있겠지요."

관원이 말했다.

"자네의 의기는 좋네만 무슨 수로 돌림병을 막을 생각인가?"

"나도 모르겠수. 하지만 옛말에 백번 말하는 것보다 한 번 하는

게 더 낫다 하지 않수. 그러니 가서 생각해봅시다."

"하지만 돌림병일세. 자네들도 돌림병에 걸릴지 모르네. 그러지 말고 저 의원들을 추슬러서 데려가는 것은 어떻겠는가?"

"아니 될 말입니다. 저런 놈들은 있어봐야 짐만 될 뿐입니다."

"하지만 우리 입장도 있고 또 출입을 금하라는 명이 있었는데……."

백손은 고개를 돌려 일행들에게 소리쳤다.

"이보게, 자네들도 돌림병에 걸릴지 모르네. 그래도 괜찮겠나?"

일행 중 한 사람이 소리쳤다.

"사람이야 어차피 한 번 죽는 거 아니겠소. 나는 죽기 전에 좋은 일 한번 해보고 싶었수다. 혹시 아우? 나 같은 놈도 극락에 갈 수 있을지 말이오."

그는 멋쩍게 웃으며 가마니를 들더니 어깨에 다시 짊어졌다. 그러자 또 한 사람이 가마가 얹힌 지게를 짊어지며 말했다.

"어서 갑시다. 이미 올 때 각오하고 온 거 아니오. 힘 빠지게 그렇지 말고 어서 갑시다. 지금도 우리 같은 무지렁이 불쌍한 인간들이 죽어가고 있을 거유. 한 사람이라도 살려야지요."

또 다른 사람이 쌀을 짊어지며 중얼거렸다.

"그 사람들이나 우리나 다 같은 불쌍하고 힘없는 족속들 아니겠수. 어찌 남의 일이겠수. 힘 있는 놈들이 챙겨주지 않는다면 힘없는 우리끼리라도 서로 부둥켜안고 의지하며 살아야 하지 않겠수. 자, 어서 갑시다."

둘러선 사람들이 일제히 가지고 온 쌀섬을 어깨에 짊어졌다. 백손은 가슴속에 의분이 솟구쳐 퇴비 속에서 허우적거리는 의원들을 가리키며 소리쳤다.

"저 개만도 못한 의원 놈들은 퇴비 속에서 살게 내버려두고 어서 갑시다."

관원이 사람들을 안내하였다. 범이 또한 그들의 모습에서 따뜻한 인간애를 느끼고 다시 한 번 자신이 사람이라는 것을 감사하게 생각하였다.

4

　문화현과 가까워질수록 사람 타는 고약한 냄새는 더욱 진하게 풍겨왔다. 노린내 같기도 한 역겨운 냄새에 절로 얼굴이 찌푸려졌다. 변두리에 있는 집에서 시뻘건 불길이 솟아오르는 것이 눈에 띄었다. 마을 앞에는 금줄이 쳐져 있고 그 앞에 창을 든 군졸들이 엄중히 길을 막고 있었는데, 이들은 백손 일행과 동행한 관원의 말을 듣고 재빨리 관아의 사또에게 사람을 보내었다.

　잠시 후 사또가 도착하여 백손 일행에게 말하였다.

　"너희들의 의기는 가상하다만 죽음이 두렵지 않느냐? 이곳은 돌림병이 돌고 있는 곳이거늘 어딜 들어가려는 게냐? 그 마음은 알았으니 어서 돌아가거라."

　그러자 사람들 사이에 있던 대주가 사또에게 다가가 합장을 하며 말하였다.

"사또, 사람 인人의 자의字意는 사람과 사람이 서로 기대어 돕는다는 의미입니다. 사람이 어려움에 처한 사람을 돕지 않고서 어찌 사람이겠습니까? 저희가 들어가 병자를 돌볼 터이니 길을 열어주십시오."

사또는 대주의 거룩한 풍도를 보곤 탄식하며 조용히 말했다.

"스님은 뉘시오?"

"저는 산천을 떠도는 객승입니다. 제게 방도가 있사오니 길을 열어주십시오."

대주의 얼굴에서는 감히 범접지 못할 위엄이 서려 있었다. 그의 말에 알 수 없는 신뢰감이 느껴졌다. 사또는 부드러운 어조로 다시 물었다.

"그대가 돌림병을 고칠 수 있단 말이오?"

"그렇습니다. 저를 믿으신다면 어서 길을 열어주십시오."

사또는 태산과 같은 대주의 위엄에 더 물어볼 엄두가 나지 않아 군졸들에게 길을 열어 주라 명하였다.

대주는 관원이 길을 열어주자 천천히 마을로 들어갔다.

뿌연 연기가 자욱한 문화현은 그야말로 죽음의 마을이었다. 불타는 초가에서는 사람 타는 냄새가 진동하고 있었으며 곳곳에 힘없는 비명을 지르는 사람들이 널브러져 있었다. 입을 베로 가린 관원들이 방금 죽은 시신을 거적에 말아 부산히 옮기고 있었으며, 가족을 잃은 병자들이 시신을 따라가며 울부짖는 모습들도 흔하게 발견할 수 있었다.

마을 안으로 들어가니 실로 처참함이 극에 달하였다.

살은 어디 가고 대나무 마디 같은 앙상한 팔과 다리, 뼈만 남은 갈빗대, 그리고 부황浮黃이 들어 누런 살갗에 배만 볼록한 채 갈빗대가 드러난 앙상한 몰골로 죽어가는 아이와 노인들의 모습들이 여기저기에서 발견되었다. 돌림병도 큰일이었지만 극심한 기아飢餓 역시 돌림병 못지않은 고통임을 알 수 있었다.

백손은 안타깝고 불쌍한 마음에 소매로 눈가를 쓱 닦았다.

"이런 젠장, 정말 눈뜨고는 못 봐주겠구먼."

일행들 역시 이런 처참한 광경이 펼쳐지고 있으리라고는 생각지도 못했던 참이라 어안이 벙벙하여 들고 있던 쌀섬을 내려놓고 대주를 바라보고만 있었다.

대주는 길게 한숨을 내쉬더니 소매에서 산삼 여러 뿌리를 꺼내며 말했다.

"백손아, 너는 이것을 우물 속에 잘게 잘라 던져놓고 오너라."

백손은 대주의 명에 따라 그것을 잘게 자른 후 가까운 우물에 집어넣고 돌아왔다.

대주는 백손이 돌아오자 일행을 따라온 몇 사람의 여인들에게 우물가에서 물을 끓이고 죽을 쑤라 명하는 한편, 장정들에게는 폐가의 가마솥을 뜯어내어 우물가로 옮기라고 말하였다. 그리고 힘 있는 다른 장정들에게는 살아 있는 마을 사람들과 돌림병 환자들을 우물가로 데려오라 명하였다.

사람들은 재빠르게 움직였다. 그들이 일사천리로 맡은 일을 행하는 동안, 우물가에서 물이 끓길 기다리던 대주는 품속에서 몇 뿌리의 산삼을 꺼내어 끓는 물 속에 집어넣었다.

백손은 장정들과 함께 살아남은 병자들을 찾아 우물가로 옮겼다. 범이 역시 백손을 따라 죽어가는 아이들과 노인들을 우물가로 옮기는 일을 하였는데, 사람들의 모습이 비참하여 차라리 자연에서 살 때가 좋았다는 생각이 자꾸만 들었다.

사람들이 우물가로 모여들자, 대주는 병자들에게 뜨거운 물 한 모금씩을 나눠주고 하얀 쌀죽을 한 그릇씩 퍼주라 명하였다.

명을 받은 여인네들의 손길이 재빠르다. 물을 퍼주고 죽을 담아주는 일이 달음질보다 빨랐다. 허기에 지치고 병마와 싸우던 사람들은 아낙네들이 주는 음식을 허겁지겁 받아먹었다. 그 어떤 음식이 이보다 맛있을 수 있으랴. 혼魂을 되돌린다는 산삼山蔘의 약효를 어떤 병인들 당할 수 있으랴.

오랜 굶주림 덕에 병을 깊이 얻은 병자들은 쓰디쓴 삼물을 마시자 기운이 나고 정신이 들었다. 병자들 대부분이 밥 구경을 한 지 오래된 사람들이라 나눠준 쌀죽을 한 사발씩 비우고 나자 언제 그랬냐는 듯 두 눈이 말똥말똥하게 빛나기 시작하였다.

정신을 차린 병자들 중에는 덧없이 떠나버린 가족을 생각하곤 땅을 치며 통곡하는 사람들도 있었으며 살아남은 가족들을 부여잡고 오열하는 사람들도 있었는데, 일을 도와주러 온 아낙들이 그 모습을 보며 눈시울을 적시지 않는 이가 없었다.

병증이 심해 다 죽어가던 환자들은 대주가 다가가 이마 위에 손가락을 한동안 얹고 나면 잠시 후에는 기운이 회복되었고, 그 후에는 산삼 물을 마시고 정신을 차렸는데 그렇게 한나절이 지나자 마을에는 언제 돌림병이 돌았냐는 듯 사람들이 하나둘 원기를 회복하였다.

신기한 일이었다. 백손 일행은 죽어가던 마을 사람들이 거짓말처럼 기운을 회복하자 말할 수 없는 기쁨과 행복을 느끼며 한편으론 대주 스님에 대한 경외감에 그의 말을 철석같이 따랐다.

대주는 사람들이 원기를 회복하자, 이번에는 돌림병으로 죽은 시체들을 마을 어귀에 있는 초가집으로 모으라 명하였다. 마을을 이 잡듯이 뒤져서 사십 구 남짓 되는 시신들을 끌어모으자 이번에는 마른 장작을 초가 주위에 높게 쌓으라 하였다.

잠시 후 장작이 집 안에 가득 차자 대주는 미련 없이 불을 들어 초가 위에 던졌다. 초가에 불이 옮겨붙기가 무섭게 불길은 마귀의 혓바닥처럼 초가를 날름날름 집어삼켰다. 원기를 회복한 병자들은 자신의 친지와 가족이 불길 속에서 재가 되어 사라지자 슬픔을 이기지 못한 채 바닥에 엎어져 발을 굴리기도 하고 땅을 치며 통곡하기도 했다.

슬픈 울음소리에 범도 마음이 아파 저도 모르게 눈물을 뚝뚝 흘리고 백손 일행도 눈시울을 붉히며 눈물을 닦았으니 애절한 울음소리에 동하지 아니한 사람이 없었다.

사람들의 원통한 마음이 하늘까지 미친 것일까. 맑던 하늘에 먹장 같은 구름이 드리워지더니 이내 사방이 칠흑처럼 어두워졌다.

"나무아미타불 관세음보살……. 나무아미타불 관세음보살……."

대주는 마당 한가운데에 서서 불타는 초가를 바라보며 염불을 외웠다. 사람들은 신통력 높은 고승이 불타는 초가 앞에서 염불을 외자 울음을 멈추고 그 자리에 꿇어앉아 합장하며, 돌림병으로 죽은 사람들이 아픔도 모르고 배고픔도 모르는 극락정토에 가게 되길 진심으로 기도하였다. 범이 역시 그들의 슬픔이 가슴 가득 느껴져서 자신도 다른 이들과 함께 두 손을 모아 합장을 하며 죽은 이들을 위해 기도하였다.

염불은 불길이 사그라진 다음 날 오후까지도 계속되었는데, 대주가 염불을 마치자 시커먼 구름이 걷히더니 이윽고 둥근 해가 사방을 환히 밝혀주었다. 사람들이 이 광경을 이상하게 생각하며, 일변 이곳에서 죽은 사람들이 모두 살기 좋은 극락으로 갔을 것이라 생각하였다.

한편 돌림병 때문에 노심초사 고심하던 사또는 문화현의 돌림병이 하루에 제압되었으며 인근의 두 고을 역시 돌림병이 진압되었다는 소식에 나는 듯 사람들을 인솔하고 고을 안으로 들어갔다. 고을에 들어가 보니 우물가에서 대주가 살아남은 사람들에게 곡식을 나누어주고 있었는데, 사또는 너무나 반가워서 그의 손을 덥석 잡으며 치하하였다.

"대사, 정말로 고맙소이다."

대주는 빙그레 웃으며 말했다.

"사또께서 마음고생이 많으셨지요."

"아닙니다, 아닙니다. 그런데 대사님의 존함이 어떻게 되시는지요?"

대주는 빙그레 웃기만 할 뿐 아무런 대답을 않다가 손에 들고 있던 됫박을 사또의 손에 쥐여주며 말했다.

"사또, 앞으로 문화현에는 돌림병이 없을 것입니다. 먼저 백성들을 생각하옵고, 그다음에도 역시 백성들을 생각하오면 사또의 복록도 무궁할 것이며 후손들에게도 무한한 복록이 있을 것입니다. 부디 명심하소서."

대주는 말을 마치자 옆에 있는 범이에게 고개를 돌려 말했다.

"범이야, 이제 우리 가볼까?"

이내 대주는 사또에게 합장을 한 후 천천히 걸음을 옮겼다.

"이, 이보시오! 스님!"

사또의 말이 미처 끝나기도 전이었다. 대주와 그 시동의 신형은 마치 구름을 탄 신선처럼 눈 깜짝할 사이에 동네 밖을 벗어나고 있었다.

잠시잠깐 사이에 두 사람이 사람들의 시야에서 사라지고 말았다.

"저, 저들이 정녕 사람이란 말인가?"

사또는 보고도 믿을 수 없어서 멍하니 그들이 사라진 방향을 바라보며 중얼거리다가 옆에서 뒤주를 들고 있는 아낙에게 물었다.

"너희들은 저 스님과 함께 왔으니 이름을 알겠구나."

"저희들도 잘 모릅니다요. 월정사에서 처음 본 스님인데 임씨가 스님을 데리고 왔다는 것밖에는 모릅니다요."

"오! 그래? 그렇다면 그 임 씨는 어디에 있느냐?"

"장정들과 마을을 보수하고 있을 겁니다요."

"오! 그럼 어서 그를 데리고 오너라."

군졸 두 사람이 명을 받고 재빨리 마을을 뒤졌다.

한편 백손은 장정들과 마을 곳곳을 보수하다가 군졸 하나가 달려와 사또가 부른다고 전하자 즉시 우물가로 달려왔다.

"저를 부르셨습니까? 사또!"

사또는 꾸벅 인사를 하는 백손을 보며 말했다.

"자네가 임백손인가?"

"그, 그렇습니다요."

"자네가 데리고 온 스님의 이름이 무언가?"

백손은 이상하게 생각하며 머리를 들어 말했다.

"그게 무슨 말씀입니까요, 사또?"

"자네가 데려왔다는 그 스님의 이름이 무엇인가? 이름이라도 알게 되면 나라님께 상소를 올려 후에 크게 치하할 것이 아닌가? 그런데 이름도 가르쳐주지 않고 바람처럼 사라져버렸으니 이런 난감할 때가 있나. 자네가 그 스님을 데려왔다 하니 알 것이 아닌가. 어서 말해보게. 내 큰상을 내리도록 상주할 테니 말일세."

백손은 대주가 일부러 자신의 이름을 가르쳐주지 않았다 생각하며 머리를 내저었다.

"사또, 저도 얼마 전에 우연히 만난 스님이라 이름은 잘 모르겠습니다요."

사또는 백손의 말에 무릎을 탁 치며 말했다.

"허허. 이런 신통한 일이 있나? 정녕 그 스님이 부처의 화신이란 말인가?"

그러고는 한참 동안 하늘을 바라보다가 이내 백손에게 부드럽게 말했다.

"그래, 그대와 함께 온 사람들은 모두 어디서 사는 사람인고?"

백손은 머리를 긁적이며 말했다.

"저희는 구월산 회장골에서 화전을 일구며 사는 사람들입니다."

"뭐라고? 그대들같이 의기로운 사람들이 숨어 지내던 사람들이란 말인가? 허허. 이런 일이 있나. 이번에 내가 그대들을 받아줄 터이니 모두들 이곳으로 옮겨오도록 하게. 그대들같이 의기로운 사람들이 이 동네에 들어온다면 내 마음이 든든하겠네. 내 나라님께 장계를 올릴 터이니 자네들은 아무 걱정 말고 이 동네로 이사를 오게나."

그 말에 백손 일행들이 환호를 지른 것은 말할 것도 없고, 문화현 사람들도 좋아서 덩달아 덩실덩실 춤을 추며 기뻐하였다.

사람이 없어진 마을에 사람이 돌아왔으니 고을을 다스리는 사또로서는 나쁜 일이 아니었다. 사또가 그 모습을 보고 흡족해하며 수염을 쓸고 있을 때 한 아낙이 우물물을 길어 사또에게 바치며 말했다.

"사또, 이 물을 마셔보옵소서. 물맛이 정말로 좋습니다요."

사또는 돌림병이 돌던 마을의 우물이라 꺼림칙하였지만 백성이 주는 것이라 먹는 흉내라도 낼 양으로 바가지를 입에 가져갔다. 그런데 물에서 향긋한 냄새가 풍기는 것이 이상하여 아낙에게 물었다.

"이게 무슨 냄새인고?"

"저도 잘 모르겠습니다. 어제저녁부터 물에서 향기로운 냄새가 나고 물맛이 좋기에 사또께 맛을 보이는 것입니다."

백손은 대주가 산삼을 주었던 것을 떠올리고 껄껄 웃으며 말했다.

"어제 스님께서 산삼을 제게 주시며 이 연못에 넣으라 하시더니 그 새 삼향蔘香이 밴 모양입니다."

"귀하디귀한 산삼을 이 연못 안에 넣었단 말인가?"

"그렇습니다요."

사또는 백손의 말을 듣고 바가지를 기울여 우물물을 마셔보았다. 과연 물맛이 개운하면서 뱃속까지 청량한 느낌이 드는 것이 입 안에 찰싹 달라붙었다.

"허허. 세상에 산삼 우물이 또 있으랴? 허허허. 약 우물이 우리 현에 있으니 이제 돌림병이 얼씬하지 못하겠구나. 허허허."

사또는 기분이 좋아서 연신 크게 웃으며 우물물을 홀짝홀짝 마시었다. 후에 사람들이 이 우물을 삼정蔘井이라 불렀는데 지금도 남아 있는지는 알 길이 없다.[7]

후에 회장골에서 모여 살던 백손 일행은 고을 사람들의 환영을 받으며 문화현에 정착하게 되었고 백손에게 얻어터진 의원들은 또 다시 관청에 불려나와 사또의 명을 거역한 죄로 치도곤을 당하였으니, 착한 일을 하면 복을 받고 악한 일을 하면 화를 입는다는 법칙이 현실 속에도 없지는 않았다.

7) 황해도(黃海道) 문화현(文化縣)에 가면 삼정(蔘井)이라는 우물이 있었다 하는데 아직까지 남아 있는지는 알 수가 없다. 조선 후기의 실학자인 이중환(李重煥)이 저술한 택리지(擇里志) 황해도 편을 보면 이 지역의 물에 장기(瘴氣)가 많아 사람이 살기에 부적합하였다는 말이 있는데, 장기(瘴氣)란 열병의 원인이 되는 산천에서 생기는 고약한 기운을 뜻한다. 이것을 풍토병이라고 부르는데 황해도 지역에는 이 때문에 예부터 돌림병이 자주 돌았다. 의서에는 인삼을 물에 담그면 장기의 독기(毒氣)가 없어진다고 기록되어 있는데 아마도 대주는 이 우물물에 병의 원인이 있다고 보고 오래된 산삼을 집어넣어 장기를 해독시킨 모양이다.

1

이날밤, 월정사 극락보전에서는 휴정과 대주가 나무함을 사이에
두고 말없이 앉아 있었다. 노란빛이 감돌고 있는 금동 향로에서 하
얀 연기가 길게 피어오르다가 살짝살짝 좌우로 흔들리더니 끊어질
듯 허공으로 흩어지고 있었다. 그 연기의 끝자락에 은근한 미소를
흘리며 앉아 있는 아미타여래좌상이 일렁이는 촛불에 반사되어 은
은한 광채를 내뿜으며 고요히 두 사람을 지켜보고 있었다.

휴정이 차를 한 모금 마시더니 대주에게 말했다.

"대주 스님. 스님의 고견을 듣고 싶습니다. 이 나라는 앞으로 어
찌 되겠습니까?"

대주가 입을 열었다.

"휴정. 휴정도 예상하고 있겠지만 머지않은 장래에 남북으로 큰
화禍가 박두할 것입니다."

"남북으로 큰 화가 일어난단 말씀이십니까? 큰 화라면 변란變亂이 일어난다는 말씀입니까?"

"그렇습니다. 변란이 일어날 겁니다."

"닥쳐올 변란을 어떻게 대비해야 하겠습니까? 방도를 말씀해주십시오."

"천지만물은 나면서 그 임무가 정해져 있습니다. 이미 징조가 나타났다면, 그리고 그 징조를 대사께서 알고 계신다면 닥쳐올 변란을 막을 길이 자연히 보이겠지요."

"스님, 전 모르겠습니다. 이것이 이 나라의 천명이외까?"

"허허허. 이것도 천명이라면 천명이겠지요."

대주는 고개를 돌려 바깥을 바라보았다. 빨간 저녁노을에 물들어 있던 하늘은 어느덧 어둠이 내려앉아 먹장 같은 검은빛으로 변해 있었는데, 얇은 초승달이 산허리에 나타나 희미한 빛을 밝히고 있었다.

"스님, 어찌하면 변란을 막을 수 있겠습니까? 스님께서는 방법을 알고 계시지요?"

한동안 말없이 달을 바라보던 대주가 입을 열었다.

"외부의 변란은 무서운 것이 아닙니다. 정작 무서운 것은 내부의 변란이지요. 이 나라의 백성을 죽음과 고통으로 몰아넣을 내부의 변란을 두렵게 생각합니다. 변란을 막을 방법을 물어보셨지요? 내부의 변란을 막아내지 못한다면 외부의 변란은 예정된 것이올시다. 그렇지만 그 역시 정해진 길이라면 우리가 할 수 있는 일이란 변란의 피해를 최소화하는 것입니다."

"어찌하면 그리할 수 있겠습니까?"

"대비하는 수밖에 없지요."

대주는 밝은 눈을 반짝이며 휴정에게 말했다.

"이미 휴정 스님께서는 남방의 변란을 대비하고 계신 줄로 압니다. 만물은 누구나 정해진 소명이 있습니다. 이미 그것을 알고 계시는 휴정 스님은 남방의 변란을 최소화하는 것이 스님에게 정해진 운명일 것입니다."

"그럼 대주 스님께서는?"

"제 몫은 따로 정해져 있지요. 머지않아 북방에 변란이 일어날 것입니다. 그것은 운명이 저에게 남긴 몫입니다. 저는 그 몫을 다 하러 세상으로 나왔습니다."

"나무아미타불."

휴정이 불호를 외웠다.

"이제 스님을 다시 뵙긴 어려울 것 같습니다. 훗일을 부탁드리겠습니다."

대주가 두 손을 모아 휴정에게 공손하게 인사를 하였다.

휴정이 대주의 뜻을 어찌 모르겠는가. 그 역시 불호를 외우며 말 없이 인사를 하였다. 극락보전 가운데 앉아 있는 불상이 말 없는 미소로 두 사람을 지켜보고 있었다.

딱-딱-딱-딱-딱-딱-

목탁소리가 문 바깥에서 조용하게 들려왔다. 범이는 조심스럽게 객사의 문을 열었다. 아직 동도 트지 않은 어스름 속이었다. 월정사 한켠에 있는 종각鐘閣 앞에서 누군가 오르락내리락하며 중얼거리는 모습이 그림자처럼 희미하게 보이더니 '딱딱딱딱' 하는 목탁木鐸 소리와 높았다 낮았다 끊일 듯 끊이지 않을 듯 조용한 염불 소리가 들려왔다.

땅–땅–땅–

맑은 종소리가 뒤이어 들렸다. 목탁을 두드리던 비구니가 종각에 매달린 종을 친 것이다. 청아한 종소리가 산사의 새벽을 깨뜨리며 오랫동안 여운을 남기었다. 종을 치던 스님은 이내 두 손을 합장하여 열심히 무언가를 외웠다.

清響徹雲頻到耳 청향철운빈도이
憑覺光陰似急流 빙각광음사급류
大扣小扣自有由 대구소구자유유
再鳴三鳴各報更 재명삼명각보경
願北鐘聲編法界 원북종성편법계
鐵圍幽暗悉皆明 철위유암실개명
三途雖苦破刀山 삼도수고파도산
一切衆生成正覺 일절중생성정각

맑은 소리 구름을 뚫고 번번이 들리오니

광음光陰이 급류 같음을 그때마다 깨닫습니다.

크게 치고 작게 치니 모두가 까닭이 있사오며

두 번 울고 세 번 우니 각각 때를 아룀이라.

원컨대 이 종소리 법계를 두루 울려

지옥의 그윽한 어둠까지 모두 밝게 하소서.

삼도三途 비록 괴로워도 도산刀山을 깨뜨리고

일절 중생一切衆生이 바른 깨달음 이루게 하소서.

하루를 시작하는 삼계의 중생들이 모두 깨어나라는 축원의 소리
였다. 범이는 스님이 정성스럽게 외는 경經이 무슨 뜻인지는 알지
못하나 맑은 종소리와 경건한 스님의 모습을 바라보니 헝클어진
머리가 맑아지는 것을 느꼈다.

어느덧 종을 치던 스님도 어디론가 사라져버리고 거무스름한 새
벽 찬바람에 먹이를 찾는 부산한 참새들이 종각 주위를 분주하게
날아다니고 있었다.

범이는 방문을 열어 깊은 호흡을 들이쉬었다. 새벽 찬바람이 답
답하던 가슴을 맑고 청량하게 만들어주는 것 같았다.

"범이야, 일어났느냐?"

고개를 돌려보니 가부좌를 틀고 죽은 듯이 앉아 있던 대주가 말
했다.

"할아버지."

범이가 꾸벅 인사를 하자 대주는 자리에서 일어나 하얀 도포를 입으며 말했다.

"나와 함께 가자꾸나."

"어딜?"

"한양에 갈 거다. 거기서 만날 사람이 있단다."

도포를 갖추어 입은 대주가 빙그레 웃었다.

2

아직 잠도 깨지 않은 이른 아침에 범이는 대주를 따라 구월산을 내려왔다. 백두산을 떠나올 때 가져온 짐이 없어진 범이는 홀가분한 차림이라 발걸음이 나는 듯이 가벼웠다. 두 사람이 이날 구월산을 내려와서 삼백 리 한양 길을 그날 저녁 무렵에 당도하였다.

범이는 흥인문을 들어서면서부터 생전 보지 못한 큰 성과 큰 건물, 수많은 사람들의 모습에 입이 쩍 벌어졌다. 범이가 백두산을 내려온 짧은 시간 동안 보았던 마을과 사람들은 이곳 한양의 문물에 비할 바가 아니었다.

정연한 길과 다리, 크고 빼곡한 기와집들과 사람들이 범이의 넋을 빼어놓았다.

"범이야, 정신 차리고 잘 따라오너라."

범이는 대주를 행여 놓일세라 병아리 암탉 뒤를 쫓듯이 대주를 뒤따랐다.

다리를 건너고 큰길을 지나 얼마나 갔을까? 멀리 푸른 강물이 넘실거리며 흘러가고 그 앞에 모래사장이 넓게 펼쳐진 강변이 나타났다.

동재기 나루였다.

하늘을 그대로 담은 푸른 한강 중앙에는 사람들을 잔뜩 태운 나룻배가 강을 건너고 있었는데 하얗게 펼쳐진 모래사장 위에 한 무리의 사람들이 개미떼처럼 빼곡하게 모여 있었다.

범이가 대주와 함께 나루를 향해 다가가 보니 마침 강을 건넌 배에서 사람들이 썰물처럼 빠져나와 나루터 모래사장에 더욱 많은 사람들이 모여들었다. 가까이 다가가 보니 이미 한쪽에서는 광대들이 줄타기를 하고 있었는데 다른 쪽에서는 웅성웅성 둘러선 사람들 사이에서 격렬한 환호성이 터져 나오고 있었다.

하늘을 찌를 듯 높이 솟은 커다란 붉은 깃발 아래 햇빛을 막는 천막이 쳐져 있는 곳에는 쌀 세 가마, 광목 몇 필과 말뚝에 커다란 황소 한 마리가 매어져 있었고 그 옆에는 벙거지를 쓰고 검은 쾌자를 입은 군졸 여러 사람이 창을 들고 서 있었다.

농자천하지대본農者天下之大本이라는 글자가 쓰인 붉은 깃발이 부는 바람에 힘차게 펄럭거렸다.

대주가 물끄러미 깃발을 바라보다가 씨름판이 열리는 곳으로 천천히 다가갔다.

"엿 사쇼! 엿이요! 엿이요!"

떡이며, 엿을 파는 사람들이 좌판을 들고 커다란 가위를 쩽강거리며 돌아다니는 씨름판에는 구경꾼들이 모래판 위에 빼곡히 앉아 한참 벌어지고 있는 씨름을 구경하고 있었다. 한쪽에서는 기회를 노리는 건장한 사내들이 팔짱을 낀 체 험상궂은 얼굴로 씨름판을 바라보고 있었다.

전에 없이 벌어지는 씨름대회라 황해도와 경기 일대의 장사들이 너나없이 몰려들어 씨름판 좌우에 덩치 큰 사내들이 수없이 모여 있었는데, 씨름판 앞에 큰 휘장을 쳐놓은 곳에는 검은 수염이 탐스럽게 난 병조판서 이이가 커다란 교의交椅 위에 앉아 있었고, 그 옆에 눈이 부리부리하고 덩치가 큰 무관 하나가 칼을 차고 서 있었다.

휘장 좌우에는 북과 장구를 든 아리따운 기생들이 줄줄이 서 있었는데 녹의홍상綠衣紅裳을 곱게 차려입고 아리땁게 화장한 얼굴로 방긋방긋 웃으며 씨름하는 모습을 바라보고 있었다.

좋은 구경거리를 보려고 모여든 사람들은 씨름판과 기녀들을 보느라 두 눈이 정신없이 돌아가고 그런 사이에 승부가 결정되면 손뼉을 치면서 즐거워하였다.

휘장 가운데 앉아 있는 병조판서 이이는 온화한 기품이 서린 얼굴에 난 탐스러운 수염을 쓰다듬으며 씨름판을 바라보고 있었다.

"와아아아."

사람들 사이에서 격렬한 환호성이 터져 나오는 바람에 범이는 얼른 씨름판으로 고개를 돌렸다. 한 사내가 커다란 덩치의 사내를 모랫바닥에 메어꽂고는 두 팔을 벌리며 호랑이처럼 포효하고 있었다.

땀에 젖은 장사의 넓은 어깨가 햇빛을 받아 번쩍거렸다. 모래판에 엎어진 사내가 얼굴에 잔뜩 묻은 모래를 털며 바깥으로 나가자 휘장 앞에 서 있던 갓을 쓴 급창이 소리를 질렀다.

"양주의 강만돌, 승."

그러자 휘장 앞에 둘러서 있던 기생들이 일제히 북을 치고 장구를 치며 노래를 불러 흥을 돋우었다.

어얼시구 저얼시구 자진 방아로 돌려라

아하 하— 에헤요 에헤여라 방아 흥아로다—

정월이라 십오일 구머리 장군 긴 코백이 액맥이 연이 떴다

에라디여— 에헤요 에헤여라 방아 흥아로다—

이월이라 한식날 종달새 떴다

에라디여— 에헤요 에헤여라 방아 흥아로다—

삼월이라 삼진날 제비새끼 먹마구리 바람개비가 떴다

에라디여— 에헤요 에헤여라 방아 흥아로다—

사월이라 초파일 관등하러 임고대 사면보살 장안사 아가리 벙실 잉어 등에 등대줄이 떴다

에라디여— 에헤요 에헤여라 방아 흥아로다—

오월이라 단오일 송백수양 푸른 가지 높다랗게 그네 매고 작작도화 늘어진 가지 백능 버선에 두 발길로 후리쳐 툭툭차니 낙엽이 둥실 떴다

에라디여— 에헤요 에헤여라 방아 흥아로다—

방아타령 한 자락에 구경하던 사람들은 흥에 겨워 춤도 추고 노래도 부르며 한바탕 어우러졌다. 이내 한바탕 노래판을 벌이던 기생들의 소리도 끝이 나고 구경꾼들의 환호성도 잦아들자 급창은 한 손으로 목을 잡고 행-행-거리다가 다시 목을 가다듬어 소리쳤다. 범이는 이런 구경거리는 처음이라 넋을 놓고 바라보았다.

씨름판에서 장부를 뒤적이던 읍창이 소리쳤다.

"자, 강만돌에게 도전할 사람 나오시오."

그러자 웃통을 벗은 사내 하나가 씨름판으로 들어섰다. 그는 관리에게 읍을 하곤 소리쳤다.

"양천陽川에서 온 길개똥이오."

급창이 재빨리 들고 있던 장부에 이름을 적어 넣었다.

범이가 모래판 가에서 가만히 바라보니 길개똥이라는 사내는 강만돌에 비해 덩치도 작고 왜소하였으나 온몸이 다부진 근육질로 뭉쳐져 있어 언뜻 보기에도 단단한 바윗돌 같아 보였다.

이내 씨름판 가운데 서 있던 심판이 강만돌과 길개똥을 무릎 꿇게 하더니 샅바를 잡게 하였다. 강만돌은 땀으로 얼룩진 얼굴을 솥뚜껑 같은 손으로 쓱 닦더니 왜소한 길개똥의 샅바를 잡았다. 이때 길개똥은 길게 손을 뻗쳐 왼다리에 매어진 샅바를 깊숙이 잡았다.

이내 가운데 있던 심판이 두 사람을 일으켜 세웠다.

징-

강만돌이 "으샤-" 하고 소리치면서 길개똥을 번쩍 들었다. 이내 덩치 큰 강만돌은 길개똥을 든 채 힘을 썼다. 조금만 힘을 쓰면 길개똥이 모래판에 넘어갈 것 같았지만 어찌 된 일인지 강만돌은 길개똥을 번쩍 든 채 힘을 쓰기만 할 뿐이었다.

길개똥은 고목에 매미 달라붙은 모양으로 강만돌의 몸에 찰싹 달라붙어 그에게서 떨어지지 않고 있었는데 범이가 자세히 살펴보니 길개똥이 오른쪽 발등을 상대의 오른쪽 무릎 관절에 바싹 갖다 대고 무릎을 상대의 허벅지 안쪽으로 밀착시켜 강만돌이 들어올리는 힘을 근본적으로 차단하고 있었다.

"어여차."

"으라차차."

몇 번을 들어 매치려하던 강만돌은 거머리처럼 찰싹 몸에 달라붙어 떨어지지 않는 길개똥을 모래사장에 내리꽂지 못하고 가쁜 숨을 헉-헉- 하고 내쉬었다.

땀이 물처럼 흘러내리는 그의 커다란 배가 들어갔다 나왔다 들어갔다 나왔다를 반복하였다.

"우와, 대단한데."

사람들은 길개똥의 재주에 혀를 내둘렀다.

길개똥의 재주에 힘이 빠진 강만돌은 헉-헉- 숨을 내쉬며 힘을 내기 위해 오른발을 슬쩍 뒤로 빼었다. 이때 길개똥이 그의 가슴 아래로 쑥 들어가는 것 같더니 어느새 거구의 강만돌이 모래판에 몸을 뉘이고 있었다.

"와! 길개똥이 이겼다."

앉아서 이를 지켜보던 사람들이 일제히 일어나 환호성을 질렀다. 범이는 길개똥의 재주를 보자 입이 함박처럼 벌어져 눈이 휘둥그레졌다.

범이의 옆에 있던 사람이 소리쳤다.

"왼뒤집기로구나. 정말 길개똥이 대단한 장사로구나."

범이는 모래판 가운데에서 한 손을 번쩍 들고 있는 길개똥을 멍하게 바라보다가 그가 방금 보여주었던 기술을 다시 한 번 떠올려보았다.

강만돌이 오른다리를 빼는 순간 길개똥은 몸의 중심을 낮추면서 강만돌의 왼발이 있는 위치로 왼발을 깊숙이 넣었다. 동시에 오른손으로 상대의 왼손을 쥐면서 가슴을 뒤로 젖혀 내밀며 목 뒤 부분을 상대의 왼편 옆구리에 대고 체중을 실어 상대를 눌러 밀어 넘어뜨렸던 것이다. 그런데 그 동작이 눈 깜짝할 사이에 일어난 일이라 범이는 머릿속에서 기술을 떠올려보곤 탄성을 지르며 저도 모르게 손뼉을 쳤다.

기생들의 풍악소리가 잠잠히 가라앉자 다시금 급창이 소리쳤다.

"자, 다음 길개똥에게 도전할 사람 있으면 나오시오."

그러자 또다시 덩치가 황소 같은 사내가 나타나 손에 침을 뱉더니 비비면서 소리쳤다.

"용인에서 온 황상만이오."

절구통 같은 허리에 한눈에도 역사ヵ土같은 그 사내는 씨름판 가운데에서 길개똥과 맞붙었다. 시합을 알리는 징소리가 들려오기 무섭게 황상만은 길개똥을 번쩍 들었으나 오히려 황상만이 그 자리에서 뒤로 고꾸라져 버렸다.

또다시 환호성이 터져 나온 것을 말할 것도 없고 사람들은 작은 체구에서 나오는 힘과 재주에 길개똥을 환호하며 소리를 질렀다.

"앞무릎치기가 전광석화로구나."

범이는 길개똥의 재주에 가슴이 두근거리는 것을 느꼈다. 황상 만이 들배지기를 시도하려고 발이 앞으로 나오려는 순간 길개똥이 재빠르게 오른손으로 상대가 공격해 들어오는 무릎을 손으로 치면 서 머리를 옆구리에 밀착시켜 우측으로 회전시켜 밀어버린 것이 다. 커다란 덩치들 속에 작은 길개똥의 선전은 보는 사람들의 흥을 돋구어주었다.

모래판에 우두커니 서 있던 황상만은 어이가 없는지 손에 쥐고 있던 모래를 바닥으로 팽개치더니 씩씩거리며 바깥으로 나가버리 고 말았다.

"또 길개똥에게 도전할 사람 있으면 나오시오?"

급창의 소리에 또 한사람이 나왔다.

"이천利川에서 온 장범이오."

장범이라는 사내는 길개똥과 마찬가지로 근육질의 사내로 그리 덩치가 크진 않았는데 쩍 벌어진 어깨로 길개똥을 노려보며 모랫 바닥에 무릎을 꿇었다.

"엥? 이천의 장범이가 나왔네. 작년에 아깝게도 황소를 못타더 니 올해 또 나왔구먼."

호기심이 동한 영규가 물었다.

"저 사람이 그렇게 유명하오?"

"이천에서 장범이를 모르면 안 되지. 저 사람도 길개똥처럼 기술이 대단한데 같은 부류끼리 만났으니 정말로 볼만할게요."

영규는 머리를 끄덕거리며 그들을 바라보았다.

가운데 서 있던 심판의 신호로 시합이 시작되자 두 사람의 몸이 갑자기 한데로 어우러졌다.

"으랏차차!"

"엇쑤!"

서로 한 번씩 들배지기를 시도하다가 떨어지는 순간 장범이가 불시에 호미걸이를 걸었다. 그러자 밀리지 않고 길개똥이 되치기로 받았다. 위기의 순간 장범이가 몸을 옆으로 돌리며 앞무릎치기를 하였다. 이때 길개똥이 재빨리 무릎을 뒤로 빼어 앞무릎치기를 피하였다.

"어잇!"

장범이가 얼른 한 손을 길개똥의 등으로 올리며 등샅바를 잡아채려 하였다.

길개똥 역시 몸을 돌려 샅바 잡는 것을 허용하지 않고 두 사람은 다시금 처음의 자세로 돌아와 급한 호흡을 내뱉으며 빈틈을 찾기 시작하였다. 구릿빛 등줄기에서 배어 나온 땀이 단오의 따가운 햇살을 받아 번들거렸다.

순식간에 세 번의 공방이 씨름판에서 벌어졌으며 다섯 번의 기술이 오갔다. 범이는 이들의 전광석화 같은 동작에 가슴이 두근거려 저도 모르게 침을 꿀꺽 삼켰다.

두 장사의 공방에 시끄럽던 씨름판이 갑자기 찬물을 뿌린 듯 조용해졌다. 엿을 팔던 장사치도, 떡을 파는 장사꾼도 젓가락 두드리는 것을 잊고 두 주먹을 불끈 쥔 채 그들의 모습을 바라보느라 여념이 없었다.

한동안 움직이지 않고 우두커니 서 있는 두 사람의 어깨 근육이 불끈하며 움직였다.

"으랏차차."

갑자기 장범이가 기운차게 소리를 지르며 길개똥을 번쩍 들었다.

"어딜?"

길개똥은 재빨리 오른쪽 발등을 상대의 오른쪽 무릎 관절에 바싹 갖다 대었다. 순간 장범이의 오른발이 길개똥의 왼쪽 다리를 안에서 밖으로 감더니 어깨로 길개똥을 밀면서 중심을 흐트러뜨렸다. 휘청하며 길개똥이 무너지는 순간이었다.

"아-."

사람들이 탄성을 지르며 일제히 자리에서 일어났다. 그런데 이게 어찌 된 일인가. 금방이라도 넘어질 것 같던 길개똥이 허리를 뒤로 굽히며 빠르게 상대의 다리샅바를 감싸 쥐고 오른쪽 발등을 장범이의 왼쪽 무릎 뒷부분에 대더니 빗장걸이로 되치기를 하였다. 실로 번개 같은 모습이었다. 다 이겼다고 생각한 장범이는 불시의 일격에 그만 중심을 잃고 모랫바닥으로 넘어가고 말았다.

"우와! 길개똥이 정말 대단하네."

사람들의 환호성과 기생들의 풍악이 울려 퍼져 씨름장은 그야말로 광란의 도가니가 되었다.

장범이는 어이가 없는 모양으로 멍하니 모래판에 앉아서 길개똥을 바라보았다. 길개똥은 숨을 몰아쉬며 땀투성이가 된 얼굴로 장범이에게 다가와 억센 손을 뻗으며 말했다.

"장범이, 자네 정말 대단했네."

장범이는 손을 뻗어 길개똥의 손을 잡고 일어나더니 껄껄 웃으며 말했다.

"개똥이라 했지? 네가 졌네. 하지만 다음에는 지지 않을 걸세. 두고 보게."

"기다림세. 자네 역시 소문대로였네."

"이 사람아. 그런 소리 말게. 자네 소문은 들었네만 이렇게 날랠 줄은 몰랐네. 아무튼 담에 또 보세. 정말로 담에는 지지 않을 게야."

장범이는 너털웃음을 지으며 씨름판을 내려왔다.

두 사람의 모습을 바라보는 범이는 가슴이 뭉클해왔다. 사내들의 냄새가 물씬 풍기는 씨름을 보고 있자니 범이도 씨름을 하고 싶다는 생각이 들었다. 이때 급창이 들고 있던 책을 붓으로 긁적이며 소리쳤다.

"길개똥이는 세 판을 내리 이겼으니 좀 쉬기로 하고 다음 사람 나오시오."

그의 말에 또 다른 두 사내들이 씨름판으로 들어와 자웅을 겨루었다. 모래가 튀고 환호성이 들려오는 떠들썩한 접전이 계속되었다.

씨름의 규칙은 한 사람이 세 사람을 이기면 쉬고 다음번에 또 세 사람을 이긴 사람과 승부를 겨루는 것이었는데 아직까지 세 사람을 연거푸 이긴 사람은 양천에서 온 길개똥과 적성에서 온 마길상이라는 거구의 장사뿐이었다.

어느덧 날이 정오를 지나 태양이 서산마루를 향해 달려가고 있음에도 사람들은 자리를 떠날 줄 모르고 계속되는 장사들의 출현과 그들의 기술에 환호성을 보내었다.

범이는 씨름을 구경하면서 여러 장사들의 힘과 기술에 흠뻑 빠져들어 시간 가는 줄도 몰랐다. 씨름의 기술들 대부분은 힘을 위주로 하고 있었지만 모두가 상대의 힘을 이용하여 단번에 승부가 결정지어지는 까닭에 범이는 씨름에서 묘한 매력을 느끼게 되었다. 덩치가 커다란 사내가 무릎치기나 오금채기 같은 기술에 걸려서 작은 체구의 사내들에게 힘 한 번 써보지 못하고 맥없이 주저앉는 광경에 범이는 자신도 모르게 손뼉을 치며 감탄사가 흘러나오는 것이었다.

"씨름이 재미있느냐?"

정신없이 씨름을 구경하던 범이는 대주의 물음에 두 눈을 씨름판에 고정시키고 고개를 몇 번이나 끄덕였다.

대주가 그런 범이를 바라보며 빙그레 웃었다.

"와———."

사람들의 환호성이 일어나며 범이가 손뼉을 쳤다. 한 사내가 모래판에 쓰러져 승부가 결정지어졌던 것이다. 다음번 차례가 되었을 때 범이의 눈이 커지면서 대주를 힐끔 바라보다가 손을 뻗어 씨름판을 가리켰다.

가슴에 시꺼먼 검은 털이 배꼽 아래까지 숭숭 나 있고 얼굴에 구레나룻이 그득한 그 사내는 다름 아닌 임백손이었다.

"백손이로구나."

대주의 말에 범이가 고개를 끄덕이더니 모래판 가운데 있는 임백손을 바라보았다.

카악– 툇–

목구멍 깊숙이에서 끌어모은 가래침을 모랫바닥에 탁 뱉는 임백손이었다.

"황해도 문화현에서 온 임백손이오."

백손이 크게 말하고는 두 손을 탁탁 치면서 모래판 중앙에 가서 앉았다. 상대는 내리 두 판을 이긴 포천抱川에서 온 마경보라는 사내였다. 그는 백손보다 큰 덩치였는데 상대를 모두 들배지기로 가볍게 이긴 장사였다. 솥뚜껑같이 커다란 손과 굵은 어깨, 그리고 절구통 같은 허리는 그의 힘을 짐작하게끔 해주었다.

"모래판에 머리를 꽂아주마."

"시답잖은 소리 말고 너나 걱정하거라."

백손이 마경보의 샅바를 잡고 몸을 일으켰다. 샅바가 왼쪽 다리를 잡아당기는 힘이 엄청났다.

"끄응——."

백손이 역시 앓는 소리를 내며 오른손에 힘을 주었다.

백손이 어떤 사람인가. 천하장사 임꺽정의 피를 이어받은 백손 역시 보통사람은 아니었다. 그런 백손이 샅바를 잡은 오른손에 힘을 주니 마경보의 커다란 허벅지가 팽팽해지며 그의 굵은 다리가 서서히 들렸다.

마경보는 마치 소가 다리를 잡아끄는 것 같아서 두 눈이 휘둥그레졌다. 순간 마경보는 안간힘을 쓰며 다리를 모래판 깊숙이 집어넣었다.

칭———

징소리와 함께 백손은 오른손에 더욱 힘을 주어 마경보의 다리를 모래사장에서 들어올렸다. 마치 칡덩굴이 바닥으로 뽑혀지듯이 깊숙이 박아 넣었던 마경보의 다리가 모래 위로 빠져나오기 무섭게 임백손은 허리를 빠르게 회전시켜 들배지기로 보기 좋게 마경보를 모랫바닥에 뉘이고 말았다. 모래가 사방으로 힘차게 튀어 올라 사람들은 손으로 얼굴을 가렸다.

"우아아아—."

백손은 얼굴에 화색이 돌아 범이처럼 가슴을 두드리며 소리를 질렀다. 범이는 마치 '나의 넘치는 힘을 보라'며 울부짖는 것 같은 백손의 모습에 손을 입으로 가져가 키득키득 웃었다.

흥미진진하게 지켜보던 사람들은 너무도 싱거운 승부에 어이가 없었으나 백손의 괴력을 보고 손뼉을 치며 환호성을 연발하였다.

백손은 잇달아 같은 기술로 세 사람을 이기고 삼인승자三人勝者의 대열로 들어갔다.

급창의 소리에 의해 다시금 덩치 큰 장사가 모래판에 나타났다. 후반부로 갈수록 더욱 덩치가 큰 사내들이 나섰는데 그들은 이미 씨름판에서 우승한 적이 있는 장사들이었다.

"장단에서 온 양만석이오."

컬컬한 쇳소리를 내며 산더미 같은 덩치의 사내는 모래판에 무릎을 꿇었다.

그때 사람들의 커다란 웃음소리가 일제히 울려나왔다.

"저 꼬마가 죽으려고 환장을 한 모양이네."

"글쎄 말이여. 양만석이는 작년에 우승한 사람이 아닌가? 하룻강아지 범 무서운 줄 모른다더니 정말 기가 막힐 노릇이네."

"그러게 말이여."

휘장 가운데 앉아 있던 이이는 모래판 위에 눈에 익은 사내가 서 있는 것을 발견하곤 깜짝 놀라 소리쳤다.

"아니 범이가 저길?"

씨름판 가운데 웃통을 벗은 범이가 늠름한 모습으로 서 있었다.

3

급창은 갑작스런 사내의 등장에 기가 찬 모양으로 얼굴을 찡그리다가 코를 킁킁거리며 손을 내저었다.

"이놈아. 저리 가거라. 여긴 너 같은 자가 노는 곳이 아니야. 어여 가거라."

범이는 고개를 내저었다.

"나도 한다."

저놈이 큰일 날 놈이네. 여기가 어디라고 나오길 나와. 썩 들어가지 못해?"

범이가 고개를 내저으며 물러서지 않자 급창이 소리쳤다.

"이봐. 포졸들은 뭐 하는 게야? 어서 이놈을 내 쫓지 않구?"

포졸 둘이 황급하게 씨름판으로 들어와 범이를 끌어내었다. 때아닌 소동에 씨름판이 웃음바다가 되었다.

"나도 한다."

범이는 눈을 부릅뜨고 모래판 가운데에서 버텼다.

"이놈아, 어서 나가자. 다치기 전에 어서."

소매를 걷은 포졸 둘이 으름장을 놓으며 범이의 양팔을 하나씩 잡고 끌어내려 하였지만 어찌 된 일인지 요동조차 없었다. 큰 덩치도 아니건만 마치 커다란 바위를 당기는 것만 같아서 포졸 둘이 끙끙거리며 실랑이를 하고 있으려니, 삼인승자의 대열에 끼여 있던 백손이 범이를 발견하고 씨름판으로 급히 나서며 소리쳤다.

"범이야, 네가 여긴 웬일이냐?"

심판이 두 눈을 휘둥그레 뜨며 말했다.

"임 장사가 아는 사람이오?"

"그렇소."

이때 범이는 막무가내로 머리를 흔들곤 양팔에 매달려 있는 포졸들을 밀어 넘어뜨렸다. 포졸들은 범이의 엄청난 힘에 중심을 잡지 못하고 모랫바닥에 맥없이 넘어지고 말았다. 실랑이하던 광경을 지켜보던 사람들이 환호성을 지르며 하나, 둘 웃기 시작하더니 급기야는 웃음바다가 되고 말았다.

범이는 백손을 발견하고 싱글벙글 웃으며 자신의 가슴을 두드렸다.

"나도 한다."

범이는 가슴을 두드리며 샅바를 잡는 동작을 하였다.

백손이 고개를 돌려 급창에게 말했다.

"이 녀석이 보기는 이래도 힘이 장사유. 그렇지 말고 시켜보시우."

모래판 가에 서 있던 급창이 때아닌 소동에 난처한 기색으로 포도대장에게 다가왔다.

"어찌할갑쇼?"

포도대장이 이이에게 다가와 급창의 말을 전하였다.

이이가 손을 내저으며 말했다.

"씨름을 하게 놔두게."

포도대장은 고개를 숙여 읍하고는 휘장 바깥으로 나가 급창에게 놔두라 명하였다.

급창이 병조판서의 명을 받아 범이를 데려가니 백손이 그 뒤를 따라가 범이의 다리와 허리에 샅바를 매어주었다.

"범이야, 씨름은 샅바싸움도 중요한 거야. 아까 내가 한 것처럼 샅바를 꽉 잡아당기면 제 아무리 장사라도 힘을 쓸 수가 없단 말이지. 잘 알아듣겠느냐?"

"응."

범이가 고개를 끄덕였다.

급창이 백손에게 범이의 인적사항을 몇 가지 물어보곤 장부에 적다가 크게 소리쳤다.

"백두산에서 온 범이─."

구경꾼들이 그 말에 고개를 돌려 저희들끼리 수군거렸다.

"백두산에서 왔다고?"

"아따, 참으로 멀리서도 왔구면."

"그러게 말이여. 저 아이가 임 장사도 잘 아는 것 같은데 천하의 양만석을 이길 수 있을까?"

"이 사람이 장난치나? 어디 저 아이가 양장사를 이길 수 있겠는가. 덩치를 보게. 양장사가 세 배는 될 것 같구면. 그리고 관리를 아는 것하고 씨름 실력이 무슨 상관인가? 안 그런가?"

"그건 그렇구만. 하긴 아무리 실력이 좋아도 양 장사를 어떻게 이겨? 작년에도 황소 한 마리를 통째로 들던 위인을 말이여. 더구나 저렇게 왜소한 체격으론 어림없지. 암, 어림 없구말고."

"그러게 다치지나 않았으면 좋겠구면."

구경하는 사람들은 상대적으로 작은 덩치의 범이가 다치지는 않을까 걱정 섞인 마음으로 범이를 바라보았다.

범이는 입고 있던 저고리를 백손에게 주고는 천천히 씨름판으로 들어갔다. 터질 듯 팽팽한 범이의 등과 가슴에는 여러 개의 흉터가 희미한 흔적으로 남아 있었다.

양만석은 범이의 작은 용모를 보고 코웃음을 치다가 생각보다 탄탄한 근육과 몸에 난 흉터의 흔적들을 보고 얼굴이 굳어졌다. 그 역시 승부사의 기질이 있었던지라 범이의 탄력 있는 몸과 부리부리한 눈에서 품어 나오는 기상을 느낄 수 있었던 것이다.

'음, 보통 녀석은 아닌 것 같군.'

그러나 일반적으로 덩치가 큰 사람이 덩치가 작은 사람들과 씨름판에서 맞닥뜨렸을 때 가질 수 있는 것은 힘에 대한 자신감이었다. 몸집이 작은 사람이 덩치가 큰 사람들과 맞붙게 되었을 때는 일단 힘에서 밀리기 때문에 허공으로 번쩍 들리면 그것으로 승부가 나게 마련이었다.

간혹 길개똥 같이 기량이 뛰어난 사람이 덩치 큰 사람을 이기는 수가 종종 있기는 하였지만 일반적으로 덩치가 작은 사람이 덩치 큰 사람을 이긴다는 것은 불가능한 일이라 할 수 있었다.

더구나 양만석 같은 경우에는 힘과 기술이 절륜하여 여러 차례 씨름대회에서 우승한 경력이 있다 보니 제 아무리 기술이 뛰어난 사람이라도 같은 조건에서 힘이 월등한 그를 이길 수 없었던 것이다.

범이가 샅바를 잡기 위해 양만석의 앞에 무릎을 꿇고 앉았다. 양만석이 범이와 마주하여 앉으니 눈 아래로 범이의 머리가 자리하는 것이 품안에 들어온 작은 새처럼 느껴졌다.

일시에 가지고 있던 일말의 긴장감이 눈 녹듯이 사라져버렸다. 양만석은 털이 숭숭 난 솥뚜껑 같은 손으로 범이의 머리를 쓰다듬으며 쇳소리로 말했다.

"범이라 했지? 네 녀석의 호기는 가상하다만 너는 상대를 잘못 만났구나."

범이는 머리를 들어 양만석을 바라보며 이를 앙 물었다. 범이의 두 눈에서 불이 일었다.

"이 녀석 보게."

범이가 허리를 굽히더니 사타구니로 손을 깊숙하게 집어넣어 양만석의 샅바를 잡았다. 샅바를 잡는 손에 힘이 실리자 양만석은 정신이 번쩍 들었다.

'이놈 봐라. 힘이 바위 같구나. 작다고 무시해서는 안 되겠는데…….'

양만석은 장단지를 당기는 통증을 느끼곤 범이를 끌어안듯이 허리를 구부려 범이의 샅바를 잡았다. 그는 범이의 왼쪽다리 샅바를 아래로 끌어내려 무릎 가까이에 걸쳐놓곤 심판의 구령소리에 맞추어 자리에서 일어났다.

사람들이 빙 둘러 있는 모래판 안에서 양만석과 범이가 샅바를 잡고 있는 모습이란 마치 큰 황소와 어린 송아지가 머리를 맞대고 마주 서 있는 모습과 다를 바가 없었다. 양만석이 살짝 힘만 주면 범이의 몸이 달랑 들려져 바닥에 거꾸로 처박힐 것만 같았다.

범이는 양만석이 샅바를 무릎 가까이에 걸치고 슬쩍 당기자 자기도 모르게 앞발이 들썩 들렸다. 아무리 힘을 주어도 발이 들리는 것은 어쩔 수 없었다. 양만석도 힘이 장사였기 때문이었다.

범이는 백손이 했던 것처럼 샅바를 바싹 잡아당겼다. 그러나 기둥 같은 그의 다리는 약간의 요동만 있을 뿐 마음먹은 대로 당겨지지 않았다.

백손이 소리쳤다.

"범이야, 샅바를 무릎까지 내리고 당겨야지."

범이가 이 말뜻을 알아듣기 무섭게 급창이 징을 쳤다. 순간 무서운 힘이 범이의 다리를 끌어당기며 양만석의 다리가 범이를 들기 위해 움직였다.

범이는 순간적으로 그의 오른다리가 뒤로 빠지는 것을 보곤 재빨리 그의 몸통으로 파고들었다. 길개똥이 강만돌과 싸울 때 시도했던 뒤집기였다. 그러나 그것을 눈치채지 못할 양만석이 아니었다.

범이가 다람쥐처럼 양만석의 가슴으로 파고들며 뒤집기를 시도하자 그는 두 손을 놓으며 범이의 몸을 내리눌렀다.

"저런……."

그 거대한 몸이 조그만 범이를 내리누르는 광경에 사람들이 일제히 탄성을 질렀다. 그때 갑자기 양만석의 몸이 번쩍 들리기 시작하였다.

그리고 어느 순간 양만석의 거대한 덩치가 공중에서 한 바퀴를 돌아 모래판에 큰 대大자로 벌렁 뒤집어지고 말았다. 모래가 사방으로 튀었다.

"와! 저 아이가 양만석을 이겼다."

사람들은 눈앞에서 일어난 일을 믿을 수 없다는 듯이 손으로 눈을 비볐다. 커다란 덩치의 양만석은 모랫바닥에 큰대 자로 누워있었으며, 덩치가 작은 범이가 그 가운데 당당하게 서서 두 손을 들어 올리며 고함을 지르고 있었다.

"와! 정말 대단하다. 양 장사가 저 소년에게 지다니……."

"저 소년 정말 장산데."

"글쎄 말이야. 저 덩치로 장사 양만석을 이기다니 정말 보통아이가 아닌 모양이야."

사람들은 범이가 양만석을 이기자 마치 자기 일인 양 기뻐서 환호성을 질렀다.

"저럴 수가⋯⋯."

휘장 안에서 이 광경을 지켜보던 이이가 자리에서 벌떡 일어나 믿기지 않는다는 듯 범이를 바라보다가 천천히 교의에 앉았다.

"아자자자ー."

범이는 양만석을 이긴 기쁨에 두 손을 하늘로 내뻗으며 소리를 질렀다.

어이없이 바라보던 기생들이 뒤늦게 북을 치며 노래를 불러 씨름판의 흥을 북돋우었다.

신고산이 우루루 함흥차 떠나는 소리에

구공산 큰애기 반 보짐만 싼다네

어랑 어랑 어허야ー 어야디야 내 사랑아ー

삼수갑산 머루 다래는 얼크러 설크러 졌는데

나는 언제 님을 만나 얼크러 설크러 지느냐

어랑 어랑 어허야ー 어야디야 내 사랑아ー

공산야월 두견이는 피나게 슬피 울고요

강심에 어린 달빛 쓸쓸히 비쳐 있네

어랑 어랑 어허야ー 어야디야 내 사랑아ー

양만석의 시야에는 범이의 땋은 머리와 파란 하늘이 보일 뿐이었다.

"이럴 수가 있나? 이럴 수가 있나."

믿지 못할 일이었다. 기껏 해야 열일곱, 자신보다 나이도 두 배가 어리고, 두 배는 작아 보이는 소년에게 졌다는 것이 양만석은 도저히 믿어지지 않았다. 아니 자신이 어떻게 당했는지조차 생각이 나지 않았다. 그냥 한순간 몸이 들렸다고 생각했는데 자신의 몸이 바닥에 쓰러져 있었던 것이다.

씨름판에서 잔뼈가 굵은 양만석은 생각할수록 기가 막히고 어이가 없어서 모래판에 큰대 자로 누운 채 멍하니 하늘을 바라보았다.

푸른 하늘에 시름없는 뭉게구름이 두둥실 흘러가고 있었다.

'이것이 꿈인가?'

양만석은 솥뚜껑 같은 손으로 자신의 수염을 잡아 당겼다. 아픔이 느껴졌다.

'이럴 수가 내가, 내가 졌잖아.'

양만석은 화가 치밀어 올랐다. 이때 범이가 다가와 손을 내밀었다.

'네놈이 나를 이겼단 말이야? 네놈이?'

양만석은 노기가 솟구쳐 범이의 손바닥을 잡고 힘을 잔뜩 주었다. 범이는 갑자기 손아귀를 쥐어 누르는 무서운 악력에 자신도 즉시 손에 힘을 주었다.

"억!"

양만석은 갑자기 힘을 준 손이 부러질 것 같은 고통이 밀려와서 저도 모르게 만상을 찡그렸다. 이내 익은 사과 마냥 얼굴이 붉게 변하여 범이가 끌어당기는 대로 모랫바닥에서 몸을 일으켰다.

"그, 그만."

양만석은 범이의 악력을 더 버텨내지 못하고 사색이 된 얼굴로 다급하게 중얼거렸다. 그러자 손을 압박하던 힘이 종적 없이 사라지는 것이었다. 범이가 빙그레 웃으며 손을 놓아주었다. 양만석은 시퍼렇게 멍이 든 자신의 손을 보고는 놀란 얼굴로 범이에게 말했다.

"음, 범이라고 했던가? 내가 실수로 진 것이 아니군. 힘이 장사야. 너 같은 장사가 있다니……. 내가 졌어. 진 것을 시인하지."

그는 범이에게 잡혔던 손을 몇 번 털더니 털털하게 웃으며 씨름판을 걸어 나왔다. 천하의 양만석이 깨끗하게 패배를 시인하고 물러가자 범이는 다시 손을 머리위로 올리고 크게 소리를 질렀다.

"으아-."

우렁찬 목소리가 한강변을 찌르르하게 울리었다. 구경하던 사람들의 박장대소가 이어졌다.

"목소리가 천둥 같네. 참말 소년장사일세."

"아! 장살세, 장사야."

"역시 범이로구나. 백두산의 정기를 받은 범이로구나."

사람들 틈에서 이 광경을 지켜보던 임백손이 혀를 내두르며 자기 일처럼 기뻐하였다.

"범이야, 잘했다. 이 씨름판은 보통 씨름판이 아니다. 왜 보통 씨름판이 아니냐면 병조판서님이 씨름판을 주관해서 5도의 장사들이 빈천에 상관없이 응시할 수 있고, 장원을 하면 포도청의 관원이 될 수 있단 말이다. 나 같은 천민에게 이 같은 과거가 어디에 있겠느냐? 너도 힘이 장사이니 잘해서 결승에서 만나보자꾸나. 혹시 알겠느냐? 네가 포도관원이 될지 말이다."

백손이 범이의 어깨를 툭툭 쳤다.

이때 급창이 장부를 바라보다가 붓을 혀에 찍으며 소리쳤다.

"백두산의 범이를 꺾어 볼 사람은 어서 나오시오."

"여기 나가외다."

사람들 틈에서 키가 큰 사내 하나가 어슬렁거리며 걸어 나왔다. 범이가 바라보니 키는 장대 같은데 몸통이 길고, 다리가 짧은데 팔은 길어 손가락이 무릎까지 내려오는 언뜻 보기에 균형이 맞아 보이지 않는 사내였다. 그는 구멍이 숭숭 뚫린 걸레 같은 옷을 입고 있었는데 머리도 올리지 않은 삐죽한 터벅머리를 노끈으로 동여매고 근엄하게 눈을 아래로 내리깐 체 씨름판으로 걸어 나왔다.

"엥? 어찌 장팔이가 나오지 않나 했더니만 결국 나왔구먼."

"산 넘어 산이라더니 정말 저 아이 재수 없네그려."

"정말 안됐어, 쯧쯧쯧."

갑자기 사람들이 술렁거렸다. 장팔이라는 사내는 키가 장대처럼 크고 팔이 길다 하여 붙여진 이름이었다. 그리고 도성 안에 살고 있는 각설이 패의 우두머리로 손 기술이 뛰어난 장사였다. 그는 제

작년 도성에서 벌어진 씨름대회에서 황소를 거머쥐었는데 긴 팔에서 펼쳐지는 손 기술이 뛰어나 도성 안에서는 소문난 이름 있는 장사였다.

"아! 정말 재수 더럽게 되었네. 하필이면 장팔이야. 쯧쯧쯧."

"막판으로 가니까 소문난 장사들은 다 나오는구먼."

"그러게 말이야. 저 소년이 힘들게 양만석을 이겼는데 아깝게 되었네."

사람들의 웅성거림 속에 장팔이는 모래사장에 무릎을 꿇으며 말했다.

"청계천 다리 아래에 사는 각설이 장팔이오."

급창은 재빨리 붓에 침을 발라 들고 있던 장부에 기록을 하곤 크게 소리쳤다.

"청계다리에 사는 각설이 장팔이-."

범이는 이 장팔이가 기이한 모습이라 이상하다 생각하고 있었는데 가까이서 보니 그의 눈이 반쯤 감겨 졸린 것 같아서 절로 웃음이 나왔다.

범이가 장팔이 앞에 무릎을 꿇었다. 그러자 진한 구린내가 콧구멍으로 파고들었다. 역겨운 냄새가 진동하여 범이는 저도 모르게 얼굴을 찌푸렸다.

장팔이 빙그레 웃으며 말했다.

"역겹더라도 조금만 참드라고."

듬성듬성한 누런 이빨에 먹다 남은 시퍼런 나물쪼가리가 걸려 있는데 입을 열기 무섭게 역한 구린내가 등성을 하였다.

　범이는 속이 매스꺼워 얼른 숨을 참았다. 사람들 틈에서 서리 맞은 갈대처럼 머리를 산발한 거지들이 삐죽삐죽 튀어나와 바가지를 두드리며 장팔이를 향해 소리쳤다.

　"장꼭지. 꼭 이기시오."

　"왕초. 그놈을 바닥에 뉘어버리시오."

　거지들이 한마디씩 말을 하자마자 바가지를 두드리며 각설이타령을 멋들어지게 불렀다.

　어얼– 씨구씨구 들어간다

　저얼– 씨구씨구구 들어간다

　작년에 왔던 각설이가 죽지도 않고 또 왔네

　어허– 품바가 잘도 헌다 어허– 품바가 잘도 헌다

　일 자나 한 자나 들고나 보니– 일편단심 먹은 마음 죽으면 죽었지 못

　잊겠네

　이 자나 한 자나 들고나 보니– 수중 백로 백구 떼가 벌을 찾아서 날아

　든다

　삼 자나 한 자나 들고나 보니– 삼월이라 삼짇날에 제비 한 쌍이 날아든다

　사 자나 한 자나 들고나 보니– 사월이라 초파일에 관등불도 밝혔구나

　오 자나 한 자나 들고나 보니– 오월이라 단옷날에 처녀 총각 한데 모아

　추천 놀이가 좋을씨고

　어허– 품바가 잘도 헌다 어허– 품바가 잘도 헌다

육 자나 한 자나 들고나 보니- 유월이라 유두날에 탁주 놀이가 좋을씨고

칠 자나 한 자나 들고나 보니- 칠월이라 칠석날에 견우직녀가 좋을씨고

팔 자나 한 자나 들고나 보니- 팔월이라 한가위에 보름달이 좋을씨고

구 자나 한 자나 들고나 보니- 구월이라 구일 날에 국화주가 좋을씨고

남았네 남았네 십 자 한 자가 남았구나- 십 리 백 리 가는 길에 정든 님

을 만났구나

각설이들이 신명나게 떠들어대자 구경하는 사람들도 흥이 나서 손뼉을 치기도 하고 술이 얼큰하게 달아오른 노인들은 그들과 함께 어울려 두 팔을 흔들며 춤을 추었다.

범이는 숨을 참으며 그 모습을 구경하느라 샅바도 잡지 않고 멍하니 앉아 있었다.

"샅바 안 잡을 거유?"

장팔의 느린 목소리를 듣고 범이는 정신을 차려 재빨리 샅바를 잡았다. 순간 범이는 정신이 혼미하여 하마터면 기절하는 줄 알았다. 얼마를 씻지 않았는지 걸레 같은 옷이 시커먼 얼룩과 때를 겹겹이 쌓아 꼬질꼬질하기가 이를 데 없었다. 더욱이 몸을 붙이기 무서울 정도로 지독하고 고약한 약취가 풍겨 나와 냄새에 새파랗게 질린 범이가 숨을 참으며 고개를 들어보니 삐죽삐죽한 그의 머리 위로 파리들까지 소란스럽게 날아다니고 있었다.

"내가 좀 지저분하제? 거지팔자가 그런 거제. 조까만 참드라고 잉."

범이는 누런 이빨을 드러내어 히죽거리며 웃는 장팔이를 보자 기가 막힐 지경이었다. 장팔이의 몸에서 풍기는 심한 악취에 정신이 멍할 정도였다. 장안의 내로라하는 장사들은 웬만하면 장팔이와 씨름을 하지 않으려 하였는데 그것은 그의 몸에서 풍기는 무시무시한 악취 때문이었다.

얼굴에 물 묻히는 것조차 귀찮아하는 장팔이다 보니 일 년 삼백육십일 동안 세수란 것을 모르는데 행여 하늘에서 비라도 오면 그것이 바로 장팔이가 세수하는 날이라 할 수 있었다. 그러다 보니 온몸이 악취로 진동하는 것은 당연한 것이었다.

그 덕분에 장사들이 가장 씨름을 하고 싶지 않은 사람이 장팔이가 되어버렸고 행여 그와 몸이라도 마주칠까 싶어 도성 안의 건달들은 지레 그를 보기만 하면 십 리 밖으로 줄행랑을 놓을 정도였다.

씨름판 주위에 둘러서 있던 장사들은 너나 할 것 없이 얼굴을 찌푸리며 범이에게 안됐다는 표정을 지어 보였다.

심판은 그의 몸에 풍기는 악취를 피해 멀찍이 서서 소리쳤다.

"뭐해? 빨리 씨름 안 할 거야?"

범이는 심판의 성화에 못 이겨 손을 뻗어 샅바를 잡았다. 샅바를 잡다보니 범이의 얼굴이 그의 어깨에 닿게 되었는데 감지 않은 머리에서 풍겨오는 냄새가 또한 지독하여 정신이 혼미할 정도였다.

'세상에 이런 사람도 있구나.'

범이는 혼미한 속에서 정신을 바로잡았다. 냄새는 냄새고 승부는 승부이기에 할 수 없었다. 범이는 숨을 참으며 다리샅바를 무릎까지 내려 당기려 하였으나 장팔의 허리가 길어 손이 닿질 않았다. 반면 장팔의 긴 팔은 범이의 무릎까지 샅바를 내려 끌어당기고 있었으니 이미 장팔은 타고난 체형 때문에 샅바싸움에서 유리한 고지를 점하고 있었다.

두 사람은 심판의 신호에 따라 모래판에서 벌떡 몸을 일으켰다. 이내 징소리가 울렸다.

장팔 역시 타고난 장사라 그 힘이 양만석에 못지않았다. 더구나 긴 팔은 더욱 힘이 좋았는데 그가 오른다리의 샅바를 잡아당기자 범이는 여간 신경이 쓰이는 것이 아니었다.

범이는 샅바를 잡아당기며 장단지로 끌어올리기 위해 두 다리를 뒤로 빼며 몸을 움직였다. 이때였다. 장팔은 범이가 뒤로 움직이기 무섭게 오른다리에 걸린 샅바를 잡아당기며 긴 팔로 범이의 무릎을 잡아당기고 몸으로는 범이의 가슴을 밀었다.

몸이 중심을 잃고 뒤로 기우뚱거리는 순간 범이는 장팔의 다리샅바와 허리샅바를 몸 쪽으로 끌어 밀착시키면서 왼발을 오른발 뒤로 옮겨 중심을 잡고 가슴과 오른쪽 어깨로 장팔이의 몸을 순식간에 꺾어 바닥에 넘겨버리고 말았다.

철퍽—

장팔의 긴 몸이 모래사장에 떨어졌다. 장팔은 이긴 줄로만 알았다가 잡치기로 당하게 되자 어이가 없어 모래판에 누운 채 푸른 하늘만 껌뻑껌뻑 바라보았다. 하늘과 구름사이로 까만 파리들이 어지럽게 날아다니고 있었다.

장팔은 손을 들어 머리 위에서 날아다니는 파리를 휘휘 쫓으며 몸을 일으켰다. 찡그린 얼굴로 자신을 보고 있는 범이에게 느릿한 목소리로 말했다.

"나가 깨-끗하게 져-뿌렀소."

장팔은 긴 팔을 들어 범이의 등을 잡더니 갑자기 힘차게 껴안았다. 장팔의 머리와 몸에서 풍기는 심한 악취에 범이는 숨이 멎어버리는 것만 같았다. 한동안 낄낄거리며 범이를 껴안고 있던 장팔은 손을 풀어 범이에게 물러섰다.

"제기, 포도관원 한 번 해보려 하였더니 내 맘대로 되는 일이 없네."

장팔이가 중얼거리며 패거리들에게 다가갔다. 각설이들은 장팔이 졌음에도 아랑곳하지 않고 장팔의 주위를 뛰어다니며 신명나게 타령을 하고 있었는데 잠시 후 각설이 패거리들은 썰물 빠지듯이 나루 쪽으로 사라져버렸다.

한동안 꿀 먹은 벙어리 모양으로 침묵 속에 잠겨있던 구경꾼들은 장팔이가 씨름판을 나가자 일제히 환호성을 지르며 범이의 승리를 축하해주었다.

어디서 구해왔는지 물을 가져온 백손은 범이에게 다가와 혀를 차며 말했다.

"욕봤다. 저런 지저분한 놈과 몸을 맞대고 씨름을 하다니 그것만으로도 대단한 일이다."

백손은 안쓰러운 얼굴로 범이를 바라보며 물을 축여 범이의 얼굴과 가슴을 닦아주다가 자신의 손에서 나는 냄새를 맡아보곤 얼굴을 찡그렸다.

　"윽! 장팔이놈. 정말 지독한 냄새다. 더러운 놈. 꿈에 나타날까 두려운 놈 같으니라구."

　백손은 모랫바닥에 가래침을 몇 번씩이나 뱉었다.

4

이때에는 사람들이 거구의 장사들을 눌러버린 범이의 실력에 매료되어 모두들 범이가 또 다른 장사를 이겨 삼인승자가 되기를 바랐다. 풍파에 시들고 권세에 눌리는 자신들의 모습이 거구의 장사들 틈에서 선전하는 작은 범이의 모습에 대비된 까닭인지도 몰랐다. 그들은 모르는 사이에 범이 편이 되어 범이가 거구의 장사들을 이겨주길 바라는 것이었다.

급창은 기울어 가는 태양을 힐끔 보다가 다시 소리쳤다.

"자, 다음 도전할 사람 있으면 나오시오."

그러나 급창이 아무리 불러도 나오는 사람이 없었다. 그는 장부를 펼쳐 손으로 하나 둘 숫자를 세었다.

"응, 오늘 무려 52명이나 되는 장사들이 왔다 갔구만."

이내 급창이 눈을 들어 사람들을 이리저리 둘러보며 다시 소리쳤다.

"더 도전할 사람 없소? 더 도전할 사람 없소?"

아무리 불러도 더 이상 사람이 나오지 않았다. 급창은 들고 있던 장부를 닫고 휘장으로 가서 포도대장과 몇 마디를 나눈 후에 다시금 총총걸음으로 돌아왔다.

"삼인승자가 결승에 진출하는 것이 관례인데 마지막 진출자는 더 상대할 자가 없어서 삼인승자로 뽑았다. 이의 없겠지?"

양만석과 장팔을 이긴 사람이니 실력으로도 의심할 사람이 없어서 범이는 두 사람을 이기고도 삼인승자의 한사람으로 결승에 진출할 수 있었다. 이제 50여 명이 넘는 장사 중에서 남은 사람은 마길상, 길개똥, 임백손과 범이 네 사람뿐이었다.

순서를 정하여 길개똥과 임백손이 먼저 겨루게 되었고, 마길상과 범이가 다음 차례가 되었다. 여기서 이긴 사람이 황소 한 마리와 포도청의 관원자리를 동시에 얻게 되는 것이다.

범이는 모래판 앞에서 백손와 길개똥이 겨루는 것을 바라보았다. 이번에 이겨야만 결승에 나갈 수 있는 까닭에 무릎을 꿇고 앉은 두 사람의 눈빛이 칼날보다도 서슬 푸르다. 한동안 서로의 눈을 바라보며 기 싸움을 벌이던 두 사람은 이윽고 샅바를 잡았다.

백손은 길개똥이 기술에 능한 것을 보았기 때문에 어떻게 이를 물리쳐야 할까 생각에 생각을 거듭하였다. 그러나 두 사람이 일어설 때까지 별다른 묘안을 찾아낼 수 없었다.

'뭐 있나? 힘으로 밀어붙이는 수밖에.'

백손은 샅바를 잡은 손에 힘을 주었다.

칭——

백손은 길개똥을 번쩍 들었다. 그러나 길개똥은 예상하고 있었다는 듯이 재빠르게 허리 중심을 뒤로하여 호미걸이로 되치기하여 백손을 가볍게 넘겨버리고 말았다. 그야말로 전광석화였다. 백손은 모랫바닥에 엉덩이를 붙인 체 허무한 얼굴로 길개똥을 바라보다가 엉덩이에 묻은 모래를 털며 자리에서 일어났다.

사람들 사이에서 열화와 같은 박수갈채가 나온 것은 말할 것도 없고 두 사람은 다시금 무릎을 맞대고 상대의 샅바를 잡은 후 몸을 일으켰다.

백손은 길개똥이 기술에 능하여 들배지기로는 상대할 수 없을 것 같아 몸을 오른쪽으로 비틀며 그의 몸이 움직이기를 기다렸다. 길개똥은 상대적으로 힘이 약해 백손이 이끄는 대로 조금씩 몸을 움직였다.

백손은 길개똥이 자신이 움직이는 반대 방향으로 조금 움직이는 것을 보자 재빨리 오른쪽으로 힘을 주고 그의 몸이 왼쪽으로 반발하기를 기다려 앞무릎치기를 시도하였다. 그런데 백손이 오른쪽으로 움직이기 무섭게 길개똥의 손이 오른 무릎 위를 짚었다. 백손의 오른다리가 앞쪽으로 중심 이동을 못하게 되었다.

'뭐, 뭐야?'

백손이 다음 생각을 하기도 전에 길개똥의 허리와 오른발이 뒤쪽으로 빠르게 물러나며 오른 방향으로 몸을 빠르게 회전시켰다.

"어, 어……."

갑자기 중심이 흐트러진 백손이 깜짝 놀라 버둥거리며 중심을 잡으려 하였다.

"어딜."

길개똥의 머리가 백손의 옆구리 부분에 완전히 밀착되어 백손이 빠져나갈 틈을 만들어주지 않았다. 모래판 위에서 오른발을 들고 껑충껑충 뛰던 백손은 다시금 길개똥의 발등걸이에 왼발이 걸려 모래판에 그대로 쓰러지고 말았다. 허무하게 주저앉은 백손의 귓가에 사람들의 환호성과 기생들의 노랫소리가 흥겹게 들려왔다.

"제길."

백손은 솥뚜껑 같은 주먹으로 모래를 들여 바닥에 내던졌다. 이때 길개똥은 웃음 띤 얼굴로 백손에게 다가와 손을 내밀었다.

"임 장사, 수고하셨소."

얼굴을 찌푸리던 백손은 길개똥의 손을 잡고 일어나자 언제 그랬느냐는 듯이 길개똥의 어깨를 두드리며 말했다.

"내가 졌소, 길 장사. 씨름을 쉽게 봤더니 쉽게 볼 것이 아니오."

길개똥이 고개를 끄덕거리며 빙그레 웃었다.

지화자를 부르는 기생들의 얼굴에서도 꽃 같은 웃음이 흘러나오고 사람들의 얼굴에서도 환한 미소가 걸리었다.

범이는 백손이 진 것이 아쉬웠지만 두 사람이 모래판에 손을 맞잡고 웃는 모습이 너무나 감동적이라 손뼉을 쳐주었다. 임백손은 모래판에서 걸어 나와 범이에게 특유의 웃음 띤 얼굴로 으르렁거리며 말했다.

"범이야, 너는 내가 진 것이 고소한 모양이구나."

범이는 얼른 손을 내저었다.

"원래 승부란 병가에서 흔히 일어나는 일인데 뭐. 나는 별로 기분 나쁘지 않다. 네가 이번 판에 이겨서 내 체면을 좀 세워다오."

범이는 고개를 끄덕이며 앞으로 나아갔다.

"범이야, 꼭 이겨라."

"우리는 네가 이기길 바란다."

구경꾼들의 환호에 답례라도 하듯 범이는 손을 흔들며 나아가 모래판 가운데 무릎을 꿇었다. 그러자 마경보라는 거구의 사내도 범이의 앞에 천천히 무릎을 꿇었다.

그는 볼에 살이 통통하고 눈이 팔자로 내려가 순한 인상이었는데 다만 얼굴이 뻐끔뻐끔한 곰보라서 눈을 깔고 입을 다물면 조금은 험악한 모습으로 보였다.

"잘하거라."

마경보는 웃으면서 커다란 손을 내밀어 범이의 샅바를 잡았다. 악력이 샅바를 타고 전해왔다. 당기는 힘이 강하여 허벅지가 아플 정도였다.

범이도 지지 않고 고개를 숙여 마경보의 샅바를 깊숙이 움켜잡았다. 어느새 땀으로 흠뻑 젖은 물컹물컹한 그의 가슴살이 범이의 볼에 와 닿았다.

두 사람은 샅바를 붙잡고 심판이 일어서라는 소리와 함께 모랫바닥에서 몸을 일으켰다.

징-

"으라차차차."

마경보는 범이를 번쩍 들어 바닥에 내리꽂았다. 범이는 갑자기 세상이 빙글 도는 것 같더니 모랫바닥으로 떨어지자 정신이 없을 지경이었다.

"뭐가 저리 싱거우냐?"

범이를 환호하던 사람들은 그 모습을 보곤 저마다 한마디씩 중얼거렸다. 범이는 너무나 허무하여 모래에 주저앉은 채 멍하니 마경보를 바라보았다. 거대한 바위처럼 우뚝 서 있는 마경보의 어깨 위로 지는 해가 걸리어 빛나는 광선이 눈을 부시게 만들었다.

마경보는 말없이 손을 뻗어 범이를 일으켰다. 범이는 들배지기를 처음 당해본 터라 정신이 없었다. 범이는 사람들 사이에서 자신을 보며 웃고 있는 대주를 발견하곤 입술을 굳게 다물며 이번 판에는 반드시 이길 것을 다짐하였다.

두 사람이 다시금 샅바를 잡고 일어서자 징소리가 울렸다.

"으싸!"

마경보가 처음과 똑같이 범이를 번쩍 들었다. 범이는 재빠르게 오른손으로 마경보의 오른발을 짚으면서 머리를 그의 옆구리에 밀착시켜 우측으로 돌았다. 앞무릎치기였다. 마경보는 중심을 잡지 못하고 그 자리에서 맥없이 무릎을 꿇고 말았다.

"와아아아-."

구경하던 사람들이 일제히 환호성을 질렀다. 범이는 마경보를 쓰러뜨리자 너무 기뻐 손을 치켜들며 크게 소리쳤다.

"으아아-."

이 기술은 처음에 길개똥이 황상만을 쓰러뜨린 수법이었는데 마경보가 들배지기로 공격해올 것에 대비하여 범이가 미리 생각해두었던 것이다. 과연 마경보는 범이의 덩치가 작은 것을 보고 쉽게 생각하여 다시 들배지기를 시도하였고 기다리던 범이의 앞무릎치기에 중심을 잃고 보기 좋게 당해버린 것이었다.

마경보는 어린 소년의 기술에 걸려 허무하게 쓰러진 것이 어이가 없는지 머리를 설레설레 흔들다가 자리에서 일어나 모랫바닥에 무릎을 꿇고 앉더니 차분하게 숨을 골랐다.

"범이야, 이번 판만 이기면 된다. 힘 내거라!"

범이의 선전에 흥분한 백손이 손을 입에 대고 소리쳤다. 영규도 손에 땀이 배일정도로 흥미진진한 구경이라 두 손을 모아 소리쳤다.

"범이야, 힘 내거라!"

범이는 마경보의 무릎에 무릎을 맞대고 앉았다.

"잘하거라."

마경보는 길게 숨을 내쉬더니 샅바를 움켜잡았다.

이내 샅바를 잡은 두 사람은 천천히 자리에서 일어났다. 상반된 덩치, 그러나 승부는 알 수 없는 것이니 바야흐로 이 한 판에 결승이 결정되는 순간이었다.

바람결에 풍악소리가 희미하게 들려오고 있을 뿐 씨름장은 적막에 잠겨 구경꾼들의 잡담조차 들리지 않았다.

이때 급창이 손을 바르르 떨며 들고 있던 징을 내리쳤다.

징─

범이는 마경보가 샅바를 잡아당기자 들배지기를 하려는 것이라 생각하고 재빨리 왼발로 마경보의 오른다리를 걸어 넘기기를 시도하였다. 그러나 덩치가 큰 마경보의 중심이 흐트러질 리 없었다.

"으샤─."

마경보는 범이가 밭다리걸기를 해오자 오른다리에 중심을 두고 그대로 범이를 넘어뜨리려 허리를 비틀었다. 두 사람의 다리와 다리가 엉키어 포개진 상황에서 범이의 모습은 마치 커다란 고목을 걸어서 넘어뜨리려는 것과 다를 바가 없었다.

"끄응."

마경보가 샅바에 힘을 주며 허리를 비틀자 범이의 작은 몸이 활처럼 기울었다.

'안 돼. 안 돼!'

범이는 깊게 숨을 들이마시며 아랫배에 힘을 주었다. 이내 오른쪽 다리를 모래에 깊숙이 박아 넣고 두 팔에 힘을 주어 허리를 비틀었다.

"웅─."

그러자 금방이라도 범이를 넘길 것 같던 마경보가 볏단이 날아가듯 범이의 다리에 걸려 허공에서 모래판으로 벌러덩 넘어지고 말았다. 모래가 파편처럼 튀어 구경꾼들에게 흩어졌다.

우와아아아―

사람들은 입이 함박만큼 벌어져 손뼉을 치며 환호성을 질렀다. 기생들의 풍악소리가 들리는 가운데 백손이 모래사장 안으로 뛰어들어 범이를 얼싸 안으며 소리쳤다.

"범이야, 네가 정말로 장사구나. 네가 정말로 장사야."

백손은 마치 자기 일이나 된 것처럼 범이를 무등에 태워 덩기덩기 어깨춤을 추었다.

휘장 안에서 범이를 바라보고 있던 병조판서 이이는 자리에서 벌떡 일어나 감탄을 하며 말했다.

"허허, 정말 대단한 소년이로고. 과히 나라를 짊어지고 갈 동량이구나."

사람들 사이에서 대주가 빙그레 미소를 짓고 있었다.

바닥에 큰대★ 자로 누워 있던 마경보는 자신이 완전히 범이의 힘에 압도당했다는 것을 깨닫곤 천천히 일어나 백손의 무등을 타고 있는 범이에게 손을 내밀며 무뚝뚝한 음성으로 말했다.

"잘했다. 내가 졌군. 음, 내가 졌어."

범이는 마경보가 손을 내밀자 손을 뻗어 그의 억센 주먹을 잡았다. 사내들만의 기상이 손을 타고 전해진 것일까. 범이는 가슴이 벅차올랐다.

"음, 내가 졌어. 내가 졌어. 음, 내가 진거야."

마경보는 저 혼자 중얼거리며 씨름판을 내려갔다.

이로써 황소 한 마리와 포도청 특채 관원 한자리를 놓고 겨루는 마지막 한 판이 남게 되었다. 씨름판은 달구어질 대로 달구어져 사방은 입추의 여지도 없이 구경꾼들로 인산인해人山人海를 이루었다.

강가에 단오를 맞아 풍류를 즐기러 나온 선비님네들은 뱃전에서 고개를 쳐들고 바라보고 있었으며 미처 자리를 잡지 못한 아이들과 어른들은 어떻게든 구경꾼들 사이를 비집고 들어가려고 안간힘을 쓰고 있었다.

이때에는 엿장수도 신이나 엿판을 매고 커다란 가위를 짤그락거리면서 한몫 볼 생각에 목청을 높여 엿 사라고 고함을 지르고, 간간이 나이 든 노인네와 데리고 온 아이들의 성화를 견디지 못한 아비들이 몇 푼을 주고 엿을 사먹었다.

기생들은 하루 종일 목청껏 노래를 부르느라 목이 칼칼한 것도 잊고 모래판에 우두커니 서 있는 두 장사를 바라보며 히쭉해쭉 추파를 던졌다.

"자, 자. 이제 결승을 시작하자고."

심판은 두 사람의 무릎을 꿇어앉혔다. 무릎을 맞대고 앉아 있는 길개똥은 범이보다 한주먹 정도가 클 뿐 그리 큰 체격은 아니었다.

그는 자신보다 작은 범이를 말없이 바라보다가 손을 뻗어 샅바를 잡았다. 범이는 길개똥의 번쩍거리는 네모진 눈을 보곤 그의 어깨에 턱을 걸치고 길개똥의 샅바를 단단히 움켜잡았다. 유정과 이이가 휘장 안에서 심각하게 이야기를 주고받는 것이 보였다.

범이는 눈을 내리깔아 샅바를 더욱 깊숙이 끌어당겼다. 상대방이 샅바를 움켜잡은 완력으로 보아 역시 길개똥이 만만찮은 상대라는 것을 느낄 수 있었다. 길개똥 역시 범이가 샅바를 움켜잡는 힘을 느끼곤 결승까지 올라온 이유를 짐작할 수 있었다.

두 사람이 모래판에서 몸을 일으키자 저잣거리처럼 시끄럽던 씨름판이 한순간 무거운 침묵 속으로 잠기었다.

징소리가 나기 무섭게 길개똥은 오른손으로 잡고 있는 허리샅바를 놓으며 손바닥으로 범이의 목을 아래로 누르면서 다리샅바를 높이 들었다. 꼭뒤집기 기술이었다. 범이는 그의 전광석화와 같은 동작에 영문도 모르게 중심이 무너지며 앞으로 꼬꾸라지고 말았다.

사람들의 환호성과 함께 기생들이 북을 치며 노래를 불렀다. 한동안 잠잠하던 엿장수도 이때다 싶어 기생들의 노랫소리 장단에 맞추어 가위를 치면서 상혼商魂을 불태웠다.

"엿 사시오- 엿을 사- 엿을 사시오, 엿을 사-."

범이는 꼭뒤집기라는 기술을 처음 접해 보았을 뿐더러, 모래판에서 자신이 힘을 쓰려 앞으로 발을 내디뎠을 뿐인데 그 순간을 노려 기술을 성공시킨 길개똥의 실력에 감탄하지 않을 수 없었다.

'중심을 잃어버렸다.'

범이는 머리를 갸웃거리며 다시금 길개똥이 앉아 있는 곳에 무릎을 꿇고 숨을 깊이 들이쉬었다.

이때 급창이 징채를 들고 있는 손을 머리 위로 몇 번을 휘두르다가 구경꾼들에게 소리쳤다.

"이제 길개똥이 한 판만 더 이기면 오늘의 장원이오."

범이는 다시 한 번 개평을 생각하고 반드시 이기리라 다짐하며 이를 앙 물었다.

이내 두 사람은 샅바를 잡고 일어났다.

'반드시 이겨야 해. 반드시.'

범이는 이를 앙 물었다.

징소리가 울리기 무섭게 범이는 길개똥을 번쩍 들어 모래판에 매 꽂았다. 순식간에 일어난 일이었다.

"우와."

사람들의 환호성과 함께 또다시 질펀한 풍악마당이 계속되었다.

길개똥은 모래판 가운데 우두커니 서서 두 팔을 번쩍 들어 포효하듯이 소리를 지르는 범이를 어이없는 얼굴로 바라보았다. 그는 작은 범이가 기술을 시도할 줄 알았지 덩치 큰 장사들처럼 들배지기를 시도할 줄 생각지 못하고 있었던 것이다. 징이 울리자마자 범이가 엄청난 힘으로 자신을 들어 올리자 길개똥은 변변한 방어수단도 써보지 못하고 무너진 것이다. 그는 못내 허무하다는 듯 모래를 감싸 쥐고 있다가 천천히 모래판에서 몸을 일으켰다.

급창은 두 사람이 다시금 무릎을 마주하고 앉아 있는 모습을 보며 소리쳤다.

"이제 두 장사 중에 한 판을 이긴 사람이 오늘의 장원이오."

사람들은 모두 숨을 죽인 체 휘장 옆에 묶어놓은 황소의 행방이 어떻게 될지 궁금한 마음을 가지고 두 사람을 바라보았다.

영규와 임백손은 모래판 가에서 침을 꿀꺽 삼키며 말없이 두 주먹을 불끈 쥐었다. 휘장 안에 앉아 있던 병조판서 이이는 단오선을 펼쳐 상기된 얼굴을 향해 가볍게 부치고 있었다. 그의 탐스러운 수염이 바람에 맞아 조금씩 떨리었다.

대주는 사람들 사이에서 말없이 허공을 바라보고 있었다. 두 사람이 일어서자 급창은 침을 꿀꺽 삼키고 징채를 번쩍 들어 힘차게 휘둘렀다.

징——

범이는 번개처럼 길개똥을 번쩍 들었다. 그런데 범이가 들배지기를 하려고 오른쪽 다리를 깊이 들어 올리자 길개똥은 빠르게 허리 중심을 뒤로하여 호미걸이로 되치기를 하였다. 범이는 갑자기 중심이 무너져 왼발을 껑충껑충 뒤로 두 걸음을 물리었으나 길개똥은 여유를 주지 않고 간신히 중심을 잡고 있는 왼발에 빗장걸이를 시도하여 범이를 모랫바닥에 쓰러뜨리고 말았다.

"우아아아아———."

범이를 쓰러뜨린 길개똥은 두 손을 번쩍 들며 세상이 떠나가라는 듯이 소리를 질렀다. 그리고 바닥에 쓰러져 있는 범이에게 손을 내밀었다.

범이는 씨름에 진 것이 분하고 안타까웠지만 상대방의 기술과 힘이 뛰어나서 진 것에는 만족하였다. 범이는 빙그레 웃으며 길개똥이 내민 손을 잡고 모래판에서 일어났다. 말이 없던 길개똥은 범이의 어깨를 토닥거리며 말했다.

"범이라 했지? 씨름은 힘이 좌우하지만 반드시 힘만으로 이길 수는 없는 것이란다. 상대의 힘을 역으로 이용하면 힘들이지 않고 이길 수도 있으니 네가 그것을 알게 되면 일이 년 후에는 정말 무서운 상대가 되어 있을 거야. 그때 내가 너를 이길 수 있을지는 나도 모르겠구나. 아무튼 좋은 승부였다."

"응."

범이는 고개를 끄덕였다.

이때에 둥글게 주위를 둘러서서 구경하던 사람들이 너도나도 달려들어 길개똥과 범이를 번쩍 들어 무등을 태우고 모래판을 돌았다. 흥에 겨운 기생들은 모래판을 빙글빙글 돌면서 북 치고 장구 치며 노래를 부르고 춤을 추었다.

풍년이 왔네 풍년이 왔네 금수강산으로 풍년이 왔네
지화자 좋다 얼씨구나 좋다― 명년 춘삼월에 화류 놀이를 가자
올해도 풍년 내년에도 풍년 연년연년年年年年이 풍년이로구나
지화자 좋다 얼씨구나 좋다― 명년 하夏사월에 관등놀이를 가자
천하지대본은 농사밖에 또 있는가 놀지 말고서 농사에 힘씁시다
지화자 좋다 얼씨구나 좋다― 명년오뉴월에 탁족놀이를 가자
저 건너 김풍헌 거동을 봐라 노적가리 쳐다보며 춤만 덩실 춘다
지화자 좋다 얼씨구나 좋다― 명년 구시월에 단풍놀이를 가자
함경전 넓은 뜰 씨암탉 걸음으로 아기장 아장 걸어 광한루로 걸어간다
지화자 좋다 얼씨구나 좋다― 명년 동지섣달에 설경놀이를 가자
봄이 왔네 봄이 왔네 삼천리 이 강산에 봄이 돌아왔네

나루 앞 주막에서 실랑이를 하고 있던 각설이패들도 그들의 주위를 돌며 신명나게 각설이 타령을 연창하였다. 엿장수도 지지 않고 장원을 한 길개똥과 범이를 따라다니며 가위질로 신명을 돋우었다.

이윽고 휘장 안에서 병조판서 이이가 포도대장과 함께 걸어 나오자 사람들의 질펀한 놀음이 멈추었다.

이이는 웃는 모습으로 사람들을 둘러보더니 입을 열었다.

"결승까지 오른 네 사람은 앞으로 나오라."

급창이 재빨리 말을 받아 목청을 높였다.

"결승까지 오른 네 사람은 앞으로 나오라."

네 사람이 고개를 숙인 체 병조판서 앞으로 나오자 이이는 한사람씩 손을 잡아주며 말했다.

"너희들 같은 장사들이 있으니 나라의 큰 복이네. 내 오늘 참석한 것이 헛되지 않았구면. 내 마음이 흐뭇해."

이이가 포도대장에게 이들에게 줄 상을 가져오라 명하였다. 이내 포도대장의 명에 따라 포졸들이 재빠르게 움직였다.

포졸 하나는 등에 장원壯元이라 써 놓은 커다란 황소를 한 마리 몰고 왔으며, 세 사람이 각각 쌀 한 가마씩 짊어지고, 두 사람이 면포 두 필씩을 가지고 왔다.

이이는 길개똥에게는 황소 한 마리를 상으로 주었고 범이, 임백손, 마경보에게는 각각 면포 한 필씩을 내주었다.

장원에게만 상이 주어지던 것에 반해 그야말로 파격적인 상금이 아닐 수 없었다. 범이와 임백손, 마경보는 눈이 휘둥그레지면서 입가에 웃음이 흘러나왔다.

이이는 상을 주고 난 다음에 장사들을 둘러보다가 말했다.

"길개똥은 장원을 하였으니 얼마 후 포도청에서 너를 부를 것이다. 그리고 오늘 씨름한 장사들은 후일 크게 쓰일 것이니 실망하지 말라."

병권兵權을 쥐고 있는 하늘같은 병조판서의 말에 모여 있던 장사들이 크게 함성을 질렀다.

이이는 범이에게 다가가 머리를 쓰다듬었다.

"범이라 하였더냐? 백두산에서 여기까지 씨름을 하러 왔다니 장하구나."

이내 이이는 고개를 돌려 포도대장에게 말했다.

"이만 가지."

"보교步轎를 준비시키겠습니다."

포도대장은 재빨리 군졸들에게 소리쳐 가마를 가져오게 하였다. 면포를 받은 범이가 사람들 사이에 있는 대주에게 뛰어가 자랑을 하였다.

준비된 보교를 타려던 이이가 포도대장을 손짓하여 불렀다.

"저기 범이라는 아이와 함께 있는 승복 입은 처사를 모셔오너라."

승복 입은 처사란 대주를 말함이었다.

포도대장이 졸개를 시켜 대주를 데리고 왔다.

이이가 대주를 유심히 바라보다가 입을 열었다.

"혹시 대주 스님이 아닌가?"

대주가 이이를 향하여 공손하게 합장을 하였다.

"네, 대감. 오랜만이옵니다."

이이가 대주의 손을 잡았다.

"오! 대주 스님. 이게 얼마만입니까? 우리가 만난 지가 벌써 20년이 넘었지요?"

"네, 그렇군요. 아홉 번 장원하셔서 판서에 이르신 것은 들었습니다."

"그건 그렇고. 스님, 어디서 어떻게 지내셨습니까? 그동안 일이 없을 때마다 스님의 소식을 백방으로 수소문하였습니만 소식을 알 길이 없어서 매양 궁금하게 생각하던 참이었습니다."

"대감께서 저 같은 사람을 찾으셨다니 과분한 말씀입니다. 저는 그동안 백두산에서 지내고 있었습니다."

"백두산에서요?"

마침 대주의 옆에 범이가 상목을 들고 있는 것을 보며 말했다.

"그럼, 범이라는 저 아이가 스님이 데려온 아이입니까?"

"네, 제가 데리고 다니는 아이입니다."

"과연 보통 아이가 아니라고 생각하였지만 대주 스님의 제자인 줄은 몰랐습니다."

이이가 범이를 바라보며 빙그레 웃었다.

이이는 16세에 어머니 신씨를 잃고 3년 상을 치른 후에 슬픔을 잊고자 불가의 책을 읽다가 사생설死生說에 깊이 느낀 바가 있어 세상일을 버리고 출가하여 금강산에 들어가 지낸 적이 있었다.

이이가 절에 살면서 계정戒定을 굳게 지키고 침식까지 잊어버려 승려들로부터 생불소리를 들었는데 근방의 한 암자에 기거하고 있던 대주를 만나 이야기를 나누는 동안에 그 학문이 간편청정簡便淸淨하며 학문이 깊고 식견이 투철하여 앞일을 요량하는 법이 범상치 않아 알면 알수록 자신의 재주가 대주에 미치지 않음을 알게 되었다. 이이가 그 이후로 대주를 스승처럼 생각하고 암자에 자주 찾아와 이런저런 이야기로 시간을 보내었는데 재미가 붙어서 암자에서 아예 이야기로 밤을 지새우고 갈 때가 많았다.

"의암義庵-이이의 선호은 불가에서 그 제자들에게 생각을 더하고 덜하지 말라고 가르치는 것은 무슨 뜻인지 아십니까?"

대주의 물음에 이이가 대답하였다.

"마음을 굳게 잡고 정신을 모아 해탈의 경지에 오르기 위함이 아닙니까?"

대주가 빙그레 웃으며 말했다.

"공자께서는 사는 것도 모르는데 죽음 후를 어찌 알겠느냐 하였는데 후생의 해탈을 위해 아까운 삶을 허비하는 것은 실로 허공에 뜬 달을 두 손으로 잡으려 하는 것이 아니고 무엇이겠습니까? 유학의 본의는 수신제가치국평천하修身齊家治國平天下에 있고 불학의 본의는 수신청심修身淸心하여 윤회의 사슬을 끊어버리는 것뿐이니 유학에 비하며 불학이란 실로 허망한 것이외다. 공산명월같이 허망한 것을 좇지 마시고 눈앞의 백성들을 유익하게 할 수 있는 길이 무엇인가 생각하십시오.”

이이가 대주의 말을 듣고 느끼는 바가 있어 그 길로 산을 내려와 유학에 전심을 다하여 아홉 번 장원으로 이름을 얻어 지금의 위치에 이른 것이다.

이이가 옛일을 회상하다가 입을 열었다.

“그때가 벌써 27년 전의 이야기니 세월이 살처럼 빠르다는 말이 먼 소리가 아닙니다.”

대주가 웃으며 말했다.

“그렇지요. 먼 시간도 돌아보면 눈 깜짝하는 동안 흘러가는 것이니 불가에서 찰나라는 것이 바로 이를 말함이지요.”

이이는 창백한 얼굴에 희미한 미소를 띠다가 대주를 이끌고 휘장 안으로 들어간 후에 포도대장으로 하여금 사람의 출입을 금하게 하곤 다시금 이야기를 시작하였다.

“스님, 세상살이가 참으로 어렵습니다.”

“어려운 것이 세상살이 입지요.”

“스님의 가르침을 좇아 세상에 나오기는 하였지만 세상일이란 것이 제 맘대로 되는 것이 없어서 수신제가치국평천하가 그저 뜬구름을 잡는 것만 같습니다.”

“허허허. 시련이란 것이 무엇입니까? 불가에 업이라는 말이 있듯이 사람이란 타고난 운명이 있는지 모르겠습니다. 대감께서는 세상에 태어나면서 짊어진 무거운 업을 가지고 계시고, 그 업이 널리 창생을 구원하는 것이니 그만한 그릇이 있는 자는 그만한 시련을 겪는 것이야말로 진실로 바른 하늘의 시험인 것이지요."

이이가 고개를 끄덕이며 길게 한숨을 내쉬었다.

"스님, 스님께서도 이 나라의 조정이 두 패로 나뉜 것을 아시고 계실 테지요?"

"네, 잘 알고 있습니다. 그 문제로 대감께서 근심이 크신가 봅니다."

"네, 사림土林이 둘로 갈라지고 말았으니 비단 저의 근심일 뿐 아니라 나라의 근심입니다. 예부터 한두 사람의 우열을 가지고 사림土林이 혈전을 하는 일은 없었습니다. 심의겸과 김효원, 두 사람 모두 인재인데 편이 나누어져 싸움이 나날이 커지고 있으니. 스님, 둘로 나뉜 사림을 하나로 할 방법이 없겠습니까? 저는 지혜가 모자라고 재주가 없어서 사림들 간의 싸움을 멈추게 하는 방법을 아무리 하여도 찾을 수가 없었습니다."

"대감께서 못하신 일을 제가 할 수 있겠습니까?"

이이가 머리를 설레설레 내저으며 말했다.

"방법이 없겠습니까?"

"이대헌이황 영감 같으신 분이 일찍이 물러나서 작은 골짜기에 은거하시다 돌아가신 이유가 무엇 때문이겠습니까?"

이이가 길게 한숨을 쉬다가 말했다.

"그럼 한 가지만 물어보겠습니다. 이 나라가 장차 어떻게 되겠습니까?"

"대감께서 생각하시는 대로 될 것입니다."

"그렇게 모호한 말이 어디 있소?"

"모호한 물음을 하시니 모호한 대답을 할 밖에요."

"장차 큰 난이 일어나겠소?"

"큰 난이 날 때 나겠지만 그보다 작은 난도 머지않은 장래에 박두하리다."

이이는 창백한 이마를 누르며 긴 한숨을 내쉬었다. 전날 천문을 살펴보니 남방과 북방에 각각 천군성天君星을 위협하는 별이 떴었다. 남방과 북방에 큰 인물이 나타나 후일 천하를 위협하는 듯한 형상이라 이이가 두렵게 생각하여 앞일을 대비할 마음을 가졌던 것이다.

그러나 이이가 정말로 두렵게 생각하는 것은 사림士林의 분열이었다. 사림의 분열은 내부적으로 나라를 약화시키고, 백성들은 분열시켜 마침내 외적의 발호를 불러일으킬 것이다. 이이에게 사림의 분열은 외적의 난보다 더욱 무서운 변란이었다.

뿌리부터 천천히 썩어가는 나무 같은 조정을 생각할 때에 이미 머지않아 보이지 않은 화란이 이 나라를 들이닥칠 것을 생각하니 이이는 가슴까지 답답해지는 것이었다.

"허나 대감이 있어 저는 안심이 되는 바이올시다."

대주의 말에 이이가 고개를 들었다.

"무슨 말이오?"

"머지않은 장래에 작은 병화가 일어날 터이지만 지금 이렇게 대감께서 대비하시고, 변방에 능력 있는 장수들이 즐비하니 너무 걱정하실 일은 없을 것입니다. 장차 먼 훗날에 일어날 병화는 대감이 막고자 하셔도 막을 수 없을 것이나 그때가 되면 대감과 같은 생각을 가진 이들이 나타나서 병화를 막아낼 수 있을 것입니다. 그러니 심력을 과도히 손상시켜 건강이 상하는 일이 없도록 주의하십시오."

"그러나 나는 이조의 수장일 뿐이오. 내가 병권을 관리하는 수장이 아닌데 어찌 병화를 막을 수 있단 말이오."

"때가 무르익으면, 그럴 운명을 타고난 자에게 기회란 찾아오기 마련이지요."

대주가 합장을 하곤 옆에 있는 범이를 가리켰다.

"제가 대감을 찾아온 것은 다름 아니라 바로 이 아이 때문이올시다. 제가 이 아이를 제자로 삼아 무예를 가르친 것이 십 년 정도 됩니다. 나이는 열일곱밖에 안 되지만 무예 실력이 뛰어나 머지않은 장래에 박두한 화란에 크게 도움이 될 것입니다. 대감께서 씨름대회를 여신 것이 훗날의 변란을 대비할 인재를 찾으려 하심이 아닙니까?"

이이는 자신의 속내를 손바닥처럼 들여다보는 대주가 놀라웠다. 대주 같이 뛰어난 이가 벼슬자리에 있다면 세상은 얼마나 달라졌을 것인가. 생각하니 안타까웠다. 그때, 자애로운 미소를 짓던 대주가 이이에게 합장을 하였다.

"저희는 이 길로 돌아갈까 합니다."

"스님, 벌써 가신단 말입니까?"

"할 일을 다 했고, 할 말을 다 했으니 갈밖에요. 궁하면 통하는 법이올시다. 대주, 마지막 인사를 드리겠습니다."

대주가 두 손을 모아 공손하게 합장을 하곤 휘장 밖으로 나가자 범이도 꾸벅 인사를 하더니 대주의 뒤를 따랐다. 휘장 바깥에 있던 포도대장이 다가와 말했다.

"대감, 지금 나간 자를 다시 데려올까요?"

"아니다. 그럴 것 없다."

이이가 휘장 바깥으로 나가 인파 사이로 멀어져 가는 대주와 범이를 바라보았다.

하권에서 계속